目次

挨拶はアラビア語

　ノックの音がした。

　それは暗い部屋にしんねりと響いた。分厚いカーテンが日光の侵入を防ぐ窓の前の椅子に腰かけ、青年がひとりドアを見つめている。

　カチャリ。ノブが回るひんやりした音のあとで、そおっと扉が開く。部屋の内と外を隔てる長方形の枠の中に黒い人影がひとつ。

　影法師は、この薄闇《うすやみ》に瞳が慣れるのを待っているのか、それともなにかを警戒しているのか、静かにたたずんでいる。

　すると、椅子に座っていた青年が立ち上がり、木の床を踏んで前に出た。

　これを合図に、戸口の男も中へと進む。

　ふたりの距離が縮まる。男は青年のそばまで来て、その顔を仰ぎ見た。

「立派になったな」

　と男は言った。

　アラビア語だった。

1　プレイボーイに逢いたい

足立区《あだちく》生まれ　警視庁育ち
ヤバい刑事《でか》なら　大体トモダチ
エラい刑事《でか》とも　呑《の》んだことあるよ　でも
ワルな男とつるみたい
目とか耳とか疑っちゃうよな
ヤバくてタフで、そしてマジ
そんなプレイボーイに逢いたいな

「キレた」

脇を突《つつ》かれてふと横を見ると、香奈《かな》の顔があった。

「キョンキョンがキレたよ」

なんでまた？　と花比良《はなひら》真理《しんり》は小声で尋ねる。

「え、聞いてなかったの？」

うん、ちょっと歌詞《リリック》が浮かんで、なんて答えると、教壇から、

「ちょっとそこ、なに話してんの⁉」

と注意されそうだったから、目で訊《き》いた。ん？　キレたって、長瀬《ながせ》響子《きょうこ》、フェミニン響子、キョンキョンが？　えっとなに話してたんだっけ？

真理は「プレイボーイに逢いたい」の歌詞が綴《つづ》られたノートを捲《めく》った。

〔アラブとイスラムの世界　まとめ〕
七世紀のアラビア半島　ムハンマド　神（アッラー）の言葉を聞く。
アッラーというただひとつの神だけを信じ、すべてをゆだね、アッラーにおすがりし、
アッラーのいいつけに従って生きる。アッラーは絶対。めっちゃ絶対。絶対的に絶対。
アッラーの言葉をまとめたのがコーラン（クルアーン）。
ジハード（聖戦）って考え方あり。9・11ニューヨーク同時多発テロ。怖《こ》えー！

そのあとは真っ白だった。世界史の授業なんだから、ノートしなければならないのは、イスラム王朝の移り変り（これがまたあちこち移るんだよね）なのはわかってたんだけど、イスラム教（イスラームって呼ぶことも）ってどんな宗教なのか、イスラム教徒（ムスリムとも）はなにを信じているのか、のほうが印象的だったので、そっちをメモってしまった。けれど、集中力ももはやここまで。お昼休みに食べたタンメンと窓から射し込む春の

日差しについつい瞼が重くなり、これはいけないと思って眠気覚ましにいたずら書きしてたら、横の席からシャーペンで突《つつ》かれたってわけ。で、キョンキョンはなににお怒りなわけ？　真理《しんり》はノートから顔を上げ、教壇を見た。

「イスラム圏の女性が生きにくいという事実は隠しようがないし、自由が奪われていることは国連でも問題視されてるの」

これはキョンキョン張り切っちゃうな、と真理は香奈に目配《めくば》せした。

「イスラム教が女性の美しさを隠蔽しようとすることも見逃せないな。スカーフで髪を覆わせたりするだけじゃもの足りなくて、頭から足首までほとんど全身を隠さないと街を歩かせないような地域だってある。なんでかって言うと、女は男を惑わせる邪悪な存在だからだって」

ここ吉祥《きっしょう》女学院では、先生が教壇で政治的な発言をするのはアウトなんだけど、フェミニズムに引っかければセーフってところがなきにしもあらずだ。で、女性の自立や自由について熱く語る先生がふたりいる。ひとりはミッチーこと現代文の及川光子《おいかわみつこ》で「フェミニストの視点から読むと、実は夏目漱石《なつめそうせき》は心の奥底で……」なんて、おそらく漱石さんもそんなこと気づいてないでしょうってことを説明してくれる。

もうひとりはキョンキョン、世界史の長瀬響子。ミッチーはじっくり将棋を指すように攻めていくけど、キョンキョンはとにかく怒る。なにせ歴史を教えてるもんだから、

「直接民主制だなんて威張ってるけど、この時代の女には参政権なんてなかったんだか

ら」

なんて古代ギリシャ時代からもう怒ってる。キョンキョンの怒りはアメリカのワイオミング州で女性が選挙権を手に入れる一八六九年まで収まりそうにないね、と亜衣《あい》がわざわざ図書館で調べてきて笑ってた。で、今日お怒りなのはイスラムか。

「イスラム法では妻は夫に従わなければならないってはっきり書かれていて、女は自由に生きることができないの」

女子だけの教室は、「えーっ」なんて声を上げる生徒もいたりして、ざわざわした。そしたらキョンキョンが、

「まあいいや、ちょっと興奮しすぎた」

と言って照れたように笑ったので、ざわめきはサイダーの泡みたいな気の抜けた笑い声に変わった。まあ、いいや、ちょっと興奮しすぎた、そして笑い。ここでキョンキョン・フェミ劇場は終わる。いつもなら。ところが今日に限って、「はい」と手を挙げた生徒がいた。

「あの、先生はこの間、二十一世紀では、多様な価値観が大事になってくるって言ってましたよね。社会にはいろんな価値観があったほうがいい。そして、互いにそれを尊重したほうがいいって」

キョンキョンはうなずいた。

「だけど、いくらこっちが『多様性でいくわよ』って思っても、相手がその価値観をまる

で認めてくれない時は、どうしたらいいんですか」

「どういうこと？」

キョンキョンは眼鏡《めがね》のテンプルを持ち上げながら訊き返した。

「だってアッラーはただひとつの神です、人はアッラーにおすがりして生きるしかない、そういうふうに信じている人は、それもいいね、あれもありだね、なんて思わないんじゃないですか」

キョンキョンは黙った。

「それに、先生は、女はもっと自由であるべきだって教えてくれるけど、それも価値観でしょ」

キョンキョンは小首をかしげた。女は自由であるべきだ、はキョンキョンにとって価値観ではなく絶対的真実なのかも。でも、手を挙げた生徒、つまり真理《しんり》は続けた。

「一方で、女は黙って旦那さんに従えって価値観で動いてる社会や国もまだまだあるわけで……。だったら、どうやってたがいの価値観を尊重しあっていけばいいんですか」

「ほっとけばいいんじゃないのー」って誰かが言ってまた笑いが起きる。「〝絶対イスラム委員会〟みたいなのが押しかけて、『スカーフを被《かぶ》れ』って言ったりしなければ」なんて声も聞こえて、少女たちはあははと笑った。自分たちが鞭《むち》で叩《たた》かれたりしたら嫌だけど、遠い世界で起こっていることなら耐えられる。日本の女子高生にとって中東は遠い。遠いっていいな。最高だ、まったく。

「うん、いい質問」

笑いが収まってからキョンキョンが言った。ふうん、いい質問なのか、と真理は意外だったけど、次のひとことで、やられたと思った。

「じゃあ、それレポートにしてもらお」

当然、教室全体が、

「えっ⁉……」

ってなる。

「レポートってなにについて？」

と思わず誰かが尋ねた。

「これから言う」

教室中の少女たちはいっせいにシャーペンを握ってノートを取る態勢になった。

「非科学的で非合理的な存在を信じている大きな勢力が、私たちの権利や自由を奪おうとする時、価値観の多様化という私たちの信念はどうあるべきか。これ、期末テストに加点します。配点20点！」

「あー、週明けそうそうヤバいよこれ。ブラックマンデーだ」

と香奈が言って、真理は今日が月曜日であることを思い出した。ということはまた一週間経《た》ったことになる。あいつが赴任してきたのは確か二週間前、中間テストが終わった日だった。えっと、今日は何日だっけ、五月二十六日か。五月ももう終わるよね。

「問いからしてよくわからんしな、私は」

と香奈はまだぶつくさ言っている。

「そういうときは、キョンキョンの思想に合わせるのが賢者だね」

DJミキサーのパワーボタンを押しながら亜衣が言った。

「キョンキョンにとって一番大事なのが女性の権利と自由、あとはみんな二の次だよ」

「え、だったら価値観の多様化にならんのでは」

不思議な顔つきになって真理《しんり》が尋ねる。

「だからキョンキョンにとっては、価値観の多様化よりも大事な価値観が女の自由なの。女の自由が一番上にくる。信仰の自由？　いいんじゃない？　女の自由を認めるのなら。

——そういう感じ」

「だけど認めないわけでしょ」

真理が尋ねると、香奈がマイクを握って言った。

「だったらラップで戦うぞ」

亜衣がサンプラーのパネルにタッチする。

ズン、ダッダダン、チッ、ズンズン、ダッ、　チチッダン、ダン
軽音楽サークルの部室に重いビートが流れた。

自由　自由　自由
自由　書き初めで小三の正月に書いた言葉　それは
自由　白いオリT　黒く染めて着るのさ
自由　と書いて
スカーフなんか被るもんか
制服は着ますけど
ふしだらでいたいの
男を惑わせたいの
かけがえないないないなーい
もの　それは自由
自由　自由　自由

「どうだろう、キョンキョン何点くれると思う」

歌い終わった香奈にそう訊かれて、別のことを考えていた真理ははっとして、

「キョンキョン、彼氏いるのかな」

と思わずつぶやいた。キョンキョンはすごい美人ではないけれど、スタイルはいい。そして基本スカートを穿《は》かない。嫌いだって言ってたけど、ひょっとしたら自分のスタイルが映える恰好を日々探求しているのではと疑うくらい、いつもバッチリ決めている。彼氏

がいてもぜんぜんおかしくない。ただ、前に授業中、クレオパトラが出てきたところで、「男がいないと生きていけない女じゃないとつきあえないような男はボーイフレンドにしないこと、わかった⁉」

なんて言ってた。キョンキョンそこもう一回！　とおもわず言いたくなるようなややこしい言いまわしだったから、すぐに意味が摑《つか》めなくて、あれはなんだったんだろって、あとでみんなで話し合った。とりあえず、キョンキョンの元カレがそういうやつで（どんなやつだ？）いまもムカついているのではってことにしておいた。

「男を惑わせたいってとこなんだけど」

と真理《しんり》が言った。

「私、惑わされたいんだ」

同級生ふたりは一瞬黙りこんだあと、

「それは問題アリだな」

と低い声で言った。

「なんで」

「すくなくともレポートには書かないほうがいい」

「だけど、レポートの課題は『非科学的で非合理的な存在を信じている大きな勢力が、私たちの権利や自由を奪おうとするとき』ってなってるんだけど、私、非科学的で非合理的なものを信じてるよ」

ああー。友人ふたりは声をあげた。真理は、北海道の先住民のシャーマンの血を引いている自分が、パワフルでマジカルな能力によって、警視庁から特別捜査官の地位を与えられていることを、香奈と亜衣には話していた。

「もうこの時点で私はキョンキョンよりもイスラーム側なのでは」

「ぎょえええっ！」

と香奈が叫んだ。亜衣はうろたえながらも、

「だ、だけどさ、ムスリムの人たちはアッラーだけを信じてるわけでしょ。でも、真理は熊の神様が好きだったり、このあいだブロマイドみたいなの見せてくれた、踊ってるへんなインドの神様、ああいうのも好きだったりするじゃない」

と分析した。

まあね、と真理は相槌《あいづち》を打って、でも心の中では、神様にはいろいろある、色々あって色々好きなんだけど、世界の深い奥には〝大きなもの〟、つまり、ひとつの絶対的なものがあるって私は感じてるんだ、と説明しようとしたけれど、これを言っちゃうとややこしくなるなと思い直して、

「それに私、不良男《わるい》が好き」

と宣言した。

「げげっ」

香奈と亜衣はユニゾンで驚きを表した。

「不良。合理とか理性とか、既成の価値観に囚《とら》われない男」

「ああ」

「自由なんて欲しくないぜ、くらいは言っちゃいそうな」

「ええっ⁉」

「いやだから、そのくらいはみ出している男。つまりこっちがはみ出すことにも、『お、いいじゃん』なんて言ってくれそうなやつ」

ちょっと待って、と亜衣が言った。

「真理《しんり》のお父さんって、刑事さんなんでしょ。しかも同じ職場で働いている」

「そうだけど」

「刑事の娘が不良とつきあっちゃまずいんじゃない？」

「まあそうかも」

と真理は言ったが、内心では、たとえ悪い子になっても、パパは愛してくれるという自信があった。

問題はあいつだあいつ。鴨下俊輔《かもしたしゅんすけ》。とにかく杓子定規《しゃくしじょうぎ》でカタブツなんだよ。不良のフの字もない。

「真面目《まじめ》なのもつまんないからさ」

「それはわかるけど」

「でしょ。で、今日はこれからクレイジーNOと会うよ」

えっ!?　とふたりは驚きの声を合わせた。

「クレイジーNOってあの高校ヒップホップ界きっての問題児?」

と香奈が確かめる。

「うん」

「選挙のとき、ラップで阿瀬《あぜ》さんの演説を妨害したんでしょ。まあ、本人はバトっただけで、妨害じゃないなんて言ってるけど。そのときに止めに入った警官を殴って、手錠かけられたとか」

と亜衣が解説した。

「それはすごい不良だ、かっこいい!」

香奈が目を輝かせる。

「それで注目されるようになって、いろんなイベントから引っ張りだこなんだって」

「へえ、でもクレイジーってのはわかるけど、NOってのはどこから来てるの」

と真理が説明を求めた。

「それはやっぱ、ヒップホップなんだから、こんな世の中は駄目だぜっていうNOでしょ。格差社会NO、地球温暖化NO、消費税NO、抜き打ちテストNO、徹夜明けの持久走NO」

最後のふたつはホントNOだよお、と香奈が泣きそうな声を上げた。

「阿瀬さんをラップでやり込めたの、確かYouTubeにあがってたな」

と亜衣がスマホを取りだし、これだねとタップすると、真理《しんり》と香奈は画面を見るため額《ひたい》を寄せた。

集まった人々は視線を持ち上げ、同じ方角に顔を向けている。そこにヒップホップのブレイクビーツが流れだした。

「お、なかなかカッコいいビートですな」

トラックを作成している亜衣がメガネのテンプルに手を触れて言った。

だん！　と画面いっぱいに、赤い文字でタイトルが被る。

〝クレイジーＮＯ　サイファーデビュー〟

うああ、カッコいい！

集団の後方に、ひとりの少年が歩いてくるのが小さく映る。あざやかなイエローのトレーナーに黒く染められた奇怪な文字はよく読めない。黒いキャップを被り、でっかいラジカセを肩に担いで、もう片方の手はマイクを摑んでいる。切れ長の目が印象的な顔はワルっぽくて、かなりいい。

――日米同盟をさらに強固にして、日本と日本人の安全を！

阿瀬総理の声が聞こえると、クレイジーＮＯがマイクを握った！

ノーノー

人類《マンカインド》すべてと同盟しようぜ、ソーリ

驚いて、後方に立って演説を聴いていた人が、振り返る。阿瀬総理ががなる。
――テロリズムで幕を開けた二十一世紀ですが、我々は決してテロに屈することなく！

テロリズムに屈しないを売り物にするエゴイズム
ダサいぜ、ソーリ、ノノー・ノー

「なにこれ、いいじゃん」
香奈が喜びの叫び声を上げた。

テロリズムよりエロイズム
エロとエミネム
俺　大好物
俺　クレイジーNO
本名　野田《のだ》昭夫《あきお》
前のステージネームはのだっち
よわっちそうでNOにした
今日からクレイジーNO

クレイジーNOは総理の街頭演説を相手に勝手にバトっていた。けれど、警官が駆けつけた。

「あー、いいとこだったのに」

それでも反逆のラッパーは、マイクを捨てて、担いでいたラジカセを両手でぶん回しながら、地声でラップし続けた。

よろしくソーリ
もうすぐ死ぬよね　お爺《じい》ちゃん
俺たちは生きてく　お前らが傷めたこの社会
なんとかしろよ温暖化
隠蔽すんなよ　あれとこれ
とか　もりとかけ　とか

「邪魔すんじゃねえ！」

ラジカセを振り回しながら叫んだのは、もはや歌詞《リリック》になってない生の言葉だった。ラジカセを持ち上げたクローズアップで映像はぴたりと静止し、それでもビートだけが流れる中、次の画面に切り替わると、後ろ手に手錠を掛けられたクレイジーNOがカメラを、反逆児だぞって感じのキツいまなざしで、睨《にら》みつけてる画《え》が浮かびあがった。そこに、ばん、と紅い文字が被る。

クレイジーNOの初MCバトル
国家権力の介入により、中断！

「カッコいい。なんか映画みたい」

香奈が言った。

「退学になったのかな」

真理《しんり》が尋ねた。

「ギリでセーフだったみたい」

亜衣が教えてくれた。

「それで、このあと、『ポリ公の殴り方』って曲を書いて、フェスでお披露目したら人気爆発ってわけさ」

じゃあ、と言って真理が、

「殴られて来るよ」

とバッグを肩にかけて立ち上がった時、クラスメイトは彼女が桜田門《さくらだもん》に通っている捜査官、〝特別枠の警官〟であることを思い出し、

「あー」

と呆《あき》れたような納得したような感嘆詞を漏らしたのだった。

まったくもう、どうしてこんな単純なことがわからないのだろう、こうなったらなんどでもくり返すしかない、と思い、

「ですから、僕は反対なんです」

と何人かが困ったような笑いを浮かべている特命捜査係の面々に向かって、鴨下俊輔は言った。

「しかし、われわれ特命捜査係は、刑事部長の配下にあるわけですからねえ」

とりなすようにそう言ったのは篠田《しのだ》係長だった。二週間前、鴨下は徳永小百合《とくながさゆり》刑事部長直轄部署である特命捜査係に赴任してきた。

「それに今回は、公安とのつばぜり合いになりますので」

とも篠田係長は言い添えた。

つまり、こういうことだ。今回の件は、公安部が主導して刑事部も動く。公安から刑事に協力要請があり、徳永刑事部長がこれを承知して、このような態勢ができあがった。

ただ、刑事と公安は仲が悪い。

公安という組織は、国家の安全を脅かすような犯罪、要するにテロや革命を未然に防ぐために活動している。

だから、捜査方法も刑事部のそれとはかなり異なる。刑事は事件が起こってから、犯罪現場に行き、証拠を集めて犯人を特定し、逮捕する。けれど、テロは起こってから動くのでは遅い。だから、公安はあやしいなと思ったら捕まえる。いわゆる「見込み捜査」と呼ばれるものを頻繁にやる。だけどテロリストは捕まっても、犯罪計画を素直に吐いたりしない。では背に腹は代えられないと、本来やってはいけない拷問まがいのこと（あるいはズバリそのもの）をやってでも白状させようとする。鴨下俊輔は、このような、ルールと人権を無視した捜査に対して非常に厳しい態度で臨む刑事なのだ。

「それって公安が主役で刑事は脇に回るってことなんですか」

横から、ふてくされたように二宮譲行《にのみやじようこう》が口を挟んだ。がっしりした大きな身体《からだ》を華奢《きやしや》なパイプ椅子に乗せているこの刑事は、空手の全国大会で準優勝している猛者《もさ》だが、いきすぎた暴力でなんども問題を起こしていて、鴨下はけしからんと思っている。

「まあ、そうだが、我々は刑事部では独自の動きをしていい組織なので……」

「刑事はどの課が担当するのかな」

驚いたことに、草壁《くさかべ》は今日はちゃんと起きて発言までした。係で最年長者のこの刑事は、会議と言えばしょっちゅう寝ている。大会議室での合同会議に枕を持ち込んで呆れられたこともあったそうだ。

「うちだよ」

声は部屋の隅から届いた。田所《たどころ》主任は部屋の隅に置かれたパイプ椅子に座ってこの会議を遠巻きに眺めていた。彼がここにいるということは、本件は、刑事部では、凶悪犯罪を扱う一課が担当するということだ。

「田所さんから是非うちにも協力してもらいたいと、ね」

補うように花比良主任が言った。

「というか、公安から、特命捜査係にも捜査に加わってもらいたいという要望があったんだよ」

田所がそう言うと、鴨下は微《かす》かに顔をしかめた。公安が特命捜査係の助太刀《すけだち》が欲しい理由はひとつしかない。

「公安外事の稲盛《いなもり》課長から是非ともと言われたんだ、無下にはできないよ。是非とも協力していただきたい」

鴨下の渋面に向かって、田所はつけ加えた。鴨下は、捜査に加わるべきではない、と言ってるわけではありません、我々も刑事部に所属してるのですから、捜査に協力するのは当然ですと言い、じゃあ、やりゃあいいじゃないか、とのんびりした口調で草壁に半畳を入れられ、すこし苛立《いらだ》ちを覚えながらも、冷静な口調を保った。

「僕が反対しているのは、この時点で先輩、いや花比良真理《はなひらしんり》特別捜査官を捜査に参加させることについてです」

「なぜだよ、真理ちゃん、いや花比良特別捜査官はれっきとしたうちのメンバーだぜ」

二宮が疑義をさしはさんだ。

「だとしてもまだ高校生です。まだ慎重を要する本捜査に真理さんを加えることに僕は反対です」

　鴨下俊輔という男は生真面目というか、非常に律儀なところがあり、まだ幼さが残る面《おも》立《だ》ちの真理を同僚らが、「真理《しんり》ちゃん」と呼んでいるのは、たとえ本人が了承しているとしても失礼だと判断し、ただ、いちいち花比良特別捜査官と長ったらしい呼び名を使うのは北朝鮮を朝鮮民主主義人民共和国と呼ぶくらい面倒なので、「花比良さん」と呼びたいのだけれど、同じ係で働いている父親、花比良洋平《ようへい》主任とごっちゃになってこれも紛らわしいから、「真理さん」と呼んだり、本人に呼びかけるさいには、幼少から警視庁で捜査に当たってきた長いキャリアを尊重して、「先輩」などと呼んだりしている。

「だから、なぜだよ」

　二宮は食い下がった。

　鴨下の本心を明かせば、真理の能力は両刃の剣で、とても強力ではあるけれど、同時に危険だから、もう少しわかりやすく言えば冤罪《えんざい》を生む可能性を常に孕《はら》んでいるから、になるのだが、ここではそれを言わず、

「このケースは、彼女の心の負担が大きいので、青少年保護の観点からも慎重を期したいということです」

　と返事した。すると、二宮は首をひねって、

「けれどそれじゃあ、うちは公安の捜査に協力しないって言ってるようなものだぜ」

「いや、真理《しんり》さんを除くメンバーで捜査に加わることにはなんの問題もありません」

それでも二宮は心底不思議だという顔をして、

「はあ、おかしなこと言うなあ。特命捜査係ってのは、真理《しんり》ちゃんのために作られた部署なんだぜ」

とあからさまなところを口にした。鴨下は二の句が継げなくなった。気まずい沈黙が起こる。すると最年長者の草壁が、

「二宮よ」

と大男の肩をポンと叩いて、

「それを言っちゃあおしめえよ」

と諭《さと》すように言ってから、がはははと大声で笑った。一課の田所も愉快そうに笑っている。この遠慮のない笑いを遮るため、鴨下は大きな声を出した。

「この時点でイスラム過激派がなにかを企《たくら》んでいると判断する理由はなんですか」

係の者は誰も答えない。代わりに一課の田所が口を開いた。

「それは公安に訊くのが一番だな。これから合同会議がある。花比良特別捜査官にお出ましいただくべきかどうかは、そこで判断したっていいんじゃないの」

そう言い捨てて立ち上がった。それが係内会議の終わりを告げる合図となった。

店に入って店内を見回すと、向こうが先に真理を見つけて手を振った。クレイジーNO

こと、野田昭夫はYouTubeの動画で見た恰好で、奥の席に座っていた。

「ごめんなさい、待ちましたか？」

向かいの席に腰を下ろしながら真理は言って、手にしたスマホの時計を見た。約束の時間まであと二分ある。キャップを目深に被ったクレイジーNOは、

「いや」

とだけ言ってテーブルの上のメニューを真理に差し出した。細面《ほそおもて》の輪郭《りんかく》と、切れ長の鋭い目はヒップホップを愛好するボーイズにふさわしい。顔はいい、かなりいい。で、ファッションは？　真理はあらためて高校ヒップホップ界きっての問題児（by香奈）を見た。だぼっとした鮮やかなイエローのトレーナーを着て頭には黒いキャップ、その鍔《つば》の上にサングラスを載せるという典型的な（ちょっと古い？）ストリートファッションだ。

「海成《かいせい》って制服あったよね。今日は休み？」

相手はまた、

「いや」

とだけ言った。

おそらく、駅のトイレかなんかで着替えて、コインロッカーに制服ほうり込んで来たんだろう、ラッパーどうしが会うのにどっちも制服じゃダサすぎ、などと思うタイプなのかも。

トレーナーには黒い文字が大きく染め抜かれてあって、へんてこな字体だったけどなん

とか読めた。アラビア語を模したアルファベットだった。J・I・H・A・Dと読んでから、

「ジハッド?」

と真理《しんり》は語尾を上げて訊いた。

「ジハード」

「日本のグループ?」

「いや、アラビア語で〝聖戦〟。神聖な目的のための戦い」

「ああ、イスラムの。今日ちょうど世界史でやったよ。でも、神聖な目的ってなに?」

クレイジーNOは小首をかしげ、緑色のボトルを摑んでラッパ飲みした。ん? これ、ビールじゃなかったっけ。真理は店で堂々と高校生が酒を呑むところをはじめて見た。しかも、偏差値の高い学校の生徒だったので、それも併せて新鮮だった。少年はボトルの底をテーブルの上にとんと載せて周りを見渡すと、急に声をひそめた。

「俺のふたつ斜め後ろの席のスーツを着た中年男」

と言われて、そちらのほうに目をやると、

「見るなっ」

と小声で鋭く注意されたので、あわてて真理は視線を戻し、

「なぜ?」

と尋ねた。

「警察《マッポ》だ」

え？　ちがうんじゃないの、と思ったが、

「て言っても、少年課じゃない」

と相手は先へ進んだ。だったら刑事課？

「公安だよ」

その顔は得意げだ。

「公安。警察で一番ヤバい連中。公安の刑事って見たことある？」

真理は首を振った。暴力団や凶悪犯罪を取り締まっているコワモテのおじさんらとは顔なじみだが、陰気でなに考えてるのかわからない公安（by真理）には縁がない。

「やつら俺を見張っているんだ。要注意人物としてマークしてるんだよ」

真理は、おーっと感嘆した後で、

「どして？」

と尋ねた。

「俺はね、こんど、都内で〝プロテスト野外ライブ〟ってのをやるんだよ。やらせたくないんだな、警察は、というか阿瀬ちゃんは」

「あぜ？　総理の？　なんで？」

「政権の暗部を俺の歌詞《リリック》が鋭く抉《えぐ》るのを阿瀬ちゃんは恐れてんだ。それで、なんとか阻止するよう手を回しているのさ。聞いたことないか、阿瀬ちゃんはマスコミに言論統制を仕掛けてるって」

なるほど。とりあえずそう言った。

「どうだ、すごいライブになりそうだろ」

そして、とりあえずうなずく。

「で、君らにも出てもらえないかと思ってさ」

「でも、そのライブ、ヤバいんでしょ?」

「そうさ。だからこそ出る価値がある、そう思わないか?」

ヤバさの種類にもよる、と真理《しんり》は思った。犯罪ってのはみんなヤバいもんだ。けれど、大抵はショボくて、もの悲しくて、自分勝手で、腹立たしいだけ。ただ、ヤバいことへの憧れはある。〝ヤバくてタフで、そしてマジ〟なプレイボーイの訪れを人知れず待っているのだ(今日は友達に宣言しちゃったけど)。

「どうして私たちなんですか?」

「今年の年明けに秋葉原《あきはばら》のライブハウスに出ただろ。あのステージ見て、いいなと思って」

うわー。できれば忘れたい思い出だ。とあるレコード会社のレーベルが企画した女子のグループだけを集めたイベントだった。ステージに上がると、客席には、ネルシャツの裾をジーンズに突っ込んだ、地下アイドルの追っかけみたいなオジサンたちがひしめきあって、サイリウムって光る棒を振り回していた。トリを務めた、CDデビューが決まっていたグループはメイド服を着ていた。男どものお目当てはみんな彼女たちだった。

「先輩にアギラさんがいて。——知ってるだろ？」

「名前だけは」

アギラは、メジャーレーベルに所属しているラッパーで、学生時代に一発ヒットを飛ばして有名になった。本名は阿木《あぎ》って言って、アギラがステージ名、グループ名はキング・アギラ。卒業したいまは、レコード会社と組んで、アーティストを集めてイベントを連打している。ニックネームは〝ニュータイプの不良〟。

「で、アギラさんが女の子のグループも入れたいって言ってさ」

ん？　と思った真理が、

「そのヤバいイベントって阿木さん主催のものなの？　クレイジーNOじゃなくて？」

と尋ねると、相手はうっ……となった。相手の心に立ったさざ波は真理にも打ち寄せる。彼女はそういう魂の持ち主だ。

「共同主催ってとこかな。いちおうアギラ主催に一本化してるけど」

ちょっと間をおいてからこんな返事が返ってきた時、ははあこれは数あわせだな、とわかってしまった。いろんなグループが大挙して出るイベントに女子高生を一組入れて賑やかしにしようって魂胆だ。このイベントはヤバくない。普通にショボい。

うんざりして、視線を逸《そ》らした。その先に見覚えのある人がいた。どこで見かけたのだろう。ここだ。前にこのテーブルに俊輔といた時（パパと俊輔のガールフレンドの愛里沙《ありさ》さんも)、隣にひとりで座っていたアラブ系の青年だ。メニューの品に食べてはいけない成分が入っていないかどうか気にして、店の人に尋ねていたけれど、英語が通じなくて、結局、アラビア語のできる愛里沙さんが横から助けてあげたんだ。

「出てよ。ていうか出るだろ。レコード会社の人も来る。いいチャンスだと思うんだ」

真理《しんり》の耳は、野田くんの言葉を右から左へと素通りさせ、目は、斜め前のテーブルに座る青年を捉えていた。あの日とちがい、青年はグレーのベストを着た男とテーブルを挟んでいた。背中が見えるだけでこの男の顔は確認できない。

その時、そのテーブルの向こう、入り口付近にもうひとり、はっきり見知っている人物が現れた。ぴっちりした紺色のジャージとレザーのパンツが小柄だが引き締まったボディラインを際立たせてカッコいい。女はサングラスをかけたまま店内をぐるりと見渡して、こちらを見つけると、口元をほころばせて近づいて、真理の向かいに座っている野田昭夫を認め、ちょっと驚いたように立ちどまり、

「あ、かなえちゃん、ここ座っていいよ」

と言われてはじめて、

「デートの邪魔しちゃ悪いんだけど」

と断りながら、真理の隣に腰を下ろした。

「なんで今日はかなえちゃんがお迎えなの」

女は銃を構えるポーズをとった。

「撃ちに行ってたの？」

「そう。もうすぐフィリピンで大会があるからね。その帰りに真理ちゃんを拾ってくるように言われたんだ」

そうなんだ、と答えてから、真理は野田に吉住《よしずみ》かなえを紹介した。

「こちら、クールビューティー・スナイパーの吉住かなえちゃん、日本の警察で一番射撃が上手だって言われてる」

まあね、と笑って吉住は、オーダーを聞きに来たスタッフにアイスコーヒーを注文した。

「で、こちらクレイジーＮＯさん、高校生ヒップホップのスター。ラジカセで警察官をぶん殴って阿瀬総理から目をつけられている、超特級のバッドボーイ」

野田は、椅子にのけぞって顎を上げ悪童《それ》っぽいポーズを取ったが、吉住は気にするそぶりを見せない。

「おー、頑張ってるねー。でも、止めに入ったのが二宮じゃなくてよかったよかった」

二宮ってのはうちにいる空手バカで、とにかくすぐに手や足が出て相手を怪我《けが》させる困った刑事《でか》なの、と真理《しんり》は元相棒も紹介してから、あそうだ、言ってなかったけど私、理由《わけ》あって警察のお世話をしてるの、警察のお世話になってるんじゃなくて、私がお世話をしてる。そこんとこまちがえないでね、と打ち明けると、吉住は運ばれてきたアイスコーヒーのストローを咥《くわ》えて、

「お世話になってます」

とうなずいた。野田は唖然《あぜん》として、

「じゃあ、眠睡《ねむねむ》がやってた、東京生まれ警視庁育ちヤバいデカとは大体トモダチってのは？」

「だから、マジよ」

マジマジと嬉しそうに吉住かなえが合いの手を入れる。

口を半開きにしている野田をほっといて、真理はテーブルに肘をついて前かがみになった。

「かなえちゃん、ふたつ斜め向こうの席でパフェ食べてるはげ頭のオヤジに見覚えある？」

吉住は、ちらとそちらに視線を投げてから、首を振った。

「知らないいな、誰？」

「公安の刑事だって彼は言うんだけど」

「公安？　なんでまた」

「マークされてるんだって、このクレイジーNOさんが」

吉住はあははと笑って、

「まったく見覚えないけどそういう可能性はあるかもしれない、なにせ阿瀬総理をディスっちゃったんでしょ」

と茶化すように言ってから、

「あれ」

と急に真顔になった。彼女の視線は入り口の扉のすぐ手前にあるレジカウンターに注がれていた。先のアラブの青年が中年男と店を出て行くところだった。

「これ、警察車両じゃないよね」

でっかい銃口をこっちに向けているクリント・イーストウッドのステッカーがテールランプの横に貼られているのを認め、乗りこんでから真理は尋ねた。

「これは私用車。ごめんね散らかってて」

「かなえちゃん、なんでイーストウッドが好きなの」

「そりゃあ、撃つべきときに撃つからだね」

「でも、俊輔はかなえちゃんは撃つべきじゃないときにも撃ちたがるって怒ってたよ」

そう言うと、吉住はアハハと笑った。

「撃つべきか撃たざるべきか。ガンマンの悩みはいつもそこに尽きるね」

かなえちゃんは自分は警官というよりもガンマンだと思っているんだな、と真理はあらためて感じ入った。

「ただ、撃つべきときがくればイーストウッドは撃つ。でも、警部補は撃たないよね」

そうかな、俊輔だって撃つと思うけどな、と弁護してやろうかなと思ったが、先にかなえに、

「確かに顔がいいから真理《しんり》ちゃんがゾッコンなのはわかるけど。ワルの魅力ってのがない

んだよ」

　と言われて驚いた。なぜバレてるの。

「でもかなえちゃん、ワルの魅力って警官にあっていいものなの？」

「『ダーティハリー』って見たことある？」

「なに言ってんの、かなえちゃんに見せられたんだよ、まだ小学生の時」

「そうだったっけ。いいでしょハリー・キャラハン。法がなんでぇ、バカヤローって感じで」

「映画だよね」

「だからさあ、映画みたいな、撃たなきゃいけないような事件が起こんないかなあ。とにかくのっぴきならないような状態になって鴨下警部補が私のそばに来てこう言うの」

　吉住は声色を変えた。

「吉住君、僕が悪かった。僕はいまスナイパーとしての君を必要としている。さあ、パソコンなんかシャットダウンして銃を取って来てくれ。――なんてね」

「それ、どういうシーン？」

「たとえばさあ、銀行の就職試験に落ちたバカ学生が女子行員の頭に銃口を突きつけて、頭取《とうどり》を出せ！　なんて」

「なんで学生が銃持ってんのよ」

「さあ、なんでだろ。いいのいいの細かいことは気にしないの」

「だけど、俊輔だったら、まずかなえちゃんを遠ざけて、そいつをいつまでもいつまでも説得してると思うな」

そう言うと吉住かなえはうーんと唸《うな》って、

「だけどこんな場合はどう？　たとえば、銃を突きつけられている女子行員がトイレに行きたくて行きたくてしょうがなくてさ、ああ、早くこの男を撃って、でないと私もう——、なんてのは？」

「それは撃ってあげなきゃね」

真理は調子を合わせながら、当分ふたりの冷戦は続くだろうと諦めた。

「射撃の練習ってどこでやっていたの。新木場《しんきば》じゃなくて」

新木場というのは、この場合、江東区《こうとうく》にある警視庁術科センターのことだ。警察官の射撃訓練はもっぱらここでおこなう。

「もらったその日のうちに撃っちゃったからねえ」

警官には射撃訓練が義務づけられているが、際限なく撃てるわけではない。銃弾は高価《たか》いので決まった数の弾が割り当てられている。

「無理言って横田基地で撃たせてもらった」

「え、横田基地って米軍の。どうしてかなえちゃんがそんなとこで撃てるの」

「アメリカの大会で三位に入ったから。射撃ってのはね、警官よりも軍人のほうが腕がいいんだよ。そこで表彰台に上がったんだからすごいでしょ。むこうの教官が感心して合衆なってるの」

国の市民権を取れとまで言ってくれたんだよ。だから、日米安保の特別枠で撃てることに

「へえ。射撃って競技はオリンピックにもあるよね」

「うん、一八九六年のアテネ大会からずっと正式種目だよ」

「へえ、やっぱりアメリカが強いの」

「強いね、種目によるけど。だけど、やっぱり戦争に明け暮れてるところから出てきた連中はすごいよ。日本も平和なのはいいけど、ちょっとした紛争くらいないと困っちゃう」

俊輔にはとても聞かせられないな、と真理《しんり》は思った。

特命捜査係のドアを開けて中に入ると、誰もいなかった。居場所を書き込むホワイトボードは、全員が「会議」になっている。これを見た吉住は、ノートを手にして小走りに部屋を出て行った。

それにしても静かだなと思ってフロアを見渡すと、うちの面々だけではなく、お隣の刑事部第一課（というか、一課の隅っこに特命捜査係があるのだけれど）にも人影がない。一課との合同会議だ、てことは、なにか大きな事件でも起こったんだな、と思いながら、自分の机に座って、ほんじゃあ宿題でもするかと、鞄《かばん》の中に手を突っ込んだ。

たまたま引っ張り出したのが世界史の教科書だった。

イスラームのところを開くと、教科書の隅に鉛筆で書いた自分のメモがある。

唯一神＝〝大きなもの〟ジハード　科学　合理　人権　自由　多様性　民主主義

そう言えばレポートの宿題が出たんだった。さて、誰にやらせよう。幼いころから警視庁で働いている真理は、塾に行くこともままならず、宿題の面倒は手の空《す》いた警官に見てもらってきた。彼らの中には大学を出た者もいるが、教わったことをきれいさっぱり忘れている者がほとんどだ（パパもそう）。真理が成長するにつれて科目の内容が難しくなり、だんだんみんな逃げ腰になってきた。前にいちどこんなことがあった。

ある日、係に行くとみんなに取り囲まれて、「飛んでくれないか」と言われた。飛ぶ、これは真理の力を極限にまで発揮して、捜査に協力することだ。持って生まれたある力をフル稼働して飛ぶので、とても疲れる。しかもこの日は宿題がどっさり出ていたから、「明日じゃだめなの」と真理は尋ねた。すると当時相棒だったジョーコーは、「一刻を争う大事件なんだよお」と手を合わせて真理を拝んだ。しかたないから飛んでやった。この日の飛考はたいへんで、ヘトヘトになって、そのまま警視庁の仮眠室で寝て、桜田門から警察車両で送ってもらって登校した。そして、ジョーコーにやらせた宿題を提出したら、空手五段のこいつは手と足は自由自在に動くけど、頭のほうはそうでないらしく、間違いだらけで先生に叱られた。頭にきて、放課後すぐにまた登庁し、大男の姿を見つけるやいなや、

「バカヤロー！」

と叫びながら殴りつけた。ジョーコーは大きな体を小さく丸めて、

「ごめんなさい」

としきりに謝っていた。

この二宮と組んでいたコンビは二週間前に解消され、赴任してきた若くてイケメンの鴨下俊輔が新しい相棒になった。東大出の俊輔は、因数分解をまちがうようなアホではないけど、なにせ堅物で、

「僕が答えを言ったら先輩のためにならないよ」

なんてつまんないことを言う。

電話が鳴った。外線だ。ランプの点滅から、係の代表にかかっていることがわかった。ふだん真理《しんり》が外線を取ることはない。けれど、このときはなぜか受話器に手を伸ばした。

「もしもし警視庁刑事部特命捜査係でございます」

そう応対しながら、刑事部の電話口に出るには自分の声は似合わない、といまさらながら思った。相手はかけまちがえたと誤解したのか、声がしたのは一瞬の沈黙の後《あと》だった。

――お忙しいところ恐れいります、私、朝陽《あさひ》新聞国際部の穂村《ほむら》愛里沙と申します。

俊輔のガールフレンドだった。ライバル登場。真理はぎゅっと受話器を耳に押し当て、

「ああ、愛里沙さん、真理です」

となにげないふりを装った。

──あ、真理《しんり》ちゃんだったの。まちがってクレープ屋さんにかけちゃったのかと思ったよ。

そこまで言うなと思いつつ、えへへと笑っておいた。

──本当だったのね、すごい。

愛里沙さんはしみじみした調子でそう言った。真理が警視庁で働いていると知った時、取材させて欲しいと前のめりになって、その態度を俊輔に咎《とが》められた。そうだ、愛里沙さんがここにかけてくる理由はひとつしかない。

「俊輔？」

と真理は訊いた。

──そうだけど、いないのね。

「庁舎の中にはいるみたいだけど、会議に出てる。刑事たちはみんなそっちに行っているみたい。すっごくでっかい会議だな、これは」

──なんの会議かわかる？

「さあ」

──だよね、席に戻ったら電話ちょうだいって伝言残してくれないかな。

「それでいいの」

──……だって、会議だもの。

「急ぐのなら、私がちょっと見てこようか。これだけの会議があるってことはなにか大きな事件があったと思うんだ」

──え？　そういう会議の席に真理《しんり》ちゃんが入っていけるの。

「刑事部の会議に私が入っていって、出て行けなんて言える人はいませんよ」

本当は、むごたらしい凶悪犯罪事件の会議なんかには顔を出さないでねって言われているけれど、ちょっと威張って言ってみた。愛里沙さんは黙っている。たぶん驚いて言葉が見つからないのだろう。

「行ってくるよ。報告するので電話番号教えてもらっていいですか」

真理は会社と携帯の番号を書き留めて、受話器を置いた。


鴨下俊輔は驚いた。会議室上座《かみざ》の中央右手に、刑事部長の徳永小百合警視監が座っている。徳永部長は、鴨下の特命捜査係への配転を指示した人だ。また花比良真理特別捜査官とのニコイチの人事も、部長の処置だと聞いている。

徳永部長の左隣には、公安部長の飯島忠則《いいじまただのり》警視監。一見するとお内裏《だいり》様とお雛《ひな》様。しかし、そんな和《なご》やかなものではない。まだ特別捜査本部も立っていない案件に、こんな大御所が出てくるのは異例で、このふたりが着座してから会議室にはそこはかとない緊張感が漂っている。さっきの係内会議で、この事件は公安とのつばぜり合いになると篠田係長が言っていたのも、あながち嘘《うそ》ではないらしい。

「公安外事四課の西浦《にしうら》でございます。まず、事件の概要《がいよう》から説明いたします」

マイクを握った、柔和な顔つきの若い捜査員を見て、鴨下はおやと思った。警察大学校で同期だった西浦完《たもつ》じゃないか。当時から公安部門に進みたいと言っていた。所轄時代は福岡県警にいたはずだ。

その後、希望通り公安部に机をもらったらしい。外国からのテロを担当する外事。しかも四課。もともと警視庁公安部の外事に四課はなかった。けれど、北朝鮮が日本にテロを仕掛ける可能性が高まっていると判断し、三課が朝鮮半島専門になり、そのおあまりが四課となった。一課がロシア、二課が中国、そして三課が北朝鮮とくれば、残るは中東のイスラム過激派だ。西浦はいちどマイクを置いてからいちまいの紙を取り出し、そしてまたマイクを摑んだ。

「ことの発端は、先月二十八日の阿瀬《あぜ》総理大臣の中東歴訪です。阿瀬総理はエジプトを訪問した際に、『イスラム過激派テロとは断固として戦う。テロ対策支援として決然とした態度を取ります』などと演説した上で、『テロ対策としてイスラム過激派組織であるイスラミック・ガバメント、通称ＩＧと戦う周辺二国に一億ドルの支援を約束する』とスピーチしました。これに対して、名指しされたイスラミック・ガバメント、通称ＩＧがすぐに反応しています。これから、彼らがYouTubeにあげた動画を見ていただきます」

大会議室の中央にするするとスクリーンが降りてきて、部屋が暗くなった。

オレンジ色の囚人服を着せられた東洋人が、後ろ手に縛られ、砂漠に跪《ひざまず》かされたまま、恐怖と絶望で凍りついた目をこちらに向けている。隣には、黒装束で身を覆い、黒い目出し帽を被った男がナイフを手にして立っている。男はカメラを見つめながら、野太く低い声で吠《ほ》えるように喋《しゃべ》った。スピーチは一分も経たないうちに止《や》んだ。部屋が明るくなり、スクリーンが上がる中、西浦がふたたびマイクを口元に寄せ、

「一応ここで、日本語に訳したものを読み上げます」

と前置いてまた話しはじめた。

「『日本の首相、阿瀬金造《きんぞう》よ。お前は、この日本人が拘束されているにもかかわらず、アメリカが率いる十字軍に参加した。さらに、エジプトで、我々イスラム教徒を殺害するために二億ドルもの金を出すなどと得意げに放言した。我々はお前に命令する。その二億ドルを我々に支払え。もし、これを拒めば、我々が捕らえているこの男はまもなく地獄に堕《お》ちる。阿瀬金造よ、そしてすべての日本人よ、聞け。我々から遠く離れているからと安心しているのだろうが、これから我々は聖戦《ジハード》のため日本に向かう。間もなく我々におびえる日々が始まるのだ。覚悟しておくがよい』」

ただ、IGが発したこの声明は大々的に報道されたので、出席者はみな知っていた。まどろっこしいと思ったのだろう、「はい」と挙手があり、指されないうちに声を張って話し始めた。

「権藤健治《ごんどうけんじ》さんの身代金の支払い要請に対して、政府がどのように対応しようとしているか、まずそちらを教えていただけますか」

発言したのは一課の刑事だった。西浦は、隣に座っている上司と思《おぼ》しきはげ頭の男にふっくらした顔を寄せ、ふたことみこと言葉を交わしたあとで、マイクを握った。

「政府は解放に向け、あるルートを通じて、粘り強く交渉中です」

会議室の右半分、つまり刑事部の捜査員たちが占めるエリアがざわめいた。質問の要点は、政府が身代金を払うつもりがあるのかないのか、だったが、それをわかっていながら公安がなにも答えなかったからだ。

ただ鴨下は、政府は払うつもりはなく、そしてそれを公安は知っている、と考えていた。現政権は、日本人を見殺しにするつもりなのだ。また、そうなったとしても、この判断が支持率を低下させることはない、と踏んでいるのだ。

もちろん、日本人が殺害されれば、国民の多くがショックを受け、IGに対して嫌悪や恐怖をかきたてられるだろう。ただ、「しかたがない」と思う人も少なくないはずだ。拘束されているジャーナリストは、危険なので行くなという国の忠告を無視して現地に飛び、先月末頃、IGに拘束された。自業自得だよ。そんな馬鹿に税金使うな。そう思う人も少なくない。そしてみんな、時が経てば、忙しさに紛れて、この事件を忘れてしまうだろう。なのでおそらく、外事四課が刑事一課に声をかける形で合同会議を招集したのは、人質の件ではない。

「この声明文を出した動画で、IGのジハーディ・ミックという人物、これは本名がわかっていません。IGの幹部連中は、人質のいる前では、仲間と話すときも本名でなくニックネームで呼び合うのですが、この幹部は、ミックと呼ばれ、仲間をキース、ロニー、チャーリーなどと呼んでいました。人質になって生還したジャーナリストからこのことを聞いて、マスコミがつけたあだ名がジハーディ・ミックです。ジハード、つまり聖戦《ジハード》のミックですね。ジハードってのは我々にとっては、端的に言うと、テロのことです」

西浦は咳払《せきばら》いをひとつして、間合いを置いた。

「で、このジハーディ・ミックは身代金の要求と、その要求が拒絶された場合は権藤さんを斬首《ざんしゅ》すると宣言したあとで、カメラに向かってこう宣言しました。『すべての日本人よ、聞け。我々から遠く離れているからと安心しているのだろうが、これから我々は聖戦《ジハード》のために日本に向かう。間もなく我々におびえる日々が始まるのだ。覚悟しておくがよい』」

こっちだ。外事四課が刑事一課との合同捜査を望んだのは、国内のテロ対策のためだ。

——鴨下はそう確信した。

ただ、公安はなにをそんなに心配しているのだろう。確かに、ヨーロッパではイスラム過激派と呼ばれる組織や人間によるテロがおこなわれている。ただそれはヨーロッパが中東と地続きだからだ。いくらIGが、「日本に向かう」と宣言したって、日本は遠い。不安定な中東で激戦をくり広げているIGに、東の果ての島国までやってくる余裕はないはずだ。こんなのはただの脅し文句に過ぎないと放置しておけばいい。——そんなことを思っていると、

「と言っても、日本は中東から8500キロも離れているし、これは単なる脅しだろうと思っておられるかもしれません」

と見透かしたように西浦が言ったので、鴨下はすこし前のめりになった。

「実は一昨日、各新聞社に英文の封書が届きました。差出人は記されておりません。消印は新宿区。内容を翻訳して読み上げます。
『十字軍に参加した阿瀬をはじめとする愚かな日本人どもよ。我々はお前たちのすぐそばにいる。ゴンドーの命を救いたければ、いますぐ二億ドルを支払え。でないと彼の首は斬り落とされ、さらにその剣は阿瀬の首にも振り下ろされるだろう。もしくはその胸に鉛の銃弾が撃ち込まれるかもしれない。また東京ははじめて引き起こされるテロによって阿鼻《あび》叫喚《きょうかん》の巷《ちまた》と化すだろう』。――以上です」

分厚い会議室の扉を押して花比良真理《しんり》は中に入った。広い会議室の右前方に徳永小百合部長がこちら向きに座っている。まだ課長だった頃から彼女を知っている真理は、小百合さんずいぶん偉くなったんだな、と感じた。昔はよく一緒に遊んでもらったし、いまでも誕生日にはプレゼントをくれたり、ときどきは一緒にご飯を食べたりする仲だけど、いまは、会議室に入ってきた真理に気づいているのに、まったく表情を変えなかった。それがまた偉くなったという印象を強くした。

左辺のテーブルでは、丸っこい顔の若い刑事がひとり立ってマイクを手に話しはじめた。

ＩＧがどうした、阿瀬首相がどうしたという説明を聞き流しながら、真理《しんり》は空いている後ろの席に腰かけ、広い会議室に視線を巡らせた。特命捜査係の仲間や日頃から知っている連中はみんな真ん中から右、つまりは小百合さんの前に陣取っている。俊輔もここにいた。真理が入ってきたことにも気づかず難しい顔をして、マイクを握った丸顔を見つめている。その横顔がかっこいい。

会議室の左のほうに座っているのは知らない顔ばかりだ。おそらく、小百合さんの隣に座っているオジサンの手駒《てごま》なんだろう。

マイクを握った丸顔の口から、身代金二億ドルという言葉が出て、遠い場所で日本人が捕まっているのを思い出した。要求している人たちは、払わないと本当に殺すのだそうだ。それでちょっと前に捕まったイギリス人は本当に殺されてしまった……。

「どうしてイギリス政府はお金を払ってでも助けてあげないの」

と真理が尋ねると父親の洋平は、それは難しい問題だよねえと言いながら、小さなコップにビールを注いで、

「だけど、払っちゃったら、そのお金で連中は武器を買ったりして、ますます勢いづいちゃうだろ。そして、味をしめて、また同じことをくり返すからさ」

と嘆くように言ってから、ぐいと呑んだ。

そうかもしれないけれど、と真理は思った。

「でも、私が人質になってもそんなこと言える？」

父親は困ったような笑いを浮かべて、

「どうか払ってくださいってすがりつくだろうなあ。でないと死んだママに申し訳ないもの」

「でもすがりつくって誰にさ」

「とりあえず部長かな、徳永部長」

パパのこのお願いを聞いて小百合さんはどうするだろうか、と思いながら、真理は前方に座る刑事部長の厳しい顔を見た。

大会議室での会議を中座した真理は、自分の席に戻って受話器を取り上げた。

――国際部の穂村です。

大人の女の落ち着いた声に対抗意識を燃やして、

「警視庁刑事部特命捜査係の花比良真理でございます」

と言ってみた。

――あ、真理《しんり》ちゃん、電話ありがとう。

愛里沙さんの声は急に弾んだ。

「会議室のほうを覗いてきたんだけど、まだしばらくかかるみたい。俊輔がここに戻ってくるのは、もうちょっとあとになりそうです。それを伝えたほうがいいかなと思って中抜けしてきちゃった」

――そうなんだ。わざわざごめんねー。

「会議はね、いま海外で人質になっている事件に絡んでのものだったよ」

――やっぱり。

明るかった声は急に沈んだ。

「俊輔に電話をしてきた要件って、新聞社に届いた脅迫状みたいなのと関係あるんでしょ」

——会議ってその件も話しているわけ？

「そうそう、最初はねおかしいなと思ったんだ」

——おかしいって……？

「なんであんな大きな会議やってんのかなって。外国での人質事件は大事件だけれど、これは外務省のお仕事でしょ。警察関係ないはずじゃない」

——よく知ってるのね。

「一応ベテランですから。でも、聞いてるうちにわかってきた。日本国内のテロを防ごうぜって会議みたい。公安部と合同でやってたよ」

電話の向こうは黙り込んだ。

「いまのは私からの大サービス。朴念仁《ぼくねんじん》の俊輔に訊いたってなにも教えてくれないよ」

——ありがとう。うん、それはわかっているんだけど。

その先はまた聞こえなくなったので、愛里沙さん、と真理《しんり》が呼びかけた。

——え、はい。

「大学でアラビア語を勉強していたんですよね。アラビア語ができるから、本社に引っ張られたって言ってませんでした？」

——うん。

「だったらイスラームにも詳しいんですか」

——普通の人よりはね。あまり細かい教養のことを訊かれても答えられないけど。

「宿題手伝ってくれたら、もう少し詳しく会議の内容を教えてあげてもいいですよ」

——え、宿題って。

「世界史でちょっとややこしい宿題を出されたの」

——世界史か。まあ、たぶん大丈夫だと思うな。

「じゃあ、待ち合わせしましょう」

真理が待ち合わせ場所の住所を伝えると、愛里沙さんは、えっと声を上げて驚いていた。


大会議室では、会議が長引いていた。

「実は昨日《さくじつ》、日本でテロを起こすために入国したＩＧがいる、という情報が我々に届けられました。このことと新聞社に送られた脅迫状が関連するかはいまのところ不明で、またここ一ヶ月間の入国者にはそのように疑われる者もいないのでありますが、なお一層の警戒が必要だと判断しております」

と西浦が説明した時、鴨下は、こんな情報が拡散すれば、日本にいる中東系の人たちはテロ予備軍の嫌疑をかけられかねない、と我慢できなくなり、思わず手を挙げた。

「日本にＩＧが入国しテロの準備を始めている、と報告した協力者の素性を教えていただけませんか」

「お答えできません」

言うまでもないという調子だった。情報をもらいたがるくせに、自分たちは出し渋るという公安の習性を知っている鴨下は、別の方角から攻めることにした。

「それでは、協力者がどこからどのようにその情報を得たのかを教えて下さい」

西浦は、隣に座っている中年の捜査員に顔を近づけて、しばらくひそひそ話したあとで背筋を伸ばし、また口元にマイクを近づけた。

「モスクで仲間が話していたのを立ち聞きしたそうです」

「ということは信憑性《しんぴょうせい》はかなりあやしいわけですね」

西浦の顔がわずかに歪《ゆが》んだ。

「ええ、刑事の視点から見ればそうなのかもしれません。ただ、我々公安は懸念材料をキャッチすれば、動かざるを得ないのです」

その口調にプライドがにじみ出ていた。

鴨下が所属している刑事部では、捜査員は事件が起きてから動く。聞き込みをし、現場に残された痕跡から過去になにが起こったかを追跡していく。しかし、西浦たち公安部はちがう。起こる前に動き、テロやクーデターを未然に防ごうとする。だから彼らは見込み捜査をやる。あやしいと思ったら身柄を拘束し、吐かせる。

鴨下がこの捜査から真理《しんり》を遠ざけておきたい理由、公安を真理に近づけたくない理由はここにあった。もしも、真理が「あの人があやしい」と指したら、自分たちならまだ躊躇《ちゅうちょ》する段階でも、彼らはすぐに動いて身柄を押さえ、なにか出るまで絞り上げるにちがいない。

築地にある朝陽新聞本社では、穂村愛里沙がヨルダンの首都アンマンにいる特派員に電話をかけ、人質事件の情報を得ようとしていた。特派員は、なんの動きも見られない、とばかりくり返した。むなしく受話器を戻してぼんやりしていると、男がやって来て、隣の席の椅子を引いて腰かけた。

「沢渡《さわたり》からなにか連絡が入ってないのか」

いいえ、と穂村は首を振った。

「そちらには？」

国際部デスクは渋い顔をまた横に振る。

「ただ、沢渡記者はどちらかと言えばイスラム過激派と呼ばれている勢力に対して理解のある態度をずっと取ってきましたから――」

穂村がそう言うと、相手は不思議そうな顔をして、

「だからなんだ」

と言って目の前の机の上に視線を落とした。言いかけていた言葉を呑み込んで穂村が、

「――なにかありましたか」

と尋ねると、デスクはため息をついて机の上を目で示した。夕刊の切り抜きがある。見出しは「阿瀬首相のスピーチは中東の実状を踏まえているか？」。首相がエジプトのカイロで「イスラム過激派のテロに屈しない」と宣言したスピーチを批判したものだ。日付は今月七日。

「この記事のおかげで官邸の広報担当官から怒鳴られたよ。政府だけじゃないぞ、購読者からも朝陽は過激派の味方なのかというお叱りの声が寄せられてるそうだ」

「ただ、私はこれまでの一方的な見方を覆すためにはよかったと思います」

穂村は同じ大学のアラビア語学科の先輩を庇《かば》った。

「一方的って？」

「アメリカが自分の意のままに操れる傀儡《かいらい》政権を立てて、中東を手懐《てなず》けようとしたことです」

「てことは、穂村は沢渡に一票投じてるってことか」

「この点については――」

「じゃあ、代わりにお前が謝りに行ってくれ」

「どういうことです？」

「さっき、また官邸から連絡があった。こんどは秘書官から」

「秘書官？　カイロ演説の件で？」

「いや今回は人質の件だ。記者をよこして、どういうつもりで書いたのか釈明させろと言われてる」

ようやく穂村はデスクの腹をくみ取った。彼が沢渡孝典《たかのり》を捜しているのは、一週間前から出社せず連絡が取れなくなっている部下の身を案じてではない。人質事件における首相の対応を批判した記事のクレーム処理をさせたいのだ。

「どういうつもりって……。それは記事を読めばわかると思いますが」

「なに暢気《のんき》なこと言っているんだ。秘書官が電話してくるなんてよっぽどだぞ」

「ただ、うちは政府の広報誌ではありませんから、クレームをつけられても、いちいち釈明に出向くことはないと思います。それに、沢渡記者の記事には共感する声も寄せられています」

デスクは困ったように笑って、やたらと肩を持つじゃないかとつぶやいた。穂村は黙っていることにした。

「だからいちど怒られて来い、そして次はもうすこしマイルドにいけってことだよ。官邸からの要請を完全に無視することはできないからな」

「そうでしょうか」

「いろんなところに支障が出る。首相はうちだけ取材を後回しにするわ、ニュースＮＩＮＥの出演にも応じないわで、まるで目の敵だ。それなのにあの野郎、こんなときに行方不明になりやがって」

ニュースＮＩＮＥは系列局のニュース番組であるが、阿瀬首相は再三の出演依頼にもスケジュールを理由に応じようとしない。そのくせ他局には出る。どうやら朝陽グループの報道は偏向しているとお怒りらしい。だが、むしろ穂村は行方不明という言葉に不安を搔《か》き立てられた。

「逆に、私は沢渡さんがなにか事件に巻き込まれているのではないか、と心配してるんですが」

「心配？　沢渡が？」

「ええ、イスラム過激派から各新聞社に配達されたあの声明文と関係があるんじゃないかと」

「差出人に会いに行ったたって言うのかよ」

穂村はうなずいた。

「あれが本物のＩＧが出したものかどうか……」

穂村は口止めされていることを明かすべきかどうか迷いつつも、ひとりでは抱えきれないと覚悟して、

「あの声明文が届いた日、沢渡さんが電話に出てアラビア語で話していたところを聞いたんです」

「沢渡がアラビア語で話すことはあるだろう」

そのときの沢渡が、日頃の彼に似合わずひそひそ声だったことは省いて、

「『じゃあ会おう』と言ってました」

と言うと、デスクの顔がすこし曇った。

「沢渡がＩＧと会いにいったって？」

「まさかとは思ったんですが、ただ、もし本当なら、連絡もなしに欠勤していることが心配なんです」

「そういえばあいつ、雲隠れする直前、俺の席までやって来て、スクープをものにするから、そのときは紙面を空けてくれって大見得切ってたな」

デスクは怪訝《けげん》そうな顔でそう言った。

「俺が、なんだＩＧに単独取材でもするつもりかってからかったら、まあそんなところです、とか吹いてた。お前の心配ってそういうことか」

穂村はうなずいた。

「だけどＩＧと会ってなにをしようって言うんだ」

「権藤さんの解放に向けて調整するつもりなのでは」

「まさか」

と笑ってからデスクは、「そこまで馬鹿じゃないよあいつは」とつけ足した。

「にしても、権藤さんの情報を取りにいった可能性はあると思うんです。いまはアンマンに電話をかけてもなにもわからない状況ですから、ＩＧからコンタクトがあれば沢渡さんなら会いに行くんじゃないでしょうか」

「だったら、連絡のひとつぐらいよこすべきだろう」

「でも、向こうだって、簡単には連絡させないはずです。これまでに現地で接触したジャーナリストはすべて、コンタクトした瞬間に携帯電話を取り上げられています。ましてや日本国内となると、警察への通報を極度に警戒するでしょうし」

穂村の机の電話が鳴った。これを潮時とばかり、デスクは立ち上がった。

「まあそう心配するな。イラク戦争の取材に行って大怪我しながらも五体満足で帰ってきた男だ。もっとも、その時は、民間人の家でぶっ倒れたあげく、米軍の野戦病院でしばらく伏せっていたらしいけどな」

そう言ってから、デスクはまたすこし声の調子を落とし、

「とにかく、何か連絡があったら、すぐに俺のところに顔を出すように言ってくれ」

と言い置いて、自分の席に戻って行った。穂村は、鳴り続けている電話機の受話器を取った。

――ああ、文化部の野々村《ののむら》です。穂村さん、先日お願いした件ですが、どうでしょう。

出るなりいきなりそう言われ、穂村は面食らった。

「あ、ごめんなさい。――えっと、どの件でしたっけ」

相手は、電話の向こうで、自嘲気味に笑った。

――まあこんな時期に、映画なんてつまらんものでお手を煩わせるのは申し訳ないんですが。

映画がつまらないなんて思ったことはない。そもそもアラブ文化に興味を持ったのも、

外大のアラビア語学科を目指すことにしたのも、映画がきっかけだった。だけど、映画ってなんだったっけ？

――お忘れなんですね、映画祭でご協力いただけないかとお願いしていたあの件です。

穂村はようやく思い出した。

「ああ、東京世界映画祭ですね。もうそんな時期か」

作品のセレクションが悪い、選出される日本映画のレベルが低すぎて恥ずかしい、などとかく悪口を耳にする機会の多い映画祭だが、第一回開催が一九八五年だから、もう三十年以上開催されており、国際映画製作者連盟が認定する国際映画祭のひとつとして数えられている。愛里沙も学生時代はよくチケットを買って、めったに輸入されることのない中東の作品を見にいっていた。

――そうです。うちでモフセン・ファルハーディー監督のインタビューを予定してるんですが、監督があまり英語が得意でないので、できればアラビア語の通訳を立てて欲しいと言ってきてるんです。

えっと作品は？　と穂村は尋ねた。

――『サアドの家はどこ』。この監督の前作が高く評価されたので、東京でも大きな賞を獲るんじゃないかって評判です。先週穂村さんの机の上にＤＶＤを置いといたんですが、お手元にありませんか？

穂村は書類や本が堆積《たいせき》した中から白いディスクを収めた透明のプラケースを救出した。

「ありました」

——ということはまだ見てない？

相手は笑いまじりに困ったなあ、とつけ加えた。

「すみません。なかなか時間がとれなくて。でも、これイラン映画って盤《ディスク》に印字されてますけど、イランだとペルシャ語じゃないんですか」

——ええ、そうなんですが、映画の舞台はイラクなので、映画の中で語られているのは、アラビア語なんですよ。監督は英語だったらアラビア語のほうがいいと言うし、それに同行した原案者がいまはイランに住んでいて、ペルシャ語もできるので、わからないところは彼がペルシャ語に通訳してくれるそうです。

ありうる話だ。ただ、この仕事は是非やってみたいと思いつつも、

「国際部はいまいろいろありすぎてちょっとお手伝いする余裕がない状況です」

と返事しなければならなかった。

——ですよね。人質と封書の件。無理かなとは思っていたんですが、どうしよう。

「私の大学の後輩を紹介しますよ。語学力に関しては私が保証します。映画好きの学生も多いので、時間が空いていれば喜んでやってくれると思います」

それは助かります、と野々村の声が明るくなった。


大会議室では、長くつづいた会議もそろそろ終わろうとしていた。

結局、刑事は公安の補佐として捜査に加わり、手始めに東京近辺の鑑取りを任されることになった。鑑取りの要領についても公安から注文があった。まずはモスクやハラール食材を売っている店やレストランなどに出かけ、前は見かけなかった人間が最近顔を出さなかったか？　あるいは、最近になって顔を見せなくなった人間はいないか？　また、薬局などにも出向いて、爆弾の製造に使う材料を大量に買い込んだ者はいないか？　を尋ねて回る。これを所轄にも徹底して欲しいとのことだった。

自称ＩＧが新聞各社に出した声明文は、真偽のほどが疑われていたので、いたずらに国民の不安を煽《あお》るべきではないという観点から、報道規制対象にしていたのだが、警戒を呼びかけるためにも、公開することとし、各社一斉に、テレビは今夜のニュースで、新聞は明日の朝刊で報道させることとも最後に発表された。まずいな。これが伝われば、当然国民は不安を感じる。日本に住むアラブ系の人たちに嫌疑の目を向ける人間が増える。鴨下がそんなことを思っていると、

「……ただ思い出していただきたいのは、現実にＩＧは日本人を人質に取って身代金を要求してきているということです。また、我々日本人は中東は遠いとつい思ってしまいがちですが、彼らの勢力はすでに東南アジアに達しています。例えばインドネシアでは、去年はＩＧによって三件のテロ事件が起こり、彼らが仕掛けた爆弾はいずれも繁華街で爆発し、多くの一般市民が犠牲になっています」

まるで忠告するように西浦が言って、マイクを置いた。

なんだよ、やっぱりハム公《こう》は出し渋るよなあ。会議が終わったあと、刑事のエリアからそんな声が聞こえた。〝ハム公〟とは刑事部の捜査員らが使う公安警察に対する蔑称である。公安の公をハムと二文字に分けた隠語にしている。

「やっぱり、公安が主役で刑事がワキじゃないか」

わざわざ鴨下のそばまで二宮が来て、ふてくされたように言った。それから、篠田係長を見つけて、

「本当に俺たちは一課の指揮命令系統から外れて、独自に捜査できるんですか」

と詰め寄っているのを横目で見ながら、鴨下が筆記具をしまっていると、奥の席から近づいてくる男がいた。

「ひさしぶり。元気か」

西浦が、さっきの無愛想な応対など嘘のような笑顔を見せたものだから、鴨下も思わず、

「ああ、なんとかやってる」

と調子を合わせてしまった。

「なつかしいな」

と同期は丸い顔をほころばせた。

「ときどき、警察大学校のあの討論を思い出すことがあるよ」

あれは卒業間際のディスカッションの時間だった。地下鉄でサリンという毒ガスを散布した疑いが濃厚な、しかしその時点では証拠が揃《そろ》っていなかった宗教法人の幹部の身柄を

押さえるために、ホテルの宿泊名簿に偽名を記載したことを理由に逮捕したという、過去に実際に公安警察がおこなった捜査について討論し、西浦はこの捜査を断固支持したのに対して、鴨下はもっと慎重であるべきだった、別の方法もあった、このような捜査方法が許される風潮が蔓延《まんえん》すれば警察は腐敗する、と主張した。

「刑事部の水には慣れたか」

鴨下は黙っていた。

「まあ、警察を自分の理想に近づけようと思ってる鴨下にとっては、水に慣れるなんてのは妥協なのかもしれないけどさ」

こちらが言おうとしたことを相手が言ってくれたので鴨下はうなずいた。

「しかし、特命捜査係ってのはまたお前らしくない部署に行ったものだな」

「僕の希望じゃないよ」

「そりゃそうだよな。ただ、そっちにはJKの女神様がいるからいいじゃないか」

急に真理《しんり》が話題に上った。

「瞑想《めいそう》して、想像の世界を飛んで外界を見渡せば、犯人がどの町のどの通りを歩いているかを見つけちゃうって噂《うわさ》だぜ」

「へえ、そうなのか。なにせ二週間前に赴任したばかりだから」

鴨下が恍《とぼ》けると同期のライバルは、

「へえ、成長したな」

と笑った。

「なにが」

「あの頃の鴨下はそんなカムフラージュなんかしなかったぞ。もっと実直に返してくれたよ。――我々警察はそんな非科学的な予断に基づいて捜査してはならない！　なんて言ってさ」

実際、鴨下は赴任した直後にそういう発言をした。

「もっとも所属している部署の捜査方針がそういうことなら、正論だけで押し通せないのは当然かもしれないが、俺はそれを成長と呼ぶよ」

鴨下はかすかに顔をしかめ、西浦は満足そうに笑った。確かに、真理《しんり》の〝お告げ〟でからくも被害者を救出できた前の事件で、鴨下は、人命を見捨てても正しい手順を踏むべきだ、とは主張できなかった。

「さっき、この会議室に入ってきたあの子だろ。ちゃんと制服着てて、ほんとまだ高校生って感じだよな」

えっ、真理がここに？　なぜだ。動揺を隠しつつ、鴨下はすました顔で立っていた。

「もし、あのお姫様を持て余しているのなら、うちで面倒見るからぜひトレードしてくれ」

調子のいい挨拶を残して、同期は去って行った。見送った鴨下は、この会議に真理が入ってきた理由が気になった。

しかし、特命捜査係に戻ると、隣の席に真理の姿はなかった。通りがかった花比良主任をつかまえて、今日はもう帰ったんですか、と尋ねたが、あれおかしいな、お菓子でも買いに行ったのかな、と父親は首をかしげるだけだった。

2　愛里沙のイスラーム講義

穂村は大学の後輩に電話をかけ、アルバイトをしないかと持ちかけた。もともと『サアドの家はどこ』は見るつもりでチケットを買っていた後輩は、喜んで引き受けてくれた。文化部の野々村に内線を入れ、通訳は後輩にやってもらいます、こちらのDVDは私のほうから彼女に送っておきますので、と伝えて受話器を置き、こいつはコンビニで封筒を買って、そこから宅配便で出せばいいやと思い、白い盤をバッグにしまった。

それから新聞社を出た。築地市場《しじょう》駅から地下鉄で銀座まで行き地上に出ると、町のあちこちに掲げられている東京世界映画祭のフラッグが目についた。そうか、忙しさにまぎれて気がつかなかったけど、ちゃんと宣伝してたんだな、と不注意な自分に呆れた。そして、ああ、面倒なことはみんな忘れて映画でも見たい、と思った。だけど、アラブ諸国の映画はどれも政治の影が色濃くて、最近は仕事を思い出してしまい、つらい。むしろ今は、能天気なハリウッド映画が見たい、と感じていた。

有楽町《ゆうらくちょう》線で東京駅に出てそこから中央線に乗った。中野で降りると、目的地のマンションまで歩いた。

壁にはめ込まれた「鴨下」というプレートの下のベルを押す。「開《あ》いてまーす」という声がして、「お邪魔しまーす」と言いながらドアを引いたら、玄関を上がってすぐの所にスリッパが揃えられてあった。ハイヒールを脱いで履きかえ、玄関の床を踏んでダイニングキッチンに抜けると、制服を着た少女がティーポットにお湯を注いでいた。

「愛里沙さんって、ショートケーキなんて食べたりしますか」

「え、普通に食べるわよ。どうして？」

「いや、大人になったら、ケーキとかパフェとかチョコとか食べなくなるのかなと思って」

「そんな、太らない程度には食べるよ」

「じゃあ、食べましょうよ」

「え、あるの」

「うん、来しなに不二家で買ってきた。苺《いちご》のショートで芸がないけど、選んでるといつまでも決められなくなりそうだから、ごめんなさいなのです」

「ていうか私が買ってくるべきだったわね。こっちこそ気が利かなくて」

と言ったあとで穂村は、冷蔵庫から白い箱を取り出している真理《しんり》の背中に向かって、

「あの、ちょっと聞きたいんだけど、ここの部屋の鍵持ってるってことだよね」

「そうです」

「なぜって訊いてもいいかな」

「なぜ」

「うん」

「私んちは、もうちょっと歩いて青梅《おうめ》街道も越さなきゃいけないから、疲れちゃうんです。ここは途中で休憩するのにもってこいの場所なんで」

テーブルでケーキの箱を開けながら真理《しんり》は言った。

「それから、へんな本がいろいろあって、そういうの引っ張り出して読むのも面白いし」

「それを俊輔は認めているわけね」

「まあ、私たちニコイチなんで」

「ニコイチって？」

「警察用語で、互いに相棒どうしってことです。つまりコンビ」

確かにそれぞれ返事は返ってきているものの、自分がした質問に対する答えとしては微妙にズレている。穂村は不思議なとまどいを感じた。

「だから、俊輔にも私んちの鍵を渡そうとしたんだけど。要《い》りませんって言いやがった。あ、ごめんなさい、言葉づかいが汚くて」

「彼も真理《しんり》ちゃんのところに行ったりするの？」

「まだ一度だけだけど。でもそのうち呼びつけるつもり」

「呼びつける」

「ええ、今晩うちに来いってことです」

「そうしたら、俊輔は行くの」

「それは来ないとまずいでしょ」

「……仲いいんだ」

「相棒ですのよ」

「じゃあ、ここの部屋の鍵は鴨下君から預かってるわけね」

真理は首を振った。

「隙を見てキーホルダーから抜き取ったのをロックスタッフに持っていってコピーしました。孫《まご》でよければ愛里沙さんもどうぞ。鍵屋さんはコピーのコピーを嫌がるらしいけど。生活安全課の刑事さんが言ってました。――はい、どうぞ」

目の前の少女は紅茶茶碗《ぢゃわん》をこちらに滑らせてきた。自分のボーイフレンドの部屋に、先に上がり込んで我が物顔に振舞っている彼女に、ふたりの関係を追及するべきだろうか、と穂村は迷った。けれど、それを話し合うためにここに来たわけではないと気を取り直し、
しかし、目的の話題よりも先に訊いておかなければならないことがある、とは思って、

「あの、真理ちゃんって警視庁の刑事部でなにしてんの」

となるべく軽い調子で尋ね、そして、

「前に一緒にご飯したときに訊きたかったんだけど、あのときは俊輔に邪魔されちゃったから」

と言い訳をつけた。目の前の少女は、あははと声を上げて笑った。

「じゃなくて、私が警視庁で働いてるって知ってすぐに、取材させてって愛里沙さんが前のめりになったから、興味本位でそんなことをされちゃ困るって俊輔が止めたんですよ」

真理《しんり》の言葉には相棒を守ると同時に、こちらの軽率を注意する含みがあった。穂村は、そういえば自分もこうやって沢渡を弁護したな、と思い出しながら、「そうだったたっけ」と誤魔化した。

「うん。でもね、そう言うと俊輔が私を庇《かば》ったように聞こえるでしょ」

うん、と曖昧《あいまい》に穂村は応じた。

「けど、あのときあいつは私を警視庁から追い出そうとしていたんだから」

「え、どういうこと」

「どういうことってそういうこと。女子高生が警視庁でバイトするなんてありえない。おまけに籍を置いているのが強殺《ごうさつ》を取り扱う刑事なんて絶対ダメ、部活でもしてなって感じ。だから、新聞で宣伝なんかされたらたまんないと思ったんじゃない？」

初耳だった。

「許せないでしょ。でももう許したけど、あの顔に免じて」

「……許すって、警視庁でのランクは俊輔と真理《しんり》ちゃんとではどっちが上なの」

「私は特別捜査官だから階級はないの。パパが言うには、俊輔はキャリアって警察官の中ではエリートなんだって。階級はもうパパより上らしいよ。ただ、警察ってとこは年季と実績がものをいうからね、私はこう見えて勤続十年以上のベテランで、実績はまあ俊輔から聞いてください」

　そう言われて、穂村は本来するべきだった質問を思い出したのだけど、

「じゃあ次は、私が警視庁でなにやってるのって質問ね」

と少女は先回りし、流れを整えてくれた。頭のいい子だなと感心しつつ、穂村はうなずく。

「私、ほかの人には見えないものが見えることがあるんです」

「見えないものが見える？」

「聞こえないものが聞こえたりとかも」

「たとえば？」

「逃亡した殺人犯の顔写真を見ていると、東南アジアの屋台でビール呑んでるところが思い浮かんだり、行方不明になった小学生が使ってた筆箱を触ったら、キャンプ場の裏山で迷子になっているのがわかったり。最近だと、電車の中で向かいに座っているやつの顔が気味悪くて、隣の車両に移ってふーってため息ついたとたんに、連結部分のドアのガラスがオレンジ色に変わって、ギャアアアって叫びながら、みんなが駆け込んできたことがあった」

　最近Ｋ線の急行車両で起きたあの放火事件だ。

「なぜ？」

　穂村はそう訊いてしまってから、これじゃあ、なにについて質問をしているのかわから

ないなと思ったが、相手は上手にくみ取ってくれた。

「まあ、母親が北海道出身でアイヌのシャーマンの血が流れていたみたいだから、生まれつきなんじゃないかって思うことにしてます。おかげで、見たくないものが見えたり、聞きたくないものが聞こえたりもするし、第一すんごく疲れるんだよね。おかげで、クリニックに通ってお薬もらわなきゃいけないから、めんどくさいったらありゃしない」

その口調はすっぱな中年女を真似《まね》ているようだったけれど、声質は十代の少女そのものだった。穂村は驚きのあまりすこし黙って、ショートケーキのてっぺんの苺を頬張ってから、

「……あの、それって霊感捜査ってやつ？」

と尋ねた。

「そう呼びたければ」

少女は唇にカップをつけながら言って、熱い紅茶を飲んだ。

このときの真理《しんり》の心は、若い新聞記者が驚きを隠そうと努力しているのをありありと感じ取った。なので、愛里沙の気持ち（信じがたいことではあるが、不信を表明してしまえば取れる情報も取れなくなるので、ここはいったん棚上げしよう）も親切にくみ取って、

「それで今日の会議だけどね」

と続けた。

「そのことを知りたいんでしょ」

　はっとしたようにこちらを見て、愛里沙はうなずいた。

「刑事と公安が合同でおこなうでっかい会議だったよ」

　美しい女性記者は小さなフォークを皿に置いてこちらを見た。

「二億円払え。でなきゃ人質の命はない、日本でテロを起こすぞって手紙が来たんでしょ」

「そう、その件」

「それを踏まえて、警察としてはどうしようかって話し合ってました」

「政府が身代金を支払うかどうかについてはなにか言ってた？」

「あるルートを通じて交渉中だってことだけ。それ以外はなにも」

「あるルートがどういうものかってことについては？」

「この場合、ルートって人のことですか？」

「そう。日本人のイスラーム法学者を代理人に立てているとか、外務省の中東担当者が交渉に当たっているとか、テレビ局の特派員が間に入っているとか」

「なにも」

「ということは、警察が警戒しているのは、IGが日本で起こすぞって言ってるテロのほうになるわけね」

「公安はそうなんじゃないの。でも刑事部はそうでもないみたいだった。警察には『うちにこんな脅迫状が……』って相談が山のように来るんだけど、『学校を爆破するぞ』って出したのが、試験がなくなればいいと思った生徒だったとか、そんなのばっかだから」

「……だけど、これはちょっとレベルがちがうと思うんだけど」

「だから、公安は気合い入ってました。ＩＧのテロリストが日本に入国したボーナンって情報を摑んだらしくて」

愛里沙の顔がこわばった。やっぱりここだな、と真理《しんり》は思った。

「それは本当？」

「うん、モスクってとこで聞いたって。モスクってなに？」

「礼拝場ね、神様にお祈りをするところ」

「イスラム教徒ってわりとたくさんいるんですか」

「わりとじゃないよ。世界の人口の四人にひとり。三人にひとりになるのも時間の問題だって言われてる。日本は世界に例を見ないほどムスリムが少ない国だからそう感じられないだけ」

「そうなんだ。数が多いってことは、それだけパワーがあるってこと？」

「うーん、ただ、国際政治ってのは国と国との力のぶつかり合いの場だからさ。国って単位で見れば、ムスリム人口の多い国は国力が小さいから」

「どうしてイスラム教の国って力が弱いの」

「お金儲《もう》けがへただからかな」

「中東の国には石油を売って稼いでいる大金持ちがいるんでしょ」

「それは私が言いたいこととちょっとズレてるの。真理《しんり》ちゃんはたぶん王様のいる湾岸の国をイメージして言ってるんだろうけど、たしかにあのあたりの王国は儲かってはいる。でも、イスラームの教えでは、人はみなアッラーの下では平等だから、王なんかいるのはおかしいんだよ。でも一握りの王族は、アメリカに、石油を輸出していれば、地位と名誉と金を保証してやる、もし民衆が怒って革命を起こしても、大金持ってアメリカに逃げてくればいいさなんて言われて、米軍を駐留させたりしてるわけ。私なんか、そんなんでイスラームって言えるのかって思うんだけど」

「そういう風にダメ出ししている人ってイスラム世界にはいないの？」

「だからIGとかがそうだよ」

「え、日本人を人質に取って、お金払えってやってるあの過激派たちが？」

若い新聞記者はうなずいた。

「じゃあ、過激派ってイスラムをガチで信じすぎてるってことですか」

愛里沙は思わず笑ってしまったというふうに顔をほころばせ、

「なるほど。そうとも言える」

「でも、そっちのほうが王様よりヤバくないですか」

どうかな、という風に首をかしげて、愛里沙はケーキにフォークを入れた。

「過激派と呼ばれている人たちが革命を起こして、その国を、いや、もともとイスラームには国って概念はないんだけど、とりあえず国をね、きちんと統治できるようになれば、周りの国々だっていつまでも過激派なんて呼んでられなくなると思うよ」

真理《しんり》は驚いた。俊輔はすごい人を彼女にしているな。

「じゃあ、石油でボロ儲けしていない中東のイスラムの国は、商売がへたってこと？」

「本当はね、そういうことでもないと思うんだ。イスラームは商人の中で広まったし、開祖のムハンマドからして商人だったしね。商《あきな》いは上手なんじゃないかな」

「商売がうまいのに、お金儲けが下手ってのは矛盾してませんか？」

「してないよ。現代の資本主義のルールが、イスラームが勝てないようになってるだけの話だから」

「資本主義とイスラムが合わないってことですか？」

「だと思うの。相手が決めたルールの中で、イスラームの教義に背かないようにお金儲けするのはすごく大変だよ。でも、お金を持ってないと、つまり国が儲かってないと、国際社会での発言権は小さくなる。そんなの変だと思うけど、実際、強い国と弱い国ってのはあるからね」

愛里沙さんはたぶん歳はキョンキョンよりもちょい下だろうけど、考え方はまるでちがう。

「だけど、イスラム教って女性差別をしているってうちの先生なんか怒ってるけど」

「へえ。なに教えてる先生？」

「世界史。フェミニストでさ、すんごく怒ってた」

そうなんだ、と言って愛里沙さんはちょっと困ったように笑う。

「確かに欧米的な価値観から見れば、差別って言われてもしかたがないところはあるね」

「その欧米的な価値観って日本のとはちがうんですか？」

「ここでは一緒くたにして考えていいよ。宗教より個人の自由と民主主義と科学を重視している点じゃ、わたしたち日本人は欧米人と同じ価値観を持っているからね」

「個人の自由と民主主義と科学。それを私たちはどのくらい信じてるの」

「少なくとも、建て前としてはかなり信じてるね。人間は自由じゃない。民主主義はもう古い、科学なんてアテにならん、みたいな記事はうちでは絶対に書けないから」

「じゃあ、イスラムの人たちは信じてないの、自由と民主主義と科学を」

「まあ、神様が仰《おつしや》ったことに抵触しないのなら、民主主義だって科学だって、使えるなら使えばいいじゃんってことだよね。ただ、神様と民主主義だと、かならず神様のほうが上にくる。民主主義が下。この序列は絶対に動かない。だから、神様の命令にそぐわない部分が出てくれば、民主主義だって科学だってペケってことになっちゃう。だけど、人類全体が自由と民主主義と科学を尊重する方向にどんどん進歩してるんだって見方を私たちはついしちゃう。進歩は正しい。昔のままなのは駄目。ところがムスリムは、七世紀から神様の言うことが一番上だってずーっと言い続けてるんだけど、そういうの先進諸国の目には〝遅れている〟って映るし、『おまえらいつまでそんなことやってんだ』ってクレームだってつけられる。ムスリムだけの社会で生きていれば無視すればいいけど、国際社会に出ればそういうわけにもいかない。だから、神様の言ったことや、預言者ムハンマドが言ったことをもう一回解釈し直して、いやいやイスラームは民主主義とも辻褄《つじつま》あってますよ、ってやるのが穏健派で、神様の言うことが正しい、民主主義なんかくそ食らえってやるのを過激派と呼ぶわけ」

「過激派のほうが真面目だって言ってるように聞こえますよ」

「だって真面目すぎて困ることってあるでしょ」

「うん、あるね。俊輔とか」

そう言うと愛里沙さんは吹き出した。

「それは同感です」

「あいつの真面目さはまた別のほうに向いてて、これも困りものだと思うけど」

と言って、あははと笑わせておいてから、

「でも、真面目なのは好きなんでしょ。好きだからつきあってるんでしょ」

と事情聴取するように尋ねると、ライバルはすこし困ったような顔つきになった。

「……なんだか、へんな話になってるけど」

「愛里沙さんは、俊輔の真面目さとイスラームのそいつとじゃ、どっちが好きなんですか」

「……正直言うと、どっちも嫌いじゃない」

「嫌いじゃないって……、どっちかに決めてください」

あれ、私、なんか変なこと言ってる。とまどう真理《しんり》の頭の中には、黒いターバンを巻いて銃を手にしたアラブ人と、きちんとスーツを着た俊輔のほかに、もうひとり男の姿が浮かんでいた。新宿駅の東南口改札前。紫陽花《あじさい》色の青いジャケットを着た愛里沙さんは、その男と抱き合っていた。というか、男が愛里沙さんを引き寄せてハグしたのだ。

「私見たんです」

「なにを」

「イスラム教徒の男の人って女の人とハグとかするんですか」

質問の意図が汲《く》み取れなかったのだろう、小首をかしげ、

「まあしないね。非教徒の女を見つけてしたがるのがトルコあたりにはいるけど」

その声には警戒の色はまるでなかった。愛里沙さん鈍い、とすこしイラっとしながら、真理は口を開いた。

「じゃあ、あの人はイスラームじゃないんですか」

「え」

「新宿駅の改札の前で抱き合ってたあの人です」

愛里沙さんは言葉を失って、ただこちらを見つめ返している。

カチャリ。鍵が解ける音がした。それから玄関で靴を脱ぐ気配がして、真理は足音が近づいてくるのを待った。

「あれ」

鞄を提《さ》げてキッチンに現れた鴨下は、驚きの声を上げて突っ立った。玄関のドアを開けた時、明かりがついていたので、真理《しんり》が来ているなとは思ったが、愛里沙がいたのは予想外だった。

「おかえり。早かったね」

と真理に声をかけられ、「ただいま」と答えては、まるでふたり暮らしをしているみたいだと思って、よした。

「愛里沙さんに勉強教わってたの」

英語だろうか。確かに愛里沙は英語が得意だ。とくに、会話はかなわない。ただ、真理が学校で教わっている英語なら僕でも対応できるのに、と鴨下が思っていると、

「いま、世界史でイスラム王朝のとこやってて」

と真理が言って、ああそれならと合点がいった。するとこんどは愛里沙から、

「実はちょっと話したかったんだ」

と声をかけられた。この一言《ひとこと》は、東南口に向かう新宿駅のコンコースを彼の脳裏によみがえらせた。ちょうど一週間前、被疑者を尾行している真っ最中に、愛里沙は突如目の前に現れ、「実はちょっと話したかったんだ」と声をかけてきた。おかげで尾行がバレて事態は急変。それで、彼女が「話したかった」こともうやむやになった。

鴨下は椅子を引いて腰かけた。紅茶飲む? ケーキはもうないけど。そう真理に尋ねられ、首を振った。

「なに？　話したいことって」

「実は私の上司のことなんだけど」

上司なんだ。真理がつぶやくのが聞こえた。

「君の上司のなにを僕に？」

「うん、いまの段階では、その可能性も考えなきゃってくらいなんだけど。いや、こんなこと言ってもわからないか。最初からきちんと話すね。まず、新聞各社に英文で脅迫状が来ました。これは知ってるよね」

鴨下がうなずいた。

「日本に侵入したぞってやつ。いや、正確には『すぐそばにいる』って言ってるだけだから、普通に観光に来たふりして入ったのかもしれないし、比喩的にそう言っただけで実はまだ中東にいるのかもしれない。つまり日本にまだ来ていない可能性もあるってこと」

「ただ、消印は新宿区になっていたんだよね。まだ中東にいるって線はないよ」

「でも、日本にいるＩＧのシンパが投函したってことだってあるでしょ」

「ふむ。で、君の勘だと、ＩＧのテロリストが日本にいる可能性ってどのぐらいリアルなの？」

「わからない。ただ、ＩＧは東南アジアに勢力を拡大しつつあるので、あまり楽観的に考えすぎないほうがいいと思う」

西浦と同じことを言われ、鴨下はうなずき、「それで」と先を促した。

「内容は、人質になっている権藤さんを解放したければ二億円払えというのがひとつ。でなければ、人質は殺すし、日本でテロを起こすぞってことなんだけど、警察はこのことをどの程度のリアリティで受け止めてるの、そこがまず知りたくて」

と愛里沙は用件を切り出した。

「警察って言ってもいろいろだよ。公安と刑事でもかなりちがうし」

「とりあえず刑事部はどうなの」

「そんなの君に漏らすわけにはいかない」

そう言うと真理《しんり》がくくと笑った。

「言える範囲でかまわないから」

「それは君の上司に関連することなの?」

「そう、彼の命に関わることなんじゃないかって思ってる」

鴨下は、なにを大げさなと思いつつも、そこまで言う愛里沙の気持ちも汲んで、

「じゃあ僕の個人的な感想を伝えておくよ。ひとことで言うと、わからない。まず、IGのテロ要員が日本に入ったことに関しては、その情報提供者がどんな人なのかを僕ら刑事は教えてもらっていない。公安って情報提供者の身元は伏せるからね。だけど、そいつの正体がわからなければ、言っていることの信憑性も判断できない。会ってもないし、顔を見たこともない人間が吐いた言葉だけを伝えられて、それを鵜呑《うの》みにするわけにはいかないよ」

だねー、と真理が言った。相棒に加勢したのか、それとも真理なりのマスコミ対応なのか、それはわからない。

「公安が心配になるのはわかる。日本でテロが起きたら、日本はかけがえのない財産を失うことになるから。それ以降、日本は別の日本になるって言ってもいいや」

別の日本になるって？　真理が訊いた。

「日本はどの先進諸国よりも安全なんだ。日頃はあまり意識していないけれど、安全って日本の豊かさのひとつ、かけがえのない財産だ。もし日本人が周囲を警戒し緊張して町を歩かなければならなくなれば、もうこれまでの日本じゃなくなる」

わかるよ、と愛里沙はうなずき、

「そこで質問だけど、日本がそうなる可能性、つまりＩＧがテロを起こす可能性ってどのぐらいリアルだと思う？」

鴨下は腕組みをし、すこし考えてからもう言ってしまおうと覚悟を決めた。

「僕の考えでは、その封書はＩＧの名前を騙《かた》ったいたずらだよ」

「いたずら？」

「日本人の身柄と引き換えに二億円払え、払わなければ殺害するって要求なんだけど、これは阿瀬首相のエジプト演説に対してＩＧが出した声明の中にすでにあった。次は日本を攻撃のターゲットにする、これから日本に向かって出発するってこともここで明言されていた。となると、各新聞社に届いた封書によって新しく追加された情報は、〃ＩＧのテロ要員はすでに日本に到着している〟の一点だけだ。本当？　って思わないではいられない。だって、テロを企んでるテロリストが現地に到着しましたって、その国のジャーナリズムにわざわざ告知なんかするかい」

「それは、身代金の交渉を有利に進めるためじゃないの？」

「その可能性はないとは言えないけれど、僕としては、あまりリアリティを感じないな」

「じゃあ、この場合、鴨下君にとってもっとも賢明な対処方法はなにになるの？」

「心理的なパニックを防ぐことだ」

どういうこと。真理《しんり》に尋ねられ、鴨下は補足した。

「こういう情報が世間に流れると、日本人が恐怖に駆られて、日本にいるムスリムを敵視する空気が生まれ、モスクに石を投げたり、ムスリム女性からスカーフを剝《は》ぎ取ろうとする馬鹿が出てくるんじゃないかって心配している」

うん、それは大事なことだよね、と愛里沙はとりあえず同意して、

「で、具体的な行動方針としては？」

「だから、公安に協力して鑑取りはしつつも、彼らが早まった決断を下さないよう、いましばらく様子を見るつもりだよ」

でた。真理が小声で言った。

「だけど、人質の問題はどうなるの」

「だからそれとこれとは話が別なんだ」

「別……なのかな」

「だっていまは、日本に侵入したＩＧのテロリストが日本でテロを起こす可能性について話してたじゃないか。君に僕の読みを訊かれたから、その可能性は小さいと思うって答えた」

「まあ、そうだけど」

「そもそも、ＩＧのテロリストが日本にいるという疑いが生まれたのは、あの声明文が新聞各社に届いたからだろ。入国管理局や、公安調査庁がよこした情報じゃない。となると、テロリストが日本にいるかどうかは、その手紙の信憑性しだいってことになる。もういちど言うけど、僕はいたずらだと思っている。だけど、日本人がひとり中東でＩＧに捕らえられているのは、明白な事実だ。だからこちらは救出に向けて最大限の努力をしなければならない。そして当然、外務省の職員らは泊まり込みでやってるさ」

「だけど、最大限の努力ってなに？」

「具体的な策については知らない。僕は警視庁勤務だから、東京都で起こる犯罪しか関与できないし、警視庁の公安部には警察庁から情報が下りているだろうけど、公安部は僕らにはよこさない。ただ、〝あるルート〟を通じて交渉中だってことは聞いたよ」

「その〝あるルート〟の実体は？」

「わからない」

すこし黙ったあとで、愛里沙が口を開いた。

「アラビア語があったの」

鴨下は暗い山の中で一瞬道を見失ったような気持ちになった。

「新聞社に届いた声明文のこと？」

と確認すると、愛里沙はうなずいた。

「会議では英文だって聞いたけど」

「すくなくとも、うちにきたのは英文とアラビア語が並記されていた。最初に英文、続いてアラビア語があった。ワープロの印字だったけれど」

鴨下は不思議に思った。英語が書けないからアラビア語のまま出すというのはわかる。大手新聞社にはアラビア語を解する者だってひとりくらいいると期待して――。だけど、まともな英文が書けるのに、わざわざアラビア語を加える理由はなんだろう。

「それで、また不思議なことにね――」

考え込んでいる鴨下に、次に進むよと愛里沙は合図を送った。

「アラビア語の文が並記されていた手紙はうちだけだったみたい。ほかの新聞社に届いたものは、英文だけだった」

鴨下は目を閉じて思索をめぐらせ、またすぐに開いた。

「だとしてもこの時点で言えることはそんなにない。その手紙を出した人間は、朝陽新聞社にアラビア語ができる記者がいることを知ってた。アラビア語ができる記者は、ほかの新聞社にも*いる*かもしれない。だけど、朝陽新聞社には確実に*いる*。このことを差出人は知っていた。だからアラビア語でも書いた」

愛里沙はうなずきながらも、「だけど」と言った。

「だったら、アラビア語だけでいいはずだよね。でも、最初が英文で次にアラビア語。そもそも、国際部の記者なら英語はできて当然。だったら、英語で十分なはずなのに、なぜわざわざアラビア語を書く必要があったの」

鴨下は、さてどこから整理しようか、と考えた。

「そのアラビア語の文章は英語で書かれたものとまったく同じ内容なの」

「きちんと対訳になっていた」

「英語には書かれてない内容がちょっと追記されてた、なんてことはなかったかい？」

「そこなの」

思いがけずそう言われ、鴨下はちょっと身構えた。

「アラビア語のほうには文末に、『会えるのを楽しみにしている』って入っていた」

会えるのを楽しみにしている。鴨下は封書の内容を思い出し、このセンテンスを尻につけて頭の中で読み返した。それは違和感なくつながり、「テロを起こすために日本にやってきたぞ」という主旨の文の最後を飾るにふさわしかった。「会おう」と呼びかけられているのは日本国民全体で、挨拶と同時に脅しでもある。けれど、アラビア語だけで追記されていたことを考えると、別の解釈もできる。鴨下は小さな声で「困ったな」とつぶやいた。

「こうなってくると僕の意見は修正が必要になってくるかもしれない」

「修正って？」

「単なるいたずらじゃなくて、もうちょっと手の込んだいたずらってことだけど」

どういうこと？　真理《しんり》がつぶやいた。

「差出人は、声明文が朝陽新聞社内のとある記者によって開封されることを期待していた。つまり、日本国民に宛てた脅迫文の体裁をとりつつ、朝陽新聞社のアラビア語ができる個人に宛てて送りたかった。ただ日本政府宛ての声明文の体裁をとっている限り、朝陽新聞一社だけに送るのは不自然だからいっせいに出した」

愛里沙は黙ってうなずいた。

「こういうふうに想像力を働かせると、差出人は朝陽新聞社のアラビア語のできる誰かと知り合いなんじゃないかって気がしてる」

真理が愛里沙を見た。

「身に覚えは？」

と鴨下が言った。

「え、なんの？」

「その封書が実は君宛てに送られたものだってことについて」

愛里沙は激しく首を振った。

「君だけがアラビア語ができるのならば、僕の想像は妄想でしたってことになる」

「……そこなんだけど」

とためらいがちな愛里沙の態度を見て、

「それがさっき言ってた上司なんじゃないの？」

と真理が先回りし、

「あの人、アラビア語できそうだった。顔立ちもなんだかそんな感じだったし」

とまで言ったので、鴨下は驚いた。

「先輩は知ってるの？」

「知っているわけじゃない。けど、見た。ほら、前に尾行作戦やった時。たまたま愛里沙さんと新宿駅の東南口にいるところを」

鴨下は、顔をこわばらせた愛里沙に向き直った。

「その手紙が君の上司に送られたものだって仮説はどう思う？」

「実は、私も同じことを考えていた」

鴨下は、半信半疑で唱えた想定に愛里沙が飛びついてきたことにいささか面食らいつつ、ほかにもなにかあるなと思い、どんな人？　と尋ねた。

「中東専門のベテラン記者。名前は沢渡孝典。外大の先輩で、私を本社に引き上げてくれた人なの。うちの社で孤軍奮闘して中東をカバーしてたんだけど、キャパオーバーになって、アラビア語学科を出て朝陽に入社したのはいないかって大学に問い合わせて、警察回《サツまわ》りをやっていた私を見つけて国際部に呼んでくれた」

何歳？　鴨下が尋ねると愛里沙は首をかしげた。

「私が彼から聞いたのは、警察回《サツまわ》りが五年目になって、嫌で嫌でしかたなく、もうやめようかと思っていた矢先に――」

鴨下は真理《しんり》とさりげなく視線を交わした。愛里沙はふたりを前に「警察回りが嫌で嫌で」と言う無頓着さに気がつかないでいるらしかった。

「――国際部への配属が決まったのが9・11の直前で、それから志願してすぐアフガニスタンとイラクに取材に行ったたって言ってたから……」

9・11、アメリカ同時多発テロ事件。イスラム過激派組織アル＝カイーダがニューヨークの国際貿易センタービルにハイジャックした旅客機で突っ込んだのは、二十一世紀幕開けの年、二〇〇一年だった。攻撃を受けたアメリカはすぐ、アル＝カイーダが拠点にしていたアフガニスタンを空爆。さらに、こんどはイラクに対して、大量破壊兵器、つまり核兵器を隠し持っているという言いがかりをつけて、開戦した。これが二〇〇三年に始まったイラク戦争だ。大学を卒業し、五年の警察回りを経て、9・11後のアフガンやイラクに行ったとすると……。

「五十前って感じだね。で、その人が書く記事の傾向は？」

「過激すぎる。――社内ではそんな評判が立ってる。アフガニスタンやイラク、クルド人やイスラム過激派に同情的。逆にアメリカや日本政府に厳しい」

「でも、反米リベラルは、御社では沢渡さんに限った話でないのでは」

「それはそうなんだけど。ただ、彼が書く記事は、うちでも許容範囲を超えてるって声が強いんだ」

「例えば？」

「すこし前に、阿瀬総理のカイロ演説に厳しい批判を加えて、官邸の広報担当官から話を聞かせろって連絡があった。つまり、詫びを入れに来いってことよね。このときは国際部の部長が出向いてなんとかことを収めたの。で、今回の人質事件。政府の忠告を無視して渡航したなんてことは関係ない、いついかなるときでも国家は国民の身の安全を守らなければならないのだから、いますぐにでも身代金を支払うべきだ、って強い調子で書いて、今度は秘書官が本人を寄こせと言ってきたんだけど、のらくら逃げているうちに、出社しなくなっちゃった」

「でも、大筋では沢渡さんに賛成する人も世間には少なくないんじゃないかな」

「そうなんだけどね。だけど、その原稿はちょっと筆が滑ってるというか、もう少し落ち着いた調子で書いたほうが説得力が増すのに、と私でも思うようなシロモノだった。とにかくいますぐ払え、ってヒステリックになっているところが目立って……」

「そのほうが効果的だと判断したんじゃないの」

横から真理が口をはさんだ。その大人びた、冷静でどこか見透かしたような口ぶりが気になった鴨下は、

「効果的ってどういうこと？」

と尋ねた。

「どういう効果を狙ったのかはわかんない。けど、その激しさって、なんて言ったらいいのかな、つまり、お芝居なんじゃないの」

お芝居。と口の中でその言葉を転がして味わってみたが、意味するところはわからない。

「沢渡さんは、アメリカとイスラム過激派の間の問題についても過激派側に立つことが多いの？」

鴨下は話題を戻した。

「もちろん。例えば、イラク戦争なんてのは、アメリカが強引に始めたんだから、アメリカを叩くわけ。ただ当時はアメリカがデマ情報をばらまいたってところまでは明らかになっていなかったから、当時のデスクはそうとう手を焼いたみたいね」

「じゃあ9・11ならどうなの、イスラム過激派のテロを容認するようなことを書くわけ？」

「いや、さすがにそんな原稿書いたって載せてもらえっこないから、『むしろアメリカがテロの原因を作っているのでは』って書くだろうね」

「だけど、本人の本音はもっと過激なわけだ」

「そう。沢渡さんは個人で著作活動もしていて、よその出版社から数冊出している。そこでは、ＩＧをイスラム過激派と呼ぶことすら欧米諸国の偏見に基づいた呼び名だって書いてある」

「過激派がダメ？　じゃあ原理主義ならいいの」

「伝承派。沢渡さんはそう呼ぶことを推奨してる。彼に言わせれば、穏健派と言われているムスリムのほうが堕落していて、欧米のご機嫌伺いばかりしているってことになる」

なるほど。とりあえず鴨下がそう返すと、真理《しんり》が口をはさんだ。

「だけど、愛里沙さんもそう思ってるんじゃないの」

鴨下を驚かせたのは、真理の質問ではなく、愛里沙が浮かべた困惑気味の微笑だった。

「イスラームや中東の歴史を勉強していると、そういう説にも一理あると思えてきちゃうわけ」

「一理ある」と留保がついていたので、鴨下はこの返事にとりあえず納得した。しかし、真理はちがった。

「それは、愛里沙さんがイスラームを勉強して摑んだ結論なの？　それとも沢渡さんにそう教えられたの」

なぜか問い詰めるようなその口ぶりに、愛里沙の態度にかすかに戸惑いの色が兆《きざ》すのを鴨下は見て取った。

「沢渡さんの影響はあるかもしれないね。でも、自分でも勉強して、なるほどなって思ったことも大きいよ」

と言ってから愛里沙がまた困ったような笑いを浮かべるのを見た鴨下は、ここから先は愛里沙に決めさせてやろうと、

「それで？」

とぼんやりした問いを投げた。うん、と愛里沙はうなずいた。

「今月の中頃、十六日の金曜日だったと思う。国際部に英語の電話がかかってきたの。あちこちに回されて、ようやくたどり着いたそのラインを取ったのが私だった。ミスター・サワタリはいるかと訊かれ、席を外していたので、私でよければご用件を承りますと言った。そしたら向こうは、じゃあ、かけ直すって言うわけ。女だから舐《な》められてるんじゃないかって気がして、アラビア語に切り替えたの。沢渡さんに用があると言うことはおそらく中東の関係者だな、英語のイントネーションからしてアラブ系にちがいないと見当つけたから。『サワタリが帰ってきたらかけ直させるから、名前と電話番号を教えてください』って言った。こっちがアラビア語が話せるのなら信用してくれて、用件くらいは教えてくれるんじゃないかって期待を込めて。だけど、向こうは、私がアラビア語を話したことには驚いていたけど、いやいい、こちらからまたかけると言って切ろうとしたわけ」

ずいぶん警戒されてるね、と同情するように真理《しんり》が笑った。

「そうなの。で、ちょうどここで、沢渡さんが編集部に戻ってきた。それで私は、彼の席に電話を回して、『アラビア語です』って言った。沢渡さんは『おう』なんて言って取ったあと、急に声をひそめた。普段は電話口でかなり大きな声を出す人なのに、この通話のあいだずっと声を抑えてたのが気になったけど、聞き取れなかった。表情を見ようとしても、沢渡さんの机は資料がうずたかく積まれて要塞のようになってて、これも無理。そうこうしているうちに、定例ミーティングの時間になって、国際部がみんな会議室に移動しはじめ、私もそちらに向かわなきゃいけなくなった。だけど、彼はかまわず話してた。しかたがないから置いてけぼりにして部屋を出た。会議室でデスクに、『沢渡はどうした』って訊かれたので、『電話してます。アラビア語だったのでたぶんカイロからだと思います』って説明した。その時はIGが阿瀬首相のカイロスピーチに猛然と噛《か》みついた後だったし、権藤さんの件も続報が得られない時期だったから、この方面の情報を取っているんだなと思ってくれるような返事にしてあげたわけ。ならしかたないなって感じで、会議は沢渡さん抜きではじまり、沢渡さんが現れることなく終わった。席に戻ってみたら、机の上に足を載せて椅子の上でふんぞり返って腕組みしてる。会議はどうしたんですか、と訊いたら、会議どころじゃないよって笑ってるの。ちょっとムカついて、ああそうですかって無視したら、急に向こうから額を寄せてきて『IGが話をしたいって連絡してきた』って」

　この男の言動はどこか軽薄だ。鴨下はうっすらと不快さえ感じた。

「それで、週明けの月曜日、十九日か、沢渡さんに新宿の喫茶店に呼び出されたの。その時、『これからちょっとIGに会ってくる』って言われた。もちろん、どこで誰と会って何を話すのかって質問はしたけど、それは教えられないの一点張り」

「じゃあ、どうして君をわざわざ新宿まで呼び出したんだ」

　なんでだろ。愛里沙がぽつりと言った。自分には自然だと思えた質問は、彼女にとっては予期しないものだったようだ。そのことが鴨下にとっては意外だった。

「たぶん、中東のイスラームについて理解できるのは社内では私くらいだと思ってくれたんじゃないかな」

この答えも取り繕った印象を受けた。

「とにかく、そのあとで沢渡さんと別れた。それが先週の月曜の新宿の東南口改札前。それっきり一週間姿を見せないわけ」

そこまで話すと、愛里沙はいったん口を閉じた。え、そこで終わりなの、という感じで真理《しんり》がきょとんとしてこちらに視線を向けてきた。

「どういうこと？」

鴨下は愛里沙のほうを向いた。

「だけど、この時点で断定できることはほとんどないよ。かかってきた電話がＩＧからだって可能性は低い、と僕は思う」

「かもしれないけれど、可能性を低く見積もりすぎるのも危険な気がする」

「それはどうして？」

「私は電話でその人のアラビア語を聞いたけど、あれはネイティヴのアラビア語だった。そして彼は日本からかけていた。後ろの雑踏に日本語がまじっていたから。だとしたら在日アラブ人、でなければ来日したアラブ人ってことになるよね。在日アラブ人がＩＧを装っていたずら電話をかけるってのは、私の感覚からすると、ありえない。てことは最近来日したアラブ人だという可能性が高い」

「後ろの雑踏の音なんかは録音したものを流せばいくらでも細工できちゃうよ」

真理はそう言って、警視庁に籍を置く特別捜査官らしいところを見せた。さらに、

「でも、もちろん愛里沙さんが言うように、日本のどこかからかけている可能性もある。そいつがテロリストだったら大変なので、ここはとりあえずそう考えたほうがいいかもね」

とこんどは愛里沙を支持するようなことも言って、

「で、在日アラブ人にＩＧはいないっていう理由は私にはよくわかんないけど、愛里沙さんがそう言うのならここもそう信じることにして、だけど来日したアラブ人のほうはＩＧの可能性があるんだからこれは問題だよね。そして、そのＩＧが日本に来て、沢渡って人に連絡してきた。そして、沢渡さんはＩＧに呼び出されてのこのこ出かけて行ったんじゃないかって、愛里沙さんは心配してる」

ときれいに整理してくれた。鴨下は、真理がこんなに念入りに理屈を並べることもあるのか、と驚いた。

「ひょっとして先輩は、僕とはちがって、その可能性があると感じているんですか」

「俊輔はどうしてないと思うわけ？」

鴨下は、頭の中で理屈をこねはじめたが、真理が口を開くのが先だった。

「だって、その沢渡って人はＩＧの味方っぽいことを書く人なわけでしょ」

一理ある。沢渡ならわかってくれる。沢渡だけはわかってくれる。ＩＧがそう考えるこ

とはあり得る。真理《しんり》はこんどは愛里沙のほうを向いた。

「電話をかけてきたＩＧに会うと言い残して、沢渡って人はいなくなったんでしょ。でもそれってどうなんですか」

「どうって？」

「そんな重たいこと自分だけに打ち明けられて嫌じゃないんですか」

真理の疑問は鴨下にとっては思いがけないものだった。だけど、愛里沙は、その質問を待っていたかのように、うなずいた。

「私は、少なくとも上にはこのことを話したほうがいいって言ったんだけど、聞き入れてもらえなかった。上にあげてしまえば、警察に通報しろってことになるに決まってるって言ってね。そうなったら、俺は権力側にいいように使われてしまうし、連絡してくれた相手を裏切ることになる、というのが彼の言い分だった」

この答えに真理は首をかしげた。ひょっとしたら、愛里沙からの返答は、彼女の質問の意図とズレていたのかもしれない。

「じゃあ、彼がＩＧに会いに行ったとして、その目的はなんだったと思う」

「沢渡さんは、人質の解放に向けて調停を試みようと思っていたんじゃないかな」

なんだって⁉　鴨下の笑いが歪んだ。

「本人がそう言ったの？」

「それは私の想像。でも、人質事件が起きた直後に、外務省なんかより俺のほうがうまく交渉できるのにって言ってたのは聞いた」

　いぜん鴨下が呆れていると、代わりに真理が、

「愛里沙さんの前でいいとこ見せようとしただけなんじゃない？」

　とにべもない言葉で鴨下の意中を代弁し、

「おじさんって自分の実力を大きく見せようとすることが結構あるよ。特に、その実力が試されないとわかっている場合、それと気になっている女の人の前ではね」

　と桜田門で刑事たちを観察してきた彼女ならではの感想もつけ加えた。

「沢渡さんはIGにルートがあるのかな」

　鴨下が尋ねると、愛里沙はうなずいた。

「IGがマスコミに騒がれる少し前に、トルコからシリアに入って、IGが支配するエリアで幹部にインタビューしたことがあった」

　それはすごいな。これには鴨下も感心した。新聞社は危険な紛争地域に社員を出さなくなりつつある。命を落とす危険が少なくないし、帰ってきてから精神を病む者も多い。新聞各社は、このようなリスクにじゅうぶんな手当をするのは難しいと判断すると、フリージャーナリスト（人質になった権藤さんがそうだ）から記事をもらって紙面を埋める方針に切り替えた。そんな中、いまもっとも危険な地域と言われるIGが統治するエリアに入って、幹部のインタビューを録《と》るなど、なかなかできるものではない。なにか強力なツテでもあるのだろうか？

「ＩＧに接触したジャーナリストはすごく限られているし、権藤さんとも知り合いだったので、捕虜になったときに、〝ニュースＮＩＮＥ〟が沢渡さんをコメンテーターとして呼んだんだけど」

「権藤さんと知り合い？　沢渡さんが？」

遮るように鴨下が尋ね、そうみたいなの、と愛里沙が答える。

「知り合いって、どの程度の？」

「詳しいことは聞いていない。ただ、現地ではジャーナリストは否《いや》が応でも顔見知りになるし、情報交換もする。とにかく、銃弾が飛びかう中でシャッターを切っているどうしだから、連帯感も生まれるんじゃないかと思う」

それはそうかもしれない、と鴨下は思ったが、あえて、

「だけど、たがいに商売仇《がたき》ではあるわけだろ」

と言うと、愛里沙の顔はすこし曇った。

「確かに、沢渡さんは大手新聞から派遣された記者だから、資金も豊富で、そのへんはフリーのジャーナリストたちに羨ましがられて、悪口めいたことも言われたみたい」

「権藤さんからも？」

愛里沙はうなずいた。

「使おうとしていた現地のガイドをギャラを釣り上げて横取りされたって、あちこちで愚痴ったんだって」

「逆に、沢渡さんから権藤さんについてネガティブなコメントはなかったの。例えば、今回人質になってしまったことについて沢渡さんはなにか言っていた？」

愛里沙は、できる人なんだけどすこし口が悪いところがあってね、と言いにくそうに前置いてから、

「『一旗揚《ひとはたあ》げようと焦りすぎたな』って……」

「それはジャーナリストとしての功名心が今回の事態を招いたってこと？」

「そう。その時はひどいこと言うなと思って、ちょっと言い合いになった。彼らが危険を顧みないで現地に行ってニュースを伝えてくれるから、私たちは遠い場所で起こっていることがわかるわけでしょ」

ごもっともな意見である。ただ、ジャーナリストは職業だ。フリーの人間は、記事を書いてそれをどこかに売る。そのため、ライバルを出し抜いてやろうと、危険な地帯にも足を踏み入れる、それが仇《あだ》となって今回のような事態に至ったという解釈はないとは言えない。しかし、これを言うとまた一悶着《ひともんちゃく》起こると思った鴨下は、

「沢渡さんが呼ばれたニュースＮＩＮＥだけど、そこで彼はどんなことを喋ったの」

と話題を変えた。

「出なかったの」

「出なかった。どうして？」

「上司が出させなかった。あいつはなにを言い出すかわからないからって」

生放送だしな、と鴨下はくみ取った。

「で、君は政府の言う〝あるルート〟は沢渡さんだって思ってるんだね」

「少なくとも、疑うべきだとは思ってる。そう本人が仄《ほの》めかしたんだから」

「つまり会社にナイショで政府の任務で動いているってこと?」

「それはないと思う」

「どうして?」

「ニュース番組には出させなくても、政府機関から要請があれば、会社は沢渡さんを貸し出すよ。危険な仕事なので、『やれるか』って確認はするだろうけれど、そうなったら本人は『待ってました』って喜ぶに決まってる」

「極秘任務だから、君が蚊帳《かや》の外に置かれているってことは?」

「だとしても、デスクには伝わっていなきゃおかしい。でも、デスクの態度は事情を知っているようにはとても見えないもの」

「だとしたらどういった形で? 会社には一切内緒で、日本に潜入したＩＧと独自に接触しているってこと?」

えー、それ、危なくないの? と真理《しんり》が声を上げる。

「危ない。ただ、ここは日本だからね。イラクでＩＧと接触した経験のある沢渡さんなら、安全だと判断したってことはありうる。そして、ＩＧとコンタクトして、手応えを感じたら、彼らのメッセージを政府筋に連絡して伝えている、ってことは考えられるんじゃないかな」

ならばと鴨下は思って、言い出しかねていた質問をぶつけた。

「沢渡さんはムスリム、つまりイスラム教徒なのかな？」

その問いは愛里沙にとって意外なものにちがいなかっただろうが、

「どうしてそういうこと訊くわけ？」

と問い返す口ぶりに非難の色はなかった。

「理屈は単純。ＩＧからの人質奪還の交渉を非教徒がやれるとは思えないから」

愛里沙はうなずいて、実はそうなの、と言った。

「改宗したんだ。取材でイラクに行っているときに、田舎《いなか》の村で入信したみたい」

やっぱり、と鴨下はうなずいた。

「ただ彼は、自分がムスリムだということはあまり大っぴらにしようとしていない。会社の者にも言うなって口止めされた」

「愛里沙のほかに知ってる人は誰もいないの？　会社では」

「たぶん。宗教の身辺調査ってのはないから、周りの社員もまさか改宗してるなんて思わないはず。だって、日本にはイスラム教徒はほとんどいなくて、しかも十中八九は外国人。でなきゃ彼らと結婚した日本人女性くらい。沢渡さんのように、成人してからイスラム教に改宗した日本人ってほんとに少ないから」

「ムスリムのコミュニティでは、改宗の記録ってどうなっているの？」

愛里沙は首を振った。

「どこにも残っていないはず。イスラームってそういう宗教なの。ムスリムになるのはすごくシンプルで、ムスリムの立会人の前で、『アッラーのほかに神なし』、『ムハンマドはアッラーの使徒なり』って唱えるだけ。立会人は親しい知り合いでなくたっていい。旅先で入信したいと決心して、そこで知り合ったムスリムに頼んで立会人になってもらい、そのあとまた旅の続きにでて、そのまま一生会わないなんてことだってある」

「なるほど。ただ、彼はなぜ自分がムスリムであることを公表しようとしないのだろう。信者であるのに信者でないふりをするのは、背教にはならないの？」

「それはウラマーに聞いてみないとよくわからないな」

「ウラマーって？」

「イスラームの法学者だね。それが背教に当たるのかどうかを教えてくれたり、アドバイスしてくれたりする」

「でも、愛里沙さんが知っているのはどうして？　会社では誰も知らない、沢渡さんがムスリムだって秘密を」

真理《しんり》が尋ねた。

「それは私が訊いたから」

「愛里沙さんのほかは誰も訊かなかった。だから彼も言わなかった。――そういうこと？」

「だと思う」

「そうかな。愛里沙さんだから打ち明けたんじゃないかって思うんだけど、どう？」

真理がここまで追及した時、この質問はさきほど真理が発した「自分だけに打ち明けられて嫌じゃないんですか」の変形だと鴨下はようやく気がついた。しかし、なぜ真理がここにこだわるのかは不思議だった。

「それはまあ私は一般の人よりかは中東やイスラームに詳しいからね」

え、そこなの？　という真理のつぶやきが聞こえなかったのか、愛里沙は続けた。

「ムスリムだと知れたら、自分の主張はムスリムの勝手な言い分だって思われるだろうなってぼやいてたことがあった。だから、進んで公表しないんじゃないかな」

どこか納得のいかない理屈だ。けれど先に進むためそのままにしておこう、と鴨下は思った。

「それで、沢渡さんはどのぐらい社に姿を見せてないの」

「五日。間に土日を挟んでいるから一週間になるね」

「微妙な数字だな。インフルエンザにかかって高熱を出して部屋で寝ていたって、そのくらいにはなるからさ」

「だから確認したの。麴町《こうじまち》のマンションに行ったら、インターフォンを鳴らしても応答がなくて、郵便受けには新聞がたまっていた」

そのくらいの欠勤でわざわざ自宅まで確認に行ったことに鴨下はちょっと驚いて、その訪問って上から指示をもらってのものなの、それとも上司が心配になって自発的にマンシ

ヨンに向かったの、と尋ねはしなかったものの、

「行き先も告げないでぷいって取材に行っちゃったり、都合の悪いときはのらくら逃げてうやむやにするようなこともやる人ではあるんだけど……」

という愛里沙による沢渡の人物像を聞いたときには、ひどいやつだ、都合の悪いときに逃げるような男なら、やっぱり官邸からの呼び出しを嫌って雲隠れしてるだけだと心の中で決めつけた。しかし、

「君は本当に、沢渡さんが俺なら調整できるぞって信じてＩＧの要人とコンタクトを取ったんじゃないかって心配しているの？」

と鴨下が尋ねると、愛里沙はこくりとうなずいた。

「だとしたら、ちょっとおっちょこちょいだね、沢渡って人は」

愛里沙は黙り込んだ。怒ったみたいだ。

「その沢渡さんって沢渡タカノリって言うの」

声のほうを見やると、手にしたスマホに真理《しんり》が視線を落としている。

「いま、〈朝陽新聞、国際部、イスラム、イラク、沢渡〉で検索をかけたら、私が新宿で見かけたこの人が出てきたんだけど。見てこれ」

スマホの画面がこちらに向けられた。鼻の下と顎の周りに髭を蓄えた、彫りの深い、浅黒い肌の男がいくつか並んでいる。

愛里沙がうなずいた。

「無事だよ」

真理は言った。そのひとことは長い議論のあとで、あっけなく響いた。そして、真理の直感と自分のそれとが一致したことに鴨下は満足を覚えたが、

「だけど、人質引き渡しの交渉はやっているね」

と真理が続けたときは、「えっ」と思わず声を上げた。おっちょこちょいだと決めつけた沢渡がＩＧと渡り合っている、と真理は言うのだ。一方、愛里沙は別のことに驚愕《きょうがく》したらしい。

「警視庁でやっている花比良さんのお仕事ってそういうものなの？　つまりその――」

真理は鴨下を見た。鴨下はこれ以上真理に喋って欲しくなかったが、同時に聞きたくもあった。迷っていると真理が言った。

「というか、政府の〝あるルート〟なんてないよ」

「〝あるルート〟がない？」

鴨下が復唱するのを聞いて、真理は続けた。

「確かに政府のオジサンたちは、交渉はしているけれども、ＩＧの要求に応じるつもりはまったくなくて、ただただ人質を返せってくり返してるだけだよ」

ちょっと待って。たまりかねたように愛里沙が口を挟んだ。

「だったらＩＧは権藤さんを公開処刑するよ。口先だけじゃなくて、いままで何人も処刑されてるんだから、それを知らない政府じゃないはず」

真理《しんり》は、その先は言いたくないとでも言うように、肩をすくめた。どんよりした静けさがダイニングキッチンを支配した。日本政府が『人質を返せ』と言うだけで効果的な手を打たない、ということはあり得る。なにかをするということは、身代金を払うということだから。それはテロに屈することになるので、できない。考えられるのは、身代金は払わなかった体裁にして、実際には裏でこっそり渡して人質を取り戻すという手だ。鴨下は実は政府はこの道を探っているのではないか、と考えていた。

電子音がけたたましく鳴り、三人は身を引きしめた。愛里沙が床に置いていたバッグを持ち上げ膝に置き、手を中に突っ込んだ。ただ、スマホはバッグの底に沈んでいるらしく、手はずっと内側をかき回している。業《ごう》を煮《に》やしたように、愛里沙は分厚いノートや、ペーパーバックや、財布やメモ帳や、英字新聞や筆箱などを摑み出し、テーブルの上に積み上げた末に、お目当てのスマホを救出した。

はい穂村です、と出たあと黙ってスマホを耳に当てている愛里沙を見ながら鴨下は、もうすこし整理整頓したほうがいいぞ、前もここに大事なノートを忘れていったし、と呆れつつも、はい、はい、はい、とうなずく彼女の表情が硬く、瞳が虚《うつ》ろなのが気になっていた。

「いまから社に戻ります」

切るやいなや、スマホをバッグに放り込んで愛里沙が立った。なにがあったの？　と鴨下も真理も尋ねなかった。鴨下は尋ねていいかどうかわからず口をつぐんでいた。真理は、実はその内容を察知し、胸が締め付けられていた。愛里沙は、テーブルの上にばら撒《ま》いたノートや新聞や本をバッグに戻したあとで、真理が予期した言葉を吐いた。

「殺されちゃった、権藤さん」

愛里沙さんが部屋を出ていくと、俊輔は篠田さんに電話を入れた。人質になっていた権藤さんが処刑される動画がYouTubeにあげられているみたい、と切ってから教えてくれた。

ほんとうに？　と真理はちょっと気になって尋ねた。いまはCGの技術でいくらでも映像を加工できるって言うし。たぶんホンモノだろうと俊輔は言った。係はこれからどう動くの、と真理が訊くと、いまは待機していればいいそうだ、と俊輔は言った。

ただ、俊輔は、YouTubeにあがっている公開処刑の動画を見ようとはせず、

「顔色が悪いよ、大丈夫？」

と訊いてきた。

おそらく、ここで動画を確認しないのは、自分の目に入れたくないからだろう。

「ニラブセル飲んどけば。洗面所の戸棚にあるから」

そうだね。真理は素直にそう言って洗面所に入った。

戸棚に付いた鏡で自分の顔を見ると、確かに調子が悪そうだ。扉を開けて中の棚からピルボトルを取り、緑色のカプセルをひとつつまんで口に入れた。

相手の気持ちにやたらとシンクロしてしまう厄介な精神の持ち主は自分だけではない。俊輔だってそうだ。真理《しんり》が服用しているのと同じ薬を常備しているのがその証拠だ。ペアルックで同じトレーナーを着るのはいいけれど、同じ薬を飲んでるなんてぞっとしない。

「冷蔵庫にはなにもないし、作るのも面倒くさいから、どこかに食べに行こう。なにか食べたいものない？」

キッチンから俊輔の声がする。真理は洗面所のグラスで水をくみ、ニラブセルを流し込んでから、

「じゃあ、ファミレスにしよう」

とキッチンに聞こえるように言った。

ふたりは駅のほうに戻った。いつもの店の奥の隅《すみ》の四人がけの席に座って、真理は海老《えび》と帆立のシーフードドリアを、鴨下は洋食小皿と厚切りステーキのセットを注文した。

「学校はどうなの」

この質問は、事件から遠いところに話題を持っていこうって気配りだな、と真理は察した。

「うん、ちゃんと行ってるよ」

「部活のほうは」

「やってる。ライブはいましてないけど」

「じゃあ、なにしてるの？」

「曲作り。リリックを書いてる」

と言って真理はドリアをひと匙《さじ》口に入れてから、

「俊輔はどうなの？」

と質問する側に回った。

「どおって？」

「愛里沙さんとだよ」

俊輔は、質問の意図がわからないのか（もしかしたらふりをして？）、首をかしげたまま硬そうなステーキにナイフを入れている。

「デートしてるの？」

「……そういえばしてないな」

その口ぶりは、いま気づいたけどどって感じで、不躾《ぶしつけ》な質問に怒ってる風じゃなかった。

「デートするときってどんなことするの」

俊輔はまたすこし考えて、

「映画を見ることが多いな」

「どちらが映画好きなの」

「映画を嫌いな人っていないんじゃないの。作品の好き嫌いはあるかもしれないけれど」

単純な質問にこんな理屈をつけて返すなんて、と少女はむしろ感心した。

「でもどちらかというと、彼女のほうが僕よりも映画には詳しいし、好きなんじゃないかな。アラビア語を専攻したのも、『アラビアのロレンス』って映画がきっかけだったって言ってたから」

「へえ、それはどんな映画」

「僕らが中東って呼んでいるあたりは、昔はトルコを中心としたオスマン帝国ってのが支配していたんだよ」

「ふーん、そのオスマン帝国が舞台なの、『アラビアのロレンス』って」

「そう、その末期。アラビア語を話すアラブの人たちの間で、オスマン帝国から独立したいという機運が盛り上がってた頃の。この〝アラブの反乱〟を助けたのがイギリスの軍人であるロレンスさんです」

「つまりアラブの人たちにとってはロレンスは恩人なわけ？」

「そこまで言っていいのかなあ。ロレンスって実在の人物だけど、実際はイギリスとアラブ諸国の間を行き来するパシリだったらしいからね。映画はずいぶん誇張してるんだよ」

「へえ。それ愛里沙さんに教えてあげたほうがいいんじゃないの」

「いや、いまのは彼女から教わったんだ」

「げっ。愛里沙さんスゴいな」

「まあ、なにせ外大のアラビア語学科だからね」

「でも、アラビア語をやるきっかけになった映画が嘘ついてたってわかったら、めげるね」

「でも、彼女の場合はむしろアラブが好きになったんじゃないかな。逆にロレンスやイギリスは嫌いになった。なにせ、イギリスはアラブの独立を助けてあげるなんて調子のいいこと言いながら、オスマン帝国を崩壊させた後はこの一帯をどう分割しようかなんて密談をフランスとしてたくらいだからね。二枚舌もいいところだよ。まあこれも彼女がよく言ってることだけれど」

「トルコってのは、イスラム教の国じゃなかったっけ」

「だね」

「だったらどうして独立する必要があったんだろ。言葉がちがっても同じ宗教を信じているどうしなんだから、細かく国境なんか引かないで、仲良くやれればいいのにさ」

「細かいことは愛里沙に訊いてもらったほうがいいけど、そもそもオスマン帝国から独立しようっていう〝アラブの反乱〟なんてものがイギリスが仕掛けた陰謀なんだよ」

「え、独立したいって気持ちそのものがニセモノだってこと？」

「そこまで言っていいのかどうかわからないけれど、少なくともイギリスは、トルコとアラブの文化はちがうからアラブはアラブで独立したほうがいいと思って独立を持ちかけたわけじゃなかった。このアラブの反乱って第一次世界大戦中に起こってるんだ。で、この対戦でオスマン帝国はドイツ、オーストリアの同盟国側についてるんだよね。だから連合国側のイギリスは、オスマン帝国って邪魔だなって思った。だからこれを攪乱《かくらん》させようとアラブ人に『独立したらいかがですか？　邪魔するつもりはないし、この戦争が終わったらちゃんと独立を認めてあげますよ』って焚《た》きつけたんだよ。アラブ側の代表のフセインとイギリスの外交担当者マクマホンとの書簡が証拠として残ってる」

「それも愛里沙さんから教わったの」

「……思い出させてもらったってところかな」

「愛里沙さんが好き？」

不意を突くように真理《しんり》が言って、俊輔は黙った。

「それは……どういう意味」

「好きなんだ」

返事は返ってこない。

「まあ好きじゃなきゃおかしいか、つきあっているわけだから」

俊輔は小さくうなずいて、フォークの先に突き刺した肉の破片を口の中に運んだ。

「どちらが先につきあおうって言ったの」

「彼女かな」

口をモグモグさせながら俊輔が答えた。

「普通は男子からコクるんじゃないの」

そう言ったあとで、失敗した、男子なんて言ったら子供扱いされちゃう、と真理は焦った。だから、

「そんなことはないんじゃないの、いまは」

と、とりなすように俊輔が言った時、つい、

「今日コクられたよ、私」

なんて言ってしまった。

「誰に？」

俊輔はキョトンとしている。

「野田君。海成高校の。ヒップホップやってる」

「へえ」

へえ、じゃないだろ、つきあうの？ くらい訊けよ、と思いつつ、野田っちが好きだと言ったのは眠睡というグループで真理個人ではなかったから、嘘をついている罪悪感もあった。だけど、どことなく「俺とつきあえよ」的なオーラは感じていたし、こちらも一瞬「いいな」と思ったことも確かだったからこれはよしとして、

「愛里沙さんって野田くんみたいなのが好きなのかもしれないな」

と言った。俊輔は不可解なまなざしを返してきた。思った通りだ。

「私見たんだ」

と真理は言った。そこに、愛里沙に対する嫉妬と、自分を選んでくれない俊輔に対する怒り、そして、相棒を気遣うやさしさが複雑に入り混じっているのを真理《しんり》は自覚した。ただもうやめられなかった。

「愛里沙さん、抱き合ってたよ、その沢渡って人と」

俊輔は笑った。いや、笑おうとしていた。

「それは、ハグっていって、挨拶みたいなもんだ。海外の経験がある人にとってはどうってことないよ。愛里沙も父親の仕事の関係で海外で暮らしていた時期があったからね」

「その場合の海外って、アメリカやヨーロッパのことでしょ。それに、沢渡って人はムスリムだよ。ムスリムはハグしたりしないって、これも愛里沙さんが言ってた」

「彼女はムスリムじゃないから」

「ムスリムの男がムスリムじゃない女性にハグするのはいいわけ？」

「それはムスリムとしては不真面目だってことじゃないかな」

「でしょ。愛里沙さんはね、頭がよくて、ワルいやつが好きなんだよ」

俊輔は黙った。だったらこの沈黙は私が埋めなきゃと思い、

「でも、たいていはそんなにワルくもなくてさ、がっかりなんだよ」

などと言っているうちに、いったい自分がなにに不満なのかもわからなくなってきた。

俊輔は、フォークとナイフを置いて、水で口を湿らせてから言った。

「がっかりさせない、本当のワルってのはどんなの？」

真理はすこし考えてから、

「自分が信じるなにかのために死ねる人は本物だと思う。その信じるものが、私が理解できないものでも、本気で信じて、自分を捧げられるのだとしたら、かっこいいと思うな」

コーヒーを飲み終わって、ふたりはファミレスを出た。鴨下は、自分のマンションを通り越してすこし歩いたところにある真理の家まで、彼女を送り届けた。

帰ってすぐに真理はパジャマに着替えてニラブセルをもう一錠飲んだ。それからベッドに潜り込み、ファミレスでの俊輔との会話、とりわけ愛里沙に加えた自分の品評を思い返して後悔した。けれど、口から漏れた言葉とマイクに乗せたリリックは取り返しがつかない。枕元に置いてあったスマホが鳴った。ディスプレイには「野田さん」という文字が浮かんでいた。真理は電源を落とし、布団の中に潜り込んだ。

一方、真理を送り届けて夜道を引き返していた鴨下も、さきほどのやり取りを振り返った。自分は愛里沙にふさわしいだろうか。これはときどき彼の中で重苦しく蜷《とぐろ》を巻く疑問だった。折に触れて「ほんと保守的ねえ」と俊輔を批評して呆れている彼女には、もっと自由奔放で、革新的な野心を抱いた、野性味溢《あふ》れる男のほうがふさわしいのではないか？

ただ、愛里沙が浮気しているという真理の指摘は意外だった。他の者の口から出た言葉なら相手にしないが、真理となると話は別だ。

白黒をつけたければ、本人を問い質《ただ》すしかないのだが、今はそんなことに心を砕いている余裕はない。日本人がひとり殺されたのだ。殺すぞ殺すぞと脅しながらも土壇場で腰が砕けて解放するのではという期待はむなしく消えた。やつらはやると言ったらやる。だとしたら、これで終わりではないと覚悟するのが賢明だ。次は日本国内でテロを起こすとIGは通達してきた。鴨下の危機感は、昼間の会議のときより格段と高まった。問題は、I

Ｇのテロリストが日本にすでに侵入しているかどうかだ。つまり、大手新聞各社に送られた封書はＩＧのメンバーが出したものなのか、だ。ホンモノだとすると、状況は一気に緊迫する。


穂村愛里沙が社に戻ると、国際部は大騒ぎになっていた。

「今回はお前に記事をまとめてもらうしかないからな」

デスクは穂村にそう言った。海外でこのような大事件が起こった場合、本来ならば当地の支局にいる記者が取材して書いて現地から寄こすことになっている。しかし、ＩＧが支配している地域に支局などない。近隣国のヨルダンにある対策本部に詰めている記者だって、突如YouTubeにアップされた動画に仰天したくらいだから、あてにできない。官邸や外務省に張りついている政治部とやり取りさせ、東京にいる記者に書かせるのが賢明だ、とデスクは判断した。

通常なら、この役回りはベテランの沢渡が引き受けるべきものだが、当人が行方をくらましているので、愛里沙にお鉢が回ってきたのである。「背に腹はかえられない」というニュアンスを彼女はその口調に読み取った。ただ、

「YouTubeにＩＧがあげた映像は、規約違反ですでに削除されている。前もってダウンロードしておいたファイルを見てくれ。見てもらうしかないんだが、大丈夫か？」

とデスクに言われた時、別の含みもあったとわかった。ＩＧがYouTubeにあげた動画

にはひとりの日本人が殺される様子が映っている。かなり精神的に応える作業だろうが頼む、という意味だ。わかりました。穂村は、デスクに教えられたとおり、国際部の共有フォルダを開き、中からそのファイルを見つけて、クリックした。

オレンジ色の囚人服を着せられた東洋人が砂漠に跪き、後ろ手に縛られて、顔を引きつらせてカメラを見つめている。隣には、例の黒装束の男がナイフを掲げて立っている。阿瀬首相のカイロ演説の直後にアップされた動画の二人が、同じアングルと同じ姿勢で、画面に収まっているというわけだ。

「阿瀬金造よ、そして日本政府よ、これから俺たちのメッセージを伝える。お前たちは邪悪なアメリカの家来として、勝ち目のない十字軍に参加してしまった。ならば教えてやろう、我々がアッラーの恩寵《おんちょう》を受けたムスリムだということを」

黒装束の男は握っていたナイフをカメラのほうに突き出し、続けた。

「このナイフは権藤を殺すだけでは飽き足らないだろう。我々の仲間がお前たちの間近に迫り、虎視眈々《たんたん》と殺戮《さつりく》の機会をうかがっている。殺戮はいまから始まる。これを手始めとして――」

男は東洋人の頭頂部の髪を摑んでぐいと引き、顔を仰向かせた。ナイフの刃が首筋にあてられる。愛里沙は息をのんだ。見なければと思って、目を開いた。そして、刃が首筋をかき切る寸前、画面は暗転した。やがて、徐々に画面が明るくなると、大地に伏している権藤の身体が浮かび上がった。首の周りの土は血でどす黒く染まっている。

「よかった」

と思わずもれた自分の言葉に、いけないと思い、

「頸動脈《けいどうみゃく》を鋭く斬られているので、すぐに意識を失って苦しまなくてすんだと思います。イスラームの伝統的な斬首の仕方ですね」

とあわてて取りつくろった。デスクはなにか恐ろしいものを見るような目つきで穂村を見たあと、

「しかしこれ、トリック撮影っていう可能性はないのか?」

と首をかしげた。

「斬られる瞬間が映ってないじゃないか」

「残念ながら、その可能性はないと思います。いままで斬首されていた人質の映像もこのように撮られていました」

「不思議だな。『俺たちはこいつを殺したぞ』とアピールしたければ、斬る瞬間をバッチリ映しちゃったほうが効果的じゃないか。脅しではなく本当にやったんだと示すためにも」

「そうしないほうがいい、と彼らは判断しているわけです」

「いちばん残忍なところを見せないということが?」

「そうです。映画でもよくやる手法ですね。というか、意図的に映画に似せているんですよ」

「だからさ、俺が言いたいのは、映画のような演出をしちゃうと、むしろリアリティが損なわれちゃうんじゃないかってことだよ」

「仰るとおりです」

「じゃあ、映画の真似事をする理由はなんだ」

「似せることで、見やすく、受け入れやすくしているんです。私たちは映画やドラマによってこのような残忍なシーンを数多く見ています。もちろんそれがフィクションだとわかっているからこそ正視できる。フィクションだからこそ、拡散するわけです。だからＩＧは、現実をフィクションに似せる」

「わからないな。そんなことしたら嘘っぽくなるだけじゃないか。フィクションを現実に似せようとするのならわかるけど、どうして現実をフィクションに似せなきゃならないんだ」

「拡散されることを狙っているからです。フィクションに似せることによって、拡散されることが期待できるようになるんです」

「なぜ？」

「そのものズバリの殺戮のシーンは映さず、映画の編集技法を用いることで、映画に似せ、見た人間が『見たよ見たよ。まるで映画みたいだったよ』なんて具合に口コミで拡散させるのを狙っているんです。そのものズバリを映して残忍さだけが強調されてしまえば、このような映像を直視できる人間は限られてしまいます。また、同胞であるはずのムスリムたちからの共感も得られなくなるでしょう。だからプロパガンダには不利なんです」

「なるほどな」

「ただ、映画のように見えますが、やはりこれは現実です。これまで何人もの人質や捕虜が、このように撮影され、殺されてきたわけですから」

デスクはむずかしい顔になった。

「そして、この恐怖をテコにして、ＩＧはまだ身代金を要求するつもりなのではないでしょうか？」

「どういうことだ？　実際に彼らはもう権藤さんを殺してしまったんだぞ。つまり、手持ちのカードは切ってしまったんだ。殺しておいて身代金をよこせなんて理屈が通らないじゃないか」

「いいえ。ＩＧの脅迫は二段階になっていました。身代金を支払わなければ、権藤さんを殺害する。これがひとつ目。そしてふたつ目は、日本国内でテロを起こす」

デスクは、すっぱいものを口に含んだような顔をして、その場に突っ立っていた。

「ただ、明日の朝刊でそこまで網羅した記事を載せなきゃ駄目ですか？」

デスクはいやいやと首を振った。とりあえずいまは、憶測を交えずに、権藤さんが殺害された事実だけを書いてくれればいい。そう言い残して立ち去った。

まず穂村は、官邸や外務省に詰めている政治部の記者に電話をかけ、政府の動きを把握した。阿瀬首相は「痛恨のきわみ」と言いつつも、「テロには屈しない」と述べ、最善を尽くした結果だと強調しているようだ。次に、ＩＧが実効支配している地域の二つの国、シリアとイラクの大使館に電話をかけた。ただ、なにせ、領土の大半がＩＧによって支配されているのだから、彼らもたいした情報を持っていなかった。なにしろ殺害された場所が、シリアなのかイラクなのかもはっきりしないのだ。

ともかく書けることは書かなければならない。穂村はキーボードを引き寄せ、叩きはじめた。

過激派組織「イスラミック・ガバメント」（ＩＧ）に日本人権藤健治さんが殺害されたとみられる動画がインターネット上に投稿され、政府が二十六日午後八時前後に確認した。動画では、権藤さんと見られる男性がオレンジ色の服を着せられてひざまずかされ、そばに黒装束の男がナイフを持って立っているのが映っている。黒装束を着た犯行グループの男は、阿瀬金造首相に対し「勝ち目のない戦争に参加する阿瀬首相の決断により、我々は権藤健治だけでなく、さらに日本人の殺戮を引き起こすことを決意した」と述べ、この後、後藤さんは髪を摑んで仰向けにされ、頸動脈を切られて殺害される。

阿瀬首相はこれに対して、「テロには屈しない」と発言し、「テロリストの入国阻止に向け、水際作戦をしっかりおこなっていく」という趣旨をあきらかにしている。

記事は短いものになった。これでいいのかなと思ったけれど、いまはこれ以上書けることはないとも感じた。ただ、愛里沙はもうすこしなにか書きたくて、次の一文を文末につけ加えた。

日本政府は権藤さんの救出に最大限の努力をしてきたと強調しているが、救出できる道はなかったのか、政府の対応の検証が焦点となりそうだ。

＊　＊　＊　＊

いちどプリントアウトして読もうと思った。ＰＣのディスプレイ上と、紙に印字されたものとでは、読んでみると印象がちがうことがあるから、穂村は必ずいちどはプリントアウトして読み直すようにしている。机の上に用紙を置いて読んでみると、このときはすこし物足りない気がした。と同時に、現時点ではこれでじゅうぶんではないか、とも思った。

突然、机の上から紙が消えた。

愛里沙は隣に目をやった。彫りの深い浅黒い肌の男が、これでもかというほど背もたれに体重をかけてふんぞり返り、穂村の原稿を目の上にかざすように持って読んでいる。

「沢渡さん！」

思わず叫んでいた。呼ばれた相手は片方の掌《てのひら》を愛里沙に向け、それから手にした原稿を指さした。話はあとだ、いまはこれを読ませろ、というサインである。

沢渡は、じっと紙を睨んでいたが、突然、背もたれのスプリングのバネを効かせて起き上がり、机の上にかがみ込むと、大きなマグカップからギュウギュウ詰めに突き刺していた鉛筆を一本抜いて、原稿の上で走らせはじめた。

穂村は隣で、自分が書いた文章が沢渡によって直されるのを見ていた。沢渡が握る鉛筆は活発に動いた。やがて、それはぴたりと止まり、ふたたびマグカップに戻り、紙も穂村の机に返ってきた。

一ヶ所が削除され、沢渡の鉛筆であとがつけ足されていた。

日本政府は権藤さんの救出に最大限の努力をしてきたと強調しているが、救出できる道はなかったのか、~~政府の対応の検証が焦点となりそうだ。~~
また、日本人を対象にした新たなテロ事件についても警戒しなければならなくなった。今回の動画には、日本人に対するさらなる殺害を警告するメッセージが含まれている。
中東では日本人がさまざまな分野でビジネスに参画していることも忘れてはならない。これから日本と日本国民が、一段と高まったリスクに直面することになるからだ。また、日本国内でのテロに警戒する必要も新たに生じたと判断すべきだろう。政府は水際対策でこれに対抗しようとしているが、ＩＧはすでに日本国内に潜入しているという。この真偽のほどは定かではないが、この検証も含め、政府は対応を迫られることになりそうだ。


「いいんですかここまで書いて」

　穂村は顔を上げ、沢渡を見た。

「そのくらい書かないとまずいだろ」

　沢渡は回転式の事務椅子を穂村のほうに向けて肘置きに両肘を載せ、組んだ足をブラブラさせて笑っている。

「沢渡さん、この一週間、ＩＧとコンタクトを取っていたんですか。それで、人質解放の調整を？」

　いやいや、と苦笑を浮かべながら沢渡は首を振った。どういう意味なのかわかりにくい反応だ。俺はＩＧなんかと接触してないよと否定しているのか。それとも、ＩＧと会って尽力したものの、不甲斐《ふがい》ない結果に終わってしまった、という自嘲《じちょう》なのか。

「いろいろあるんだ」

　沢渡はまた言った。これもまたどうとでも取れる返事だ。

「ただ、リームは早いところそいつをデスクに持っていったほうがいいんじゃないのか」

　突然、愛称で呼びかけられ、穂村はとまどった。愛称といっても、リームなんて呼ぶのは沢渡だけだ。

「そのあとで俺が怒られに行く。もう大目玉を食らったんだけど、まだ足りないらしいや」

わかりましたと言って、穂村はまたキーボードを引き寄せた。鉛筆書きの文をタイピングして追加し、〝印刷〟をクリックして席を立つ。ただ、プリンターに向かって歩き出したあともやはり気になった。ほむら、り、い、む、ありさとリーム。〝り〟と〝む〟の二文字が共通しているが、語感はまるでちがう。けれどあの日、新宿駅で別れるときも、沢渡は彼女の身体に腕を回して言った。

「じゃあ、行ってくるよ、リーム」

レーザープリンターが原稿を吐き出した。デスクに持っていくと、沢渡が加筆した部分はほとんど削除された。

朱を入れられた用紙を提げて席に戻る途中ですれちがった沢渡は、床に向けた掌をもちあげ、自分の首に当てて、さっと引いた。馘首《くび》を連想させる仕草で笑いを誘ったつもりだろうが、権藤さんが斬首されたばかりなのに、と呆れた。すくなくとも俊輔にはこんな悪趣味はない。

約一時間後、沢渡は机に戻ってきた。その顔はこってり絞られてシュンとなっているというようなシロモノではなかった。むしろサバサバした調子で、

「いやー参った参った」

と笑顔さえ浮かべている。

「怒ってたなあデスク、ついでに前に書いた政権批判の記事まで持ち出されて弱ったよ」

そして、愛想笑いができないでいる愛里沙に向かって、

「夕飯はまだなんじゃないのか」

と訊いた。そういえば俊輔の家でショートケーキを食べたきりだ。

「鮨《すし》でも食いに行こうや」

と沢渡は屈託ない調子で誘ってくる。穂村は自分が書いた記事を紙面で確認しなければと思い、返事ができなかった。ただ、沢渡には訊きたいことは山ほどあった。

「最終版が出るまでに戻ればいいだろ、行こう」

沢渡は、愛里沙の肘を取って立たせるようにして、促した。


築地のカウンターだけの小さな寿司《すし》屋に入った時、セットメニューを頼んで食べたらすぐに社に戻るつもりでいた。けれど沢渡は、まず刺身を適当にと言い、冷酒も頼んだ。

「最終版まではまだ間があるよ」

そう言って穂村にも猪口《ちょこ》をもらおうとしたが、

「いや、私は遠慮します」

と愛里沙はきっぱり辞退して、

「いいんですか？」

と尋ねた。質問は勤務時間中の飲酒についてではなかった。沢渡は、ちゃんとそれを察

して、

「だから前も言っただろ」

と猪口を口に当てて笑い、

「俺は酒を呑むムスリムだ。もちろん飲酒はイスラームでは禁じられている。だから俺は地獄に行くかもしれない。それでいいじゃないか」

と言ってくいと呷《あお》った。

確かに、沢渡の飲酒は前にもふたりの間で話題になった。ただ、そのときの答えは今日とはちがった。俺は、水割りの一杯や二杯呑んだって、そこらへんの記者よりもずっといい記事を書く。イスラームが酒を禁じているのは、酒を呑むと人間が正常な判断をできなくなる、早い話がバカになるからだ。だけど、俺は酒を呑んだって大抵の人間より賢い、だからいいんだ、なんてことを言っていた。とにかく沢渡は、飲酒については、その場の思いつきでもっともらしい理屈を並べるので、どこに本心があるのかわからない。

実際、酒を呑むムスリムはいる。イスラム教は、解釈次第では飲酒を許しているからではない。ムスリムの一部は、イスラム教の教えが酒を呑んではいけないとはっきり告げていることを知っていながら呑むのだ。人間は弱い、その弱さをアッラーは許してくださると信じているからだ、と穂村は理解していた。

しかし、沢渡が持ち出した地獄という言葉は、ずいぶん薄っぺらく聞こえた。沢渡は、過激派も含めてイスラム諸国に強い理解を示し、同情的な記事を書く日本にはめずらしい、というか愛里沙が知りうる限り唯一の、新聞記者だ。けれど、一個人のムスリムとしてはふしだらである。

「どうだ、警察官の彼氏とはまだつきあっているのか」

いきなり沢渡が言った。

「そんなことどうでもいいじゃないですか」

「いやいや、俺にとっては、飲酒で地獄に行く以上の大問題だよ」

そう冗談めかして返したあとで、

「惚《ほ》れた女がよりにもよって警察官なんかとつきあっているんだから」

と抜け目なく口説こうとする。

「沢渡さん、真面目に答えてください。この一週間どこでなにをしていたんですか」

「心配してくれてたか」

「していました」

「うれしいね」

「質問に答えてください」

「ご想像の通りだよ」

「……つまり、権藤さんの解放に向けてＩＧと交渉していたんですか？」

うん。もちろんそうさ、と言いたげな軽い調子で沢渡はうなずいた。そして、檜《ひのき》の寿司下《げ》駄《た》の上に載せられた赤身に箸を伸ばした。

「本当なんですか?」

〝おっちょこちょい〟と鴨下が評したことを思い出しながら、愛里沙は沢渡に尋ねた。

「ただな、相手のある話だから詳しいことは話せないんだ。それが癪《しゃく》に障ったんだろうな、デスクは。俺がサボって遊び歩いてたと決めつけてたよ。まあしょうがないさ。あれがYouTubeにあがっちゃったんだから」

そうだ今日、日本人がひとり殺されたのだ。IGに肩入れする沢渡はそこのところをどう思っているのだろう。

「権藤さん気の毒でしたね」

「ガイドに裏切られたみたいだな」

「そうなんですか」

「ああ、売られたんだよ」

現地のガイドが身代金用としてIGにジャーナリストを売り飛ばす、そういう噂は聞いたことがあった。

「初手でつまずいたな。ガイド選びは現地取材の鍵だ。権藤は俺が金を使っていいガイドを横取りするなんて言ってたが、いいガイドにはいいギャラを払ってやって当然だろう。それに生死がかかってるんだ、そこをケチってどうする」

確かにそのとおりなのだが、腑《ふ》に落ちないというか、いぶかしい思いがした。知り合いの同業者が死に、おまけに彼の生還のために何日も交渉したというのに、どうしてこんなわけ知り顔の解説ができるんだろう？

けれど沢渡は、すました顔で手酌で猪口に注《つ》いでいる。権藤の死を悼んでいる気配はまるでない。

「さてと、握ってもらおうかな」

沢渡はカウンターの向こうに声をかけた。


五つほど食べたあとで、そろそろ戻りますと穂村はバッグを膝の上に置いた。まだ大丈夫だろ、と引き止められたけれど、いえ落ち着かないのでと言って、財布を取り出そうとしたけれど、いくら探してもない。俊輔の家に置いてきたかと思い焦ったが、さっき社内の自販機でコーラを買ったから、会社にはあるはずだと思い、ほっとした。ただ、ここの払いができないのは変わりない。

「いいよいいよ。いろいろ迷惑かけたから」

沢渡は顔の前で手を振った。それから、自分はここでもうすこし呑んで帰ると言った。

「いろいろあって疲れたんだ」

無理もないと思い、ごちそうさまです、と頭を下げ、穂村は店を出た。

社に戻ると、机の上に封書が載っていた。宛名は英文で国際部になっている。裏返すと、差出人の記載はない。とたんに胸の鼓動が高まった。

鋏《はさみ》を使って封筒の上辺を細く切り、中身を取り出す。たたまれた紙を広げた時、穂村の瞳に刺激を与えたのは、先に書かれた英文ではなかった。その下にあったアラビア語だった。

穂村は読んだ。

そして、戦慄した。

3　テロリストの手紙

　五月二十七日火曜日。刑事部のフロアには朝一番で珍客が現れた。新聞を読んでいる鴨下の隣の席の椅子を引いて腰かけると、机の上の、ピンク色のデスクマットだの、ピンク色のペン立てだの、そこに入れられたピンクのラインマーカーだの、ピンク色のクマのぬいぐるみだの、とにかくやたらとピンクに染まった光景を眺めてちょっと放心した後で、

「折り入って話がある」

　と西浦は切り出した。

「係の方針なら、僕じゃなくて、篠田係長に相談したほうがいいよ」

　鴨下は、朝陽新聞を広げ、愛里沙が書いた記事に目を落としながら言った。

「ああ、篠田係長もお出《い》で願っている」

　西浦は椅子を鳴らして立ち上がると、歩き出し、出入り口付近で振り向いて、「来いよ」と手招きした。

　西浦が鴨下を引き込んだのは、ソファーが向き合う応接室だった。すでに篠田係長と頭

頂部がはげ上がった男が向かい合って喋っていた。

「こちら神代《くましろ》さん。外事四課の係長です」

西浦がそう紹介した。昨日、大会議室で彼の隣に座っていた男だ。この上司に耳打ちしてもらってから西浦がマイクを握り直す、という場面が何度かあった。特命捜査係の鴨下ですと名乗って篠田係長の隣に腰を下ろした。

「西浦と鴨下、警察大学校の成績ではツートップのふたりだね」

神代はそう言って笑った。その隣に腰を下ろした西浦が、では全員揃ったので本題に入りますと言った。

「昨日の夜に異変が起きまして」

斬首の話だな、と鴨下は思った。

「まず、昨日の午後八時にYouTube上に、権藤さん殺害の映像がアップされました。これはご存じですよね」

鴨下もふたりの係長も黙ってうなずく。

「――と同時に各大手新聞社に封書が届きました。こいつです」

西浦は、四つ切りの写真をテーブルの上に並べた。表に住所と新聞社名、国際部という部署名がアルファベットで印字され、裏は無記。前に届いた脅迫状と同じ体裁である。

「内容はこちらになります」

西浦はこんどは用紙を取り出して三人に一枚ずつ手渡し、「読みます」と言った。

「『十字軍に参加した阿瀬をはじめとする愚かな日本人どもよ。お前たちも知っての通り、権藤は我々の手によって処刑された。そして、もういちど言う。我々はお前たちのすぐそばにいる。いますぐ二億ドルを支払え。これは最後の警告だ。でなければ、権藤の首をかっきったナイフは阿瀬の首も狙うことになる。もしくは胸に鉛の銃弾が撃ち込まれるかもしれない。東京ははじめて引き起こされる大規模なテロによって阿鼻叫喚《あびきょうかん》の巷《ちまた》と化すだろう』」

西浦はここでいったん区切りを入れた。

「消印はどこです？」

と鴨下が尋ねた。

「前回同様、新宿です。宛名の書式・字体・記載、中に収められた文章のフォント・書式も同じ、さらに英文の文体などの類似性から、前の差出人と同一人物だという可能性が高いと思われます。そしてなにより、注目すべきなのは、タイミングです」

「タイミングとは？」

篠田係長が尋ねた。

「この封書が投函された日付と時刻です。各社がこの封書を落手したのは昨日。ということは差出人は前日に投函したことになります。つまり、封書が各新聞社で開封されたのが、ＩＧがYouTubeに動画をアップした後になったのは偶然です。新聞社は、届いた郵便物は、宅配便などと一緒にまとめて仕分けする部署の部屋にほぼ半日留め置かれることが多いんです。担当者の手に落ちるのが届いた次の日になることもめずらしくありません。とにかく、この日の午後の便で各社に届いていたのだから、この封書は権藤さんが殺害されることを我々が知るよりも前に投函されたことになります。外務省も警察も、YouTubeにアップされた動画でIGが権藤さんを殺したことを知りました。しかし、手紙の差出人は、投函した時点で、権藤さんがすでに斬首された、もしくはまもなく確実に処刑されることを知っていた。ここがポイントです」

「というのは？」

「この手紙の裏のメッセージは、『俺はお前たち日本人よりも早く権藤が処刑されたことを知っている』です」

「つまり？」

　と篠田係長が言って、「つまり」と西浦は引き取った。

「外務省以上にIGの動きを把握している者はIGしかいません。ならば、この手紙を出した人間はIGだということになります。つまり、IGはすでに日本にいる。この二通目の封書の目的は、一通目のジハーディ・ミックの言葉、『我々はお前たちのすぐそばにいる』を裏づけることです」

　筋は通っている。鴨下はうなずいた。

　政府の水際対策をものともせずIGは日本に潜入した、と公安は考える。証拠がなくてもそう考えて警戒するのが公安の仕事だ。そしていま、その理屈ができあがった。と同時に、鴨下が当初唱えた「封書はＩＧが書いて出したものではない、いたずらだ」という説はここで粉砕されたことになる。しかし、それでも鴨下は、この説を完全に棄《す》てないで、いったん〈仮説のポケット〉にしまっておくことにした。

ポケットが震えた。上着の裏側からスマホを取り出しちらと見る。ショートメールが着信していた。

〈相談した沢渡さん、昨晩社に姿を現しました。お騒がせしてすいません。また連絡が遅くなってごめんなさい〉

やはりそうかと思い、そのまま上着の内側に戻した。それにしても、人騒がせな記者だ。激烈な反米・反現政権の記事を書いて、首相を激怒させ、秘書官に呼びつけられていたというから、ほとぼりが冷めるまで雲隠れするつもりだったのだろう。そういえば愛里沙も、のらくら逃げてうやむやにするのが得意だと評してたじゃないか。

沢渡は潜伏しているＩＧに会うと愛里沙に言った。さらに、人質解放に向けて交渉する、なんてことも仄めかした。それを真に受けた愛里沙は沢渡の身の安全を心配した。けれど当人はひょっこり帰ってきて、心配は杞憂《きゆう》に終わった（文面からは拍子抜けした感覚がうかがえる）。けれど、そんな心配をする愛里沙がそもそもどうかしている。記事や著作で、歴代のアメリカの中東政策、それに追随する阿瀬政権に厳しい批判を加えている沢渡に、ＩＧが接触してくることはあるだろう。ムスリムだと知っていればなおさらだ。けれど、人質解放の交渉人なんて難役はそれとは次元がちがう。一介の新聞記者に務まるとはとても思えない。人質を返してくれと主張するだけでは交渉にならず、払えないのなら、別の形で相手がある程度納得できる条件を提示しなければならない。このような交渉にゼロ回答はないのだ。

沢渡は交渉などしていなかった。そう考えるのが妥当だ。愛里沙は「お騒がせしてすいません」と書いてよこした。単なるサボりか雲隠れだったからだろう。

「ということなんですが」

と西浦に声をかけられ、はっと我に返った鴨下は、えっとなんでしたっけ、と聞き返した。

「なんだよ、ぼーっとして」

呆れた西浦はついタメ口になった。

「つまり、秘密兵器を出せということらしいです」

横から篠田係長が解説した。

「花比良真理特別捜査官に是非とも――」

神代係長はあからさまに言って、頭を下げた。上役にこんなことをやられては断りづらい。このバトンを西浦が受け取って、

「地道な聞き込み捜査はもちろん続けるとして、ここらへんで一度お姫様の力添えをお願いしたいのです。刑事部に対して特命捜査係にも捜査に加わってもらうよう要請したのは、こういう事態になると見越してのことでありまして」

篠田係長に向かって単刀直入にそう言った。困ったぞと鴨下は思った。

そもそも特命捜査係は真理《しんり》ありきの部署なのだから、彼女をずっと温存しておくのは難しい。赴任当初こそ真理の能力に頼る捜査に全面的に反対した鴨下だったが、後に起きた事件でそのパワーをまざまざと見せつけられ、これはもうじょうずに使っていくしかないと思い直した。しかし、今回の事件に関しては、できれば真理は遠ざけておきたかった。

「時間がないんだ。テロが起こってからでは遅い」

と西浦はさらに迫った。

確かに、真理の力《パワー》は早期に解決しないと大惨事になるようなケースで発揮される。IGがすでに日本に入ったとわかったいま、一刻も早くその居所《いどころ》を探り当てたい公安が、彼女の力を借りたくなるのはわかる。

しかし、権藤さんの殺害で、日本人のムスリムに対する恐怖心と反感が高まる中、科学的な根拠のない真理の〝ひらめき〟で、警察が誰かをしょっ引くのは危険だと鴨下は思った。

「僕が許可を出す出さないの問題ではありませんから」

鴨下はそう言って、とりあえず篠田係長にボールをパスした。

「つまらん言い逃れをするなよ」

西浦の口調はぶぜんとしていた。その静かだが鋭い語気で放たれた批判は核心を突いていた。ただ、ここに神代がつけ加えた、

「認定者が鴨下警部補に切り替わったと聞きましたので、こうしてお願いに参ったわけです」

という説明は不可解だった。鴨下は隣の篠田係長を見た。

「あ、いや、これは真理《しんり》ちゃん、もとい花比良特別捜査官から今後はそうしてくれと言われたところなので、まだ会議で発表してないんですが、公安部のほうから依頼があったので、先にそう説明しておいたんですよ」

そう言われてもなにがなんだかわからない鴨下は、黙って続きを待った。

「これまで花比良特別捜査官が、その能力をフルに発揮して、犯人が誰か、もしくは犯人あるいは被疑者や重要参考人の居場所などを明らかにする場合は、本人がそうしたほうがいいと提案して来るか、もしくは父親の花比良洋平主任の許可を取りつけてそうしてもらっていました。これは、乱用を防ぐためと、飛ぶのは――これは神代さんには説明しなきゃなんないな。彼女が極限まで集中し、霊的な力を得て、なにかを見たり聞いたりすることを、飛ぶと呼んでいるんです。本人がそう言うので、我々もそれに倣《なら》っているわけですが。で、この飛ぶって行為をやると、ケース・バイ・ケースのようですが、かなり精神的に疲弊するらしい。それにまだ未成年だということもあり、彼女に飛んでくれと依頼するときは、父親の許可を得るということになっていました。ところが、先日、その父親から、許可を出す役割はこんご鴨下警部補に切り替えてくれという要請があったのです」

パスしたと思ったボールが自分の手にあったと知って鴨下は驚いた。当然、「なぜ？」

と問い返した。

「花比良真理《しんり》特別捜査官からそういう申し出があったからです」

もう一度「なぜ?」と鴨下は訊いた。

「相棒だから。――だそうです」

篠田係長の顔をぽかんと見つめている鴨下に、「おい」と西浦が呼びかけて振り向かせ、

「釈迦《しゃか》に説法だが」と前置き、

「国内でテロが起これば、日本は決定的に変わる。悪い意味でね。テロは絶対に阻止しなければならない。日本ではテロなんか起こらないと高《たか》を括《くく》るのは愚の骨頂だ。これまで起こらなかったのは、単に距離によって守られていただけだ。ヨーロッパではバンバン起こっている。テロリストのほとんどはIGやその影響を受けたイスラム過激派分子だ。昔は人道的な見地から中東からの難民を受け入れなきゃと言っていたヨーロッパの人たちも、『これじゃあもう無理だ』と悲鳴を上げはじめている。それだけじゃない――」

鴨下は片手を広げて演説を止めた。そしてすこし考えたあとで、

「では、僕のほうから真理《しんり》さんに頼んでみます。今日は部活があるようなので少し遅くなりますが」

とスマホで真理のスケジュールを確認しながら答えた。

「ありがたい。で、いつになる、飛ぶのは?」

「できれば今夜。早いほうがいいだろうから」

もちろん真理《しんり》さんの体調にもよりますが、と鴨下はつけ加えた。ありがたい、と西浦は顔をほころばせ、語気をやわらげた。

「こんど礼をするよ」

「だったら今してもらえますか」

西浦の顔がまた硬くなった。

「日本にＩＧのテロリストが潜伏しているという情報を提供した人物を教えてくれませんか」

大会議室でして回答を拒否された質問を、鴨下はここでまたくり返したわけである。

西浦は隣の上司を見た。神代は苦笑いを浮かべながら、

「情報提供者の身の安全のためにも秘匿したいんですが」

「その情報をくれた人物その人が、二通の封書の差出人であり、ＩＧであるということは考えられませんか」

「それはありません。明らかにＩＧに対して批判的なアラブ人です」

「難民でしょうか」

神代はしばらく考えていたが、わかりました、お教えしましょう、とうなずいて、

「ただし、鴨下さんは直接接触しないでください」

と釘《くぎ》を刺した。

「本人に接触する刑事は私だけということにしてあるんです。西浦にもさせてません」

こういうことはまあある。痛かったが、了解した。

「アリ。四十歳。イラクからの難民です。新大久保《しんおおくぼ》のアラブ人向けの雑貨店で店員をしています」

鴨下はメモを取りながら、日本に来る前の職業を尋ねた。

「大学で研究していました。インテリですよ」

「専門はなんでしょう？」

「化学《ばけがく》。優秀な研究者だったらしい。だから、日本に来られたのには感謝しているけれど、いまの生活に満足しているわけじゃない。なにせ雑貨店の店員だから」

「つまり情報提供の見返りが欲しくて、公安の協力者になったということですか」

「こちらが渡している金がないと困るだろうね。だから本人は大学に職を探しているよ」

腹を割って話そうという気になったのだろう、神代の言葉から取りつくろった敬語が剝がれ落ちていた。ただ、と神代は続けた。

「大学の就職は難しいだろう。なにせいまは、院を出ても働き口のない研究者がごろごろいるんだから」

「留学経験は？」

「ロンドンで大学院を出ている」

「難民になるきっかけは？」

「もう無理だと思った、と言っていたよ。大学がＩＧの支配下に入った後、自爆ベルトを作れと命令されて」

自爆ベルト。それは、自爆テロをおこなう者が、ターゲットに接近し、自分もろとも爆殺するために身体《からだ》に巻き付けるものだ。

「もっと小型化して、セキュリティチェックに引っかからないようなものを作れと言われていたみたいだ。ただ、市民マラソン大会の集団の中で起きた自爆テロのニュース映像を見て、耐えられないと思ったそうだ」

なるほど。鴨下は口の中でそうつぶやいて、

「ではアリさんが、日本にＩＧがいると判断した理由はなんでしょう。モスクでそういう噂を聞いた。会議ではそう報告されていましたが」

神代は、この先はお前が話せというような視線を西浦に送った。

「実はそれは嘘だ。モスクの近くにある店に来たんだそうだ」

「ＩＧが」

驚いて鴨下は尋ねた。

「たぶんな。その男はスナック菓子を買って一万円札を差し出した。釣りを渡そうとすると要らない、取っておけと言って、逆に『もっと欲しいか』と訊いてきたそうだ。アリが面食らって、ほかになにかお求めですかと訊いたら、『自爆ベルト』と言った。アリが怒って、『帰れ！』と叫んだら、『考えておけ』と言って帰って行ったそうだ」

これでは公安が焦るのも無理はない。

「その男の人相や風体は？」

それがねえ、とこんどは神代が弱ったように首を振った。

「身長約175センチくらいで、中肉中背のアラブ人ということくらいしかわからない」

「少なくともアラビア語を喋っていたわけですね。地域の訛《なま》りとかはなかったのでしょうか？」

「すこしあったようだが、それがどこの訛りなのか、彼にはわからなかったそうだ。アラブ文化圏ってのは広いからね」

神代は、アラビア語にもいろいろあるんだろう、とつけ加えた。

「じゃあこれで決まりだな」

取り引きが成立したことを確認して、西浦が腕時計を見た。

「なるべく早く、特別捜査官の力添えをお願いしたい。よろしく頼む」


席に戻った鴨下は、穂村愛里沙に電話を入れた。

「沢渡さんはいつ戻ってきたの」

――昨日の夜、私が社に戻ってすこししたら。

「とりあえずよかったね」

――お騒がせしてすいません。

「で、どんな感じだった？」

電話の向こうからすぐに返事はなかった。

――どう言ったらいいんだろう、ケロッとしてるとでも言うのかな。少なくとも落胆してるようには見えなかった。ただもちろん首尾は上々って感じでもなかったけど。

首尾？　と思わず鴨下は訊き返した。

「ということは、ＩＧと調整してたって言ってるわけ、沢渡さんは？」

愛里沙は小さく「うん」とだけ言った。周りに会話の内容を悟られたくないのだな、と察して、じゃあこの話はまたこんど、と鴨下が言うと、そうしようよ、と向こうも同意した。

「それで、ちょっと相談があって」

――いまなら大抵のことは聞くよ。ゆうべお騒がせしちゃったから。

「それはグッドタイミングだな。国際部の記者に申し訳ないんだけど、東京のムスリム・コミュニティを取材したことってあるかい？」

――東京のどこ？

「新大久保なんだけど。アラブ人相手にやっている生活雑貨のお店って知ってるかな」

――アラブ人も買いに来るけど、新大久保のイスラーム・コミュニティはインド人とバングラデシュ人が中心だよ。で、その手の店は私の知っているかぎりでは三軒ある。ふたつは六畳間ぐらいの、ほとんどスパイス専門の小さなお店。もうひとつはコンビニぐらいはあるかな。

「大きいほうじゃないかな。曲がりなりにも従業員を雇ってるわけだから。

――だったら、ハミドさんのとこだよ。ハミドハラールって店。

「知り合いなの？」

――うん。ハミドさんはね、そのあたりのムスリムの相談役みたいな人。新大久保のモスクもその人の尽力でできたんだよ。学生時代に、仲間と一緒にその人のところに集まってイスラームの座学をやってもらってた。いい人だよ。

「紹介してもらえるかな」

愛里沙はすぐには答えなかった。

――あの封書の消印は二回とも新宿になっていたけど、それと関係あるの？

新大久保は新宿の隣駅。歩いても十分とかからない。投函した者の情報を得るためだと愛里沙は推察したようだ。鴨下は、まあ、大きく言えば今回のテロがらみだね、と曖昧な言いまわしをした後で、

「だけど、失礼にならないように気を使うよ」

とフォローした。そこのところはよろしくね、と言って愛里沙は連絡先をくれた。番号と名前を書きとめながら鴨下が、ハミドさんは日本語が話せるのと尋ねると、とても上手だよと請け合った。

電話を切って五分後には「ハミドさんに話しておいたから、連絡してみて」というショートメールが送られてきた。

クリームが山盛りに載ったコーヒーカップを口元に近づけながら、

「アリという名前の従業員はうちには三人いるよ」

とハミドさんは言った（髭にちょっぴりクリームをつけたまま）。

「イラク出身で、化学をやっていた人です。ケミストリー」

「ああ、だったらアドナンだな。アリ・アドナン。なにかあったんですか」

さては、自爆ベルトの男のことを、アリはハミドさんに打ち明けてないな、と鴨下が見当をつけていると、

「あなたは警察でしょう。彼はなにか疑われているんですか」

とハミドさんはだしぬけに言った。

「そういうことではまったくありませんので、ご安心ください」

まずきっぱりと鴨下は否定した。

「彼はね、とても気の毒なんだよ。本当はさ、うちの店でレジを打ってるような人じゃないんだ」

「大学に職を探しているということは聞きましたが」

ハミドさんは首を振った。

「日本人はねえ、〝受け入れる〟という言葉を使うだろう。技能実習生を受け入れるとかさ。それはね、期間限定で来てもらって、利用できるところは利用して、用がすんだらさ

っさと帰ってもらうってことなのさ。決して仲間として招き入れるってことじゃない。日本人はね、日本人だけでやりたいんだ。ムスリムが、新大久保に集まるのは、それでもこの街がよそ者に対して寛容とまではいかないけれど、慣れてるからだよ。韓国や中国の人たちも多いしね。この店だってそうだろう」

呼び出された喫茶店は、ハミドさんの店を通り越してすこし歩いたところにあった。韓国ドラマの場面写真とその主演俳優の写真が壁にベタベタと貼られている。

「ということは、現状では日本の大学への就職はなかなか難しいということですね」

ハミドさんはうなずいた。

「無理だろうね。だから本人はアメリカに行きたがっている」

「アメリカですか?」

「まぁそれぞれいいところと悪いところがあって、アメリカで暮らすというのもストレスが多い。私の親戚も何人か向こうにいるけどね、決して住み心地がいいとは言わないよ。さっきは日本の悪口を言ったけど、私は日本のほうが好きだ。だけど、アリさんの目にはアメリカはパラダイスに映っている。ちょっと度がすぎるとは思うけど、アリさんの気持ちもわかるんだ。研究者としてピークを迎えようとしている時期に、高校教師さえできずに、うちの店でレジを打ってるんだからな。そりゃあ悔しいさ」

「アリさんが、イラクを出た理由についてはなにか聞いておられますか」

「理由もなにも、国があんな状態だったら、アリさんみたいな人は暮らせないだろう。別に聞く必要もない話だよ。ねえ鴨下さん」

　呼びかけられ、鴨下はコーヒーカップに伸ばした手を止めた。

「殺された日本人ジャーナリストの件は本当に残念だよ。日本に住むムスリムの全員がそう思っている。もちろんＩＧにしてみたら、日本やアメリカに住んでいる私らは西洋文明社会に染まって信仰を捨てた不届き者になるだろうけどさ。その一方で私らは日本人には、自分たちの社会になじもうとしない異分子に見られている。それもわかる。だから我々も努力をしてるつもりなんだ。信仰は捨てない。いや、私なんか本当に不思議なんだよ。日本人は神を信じてないのにどうして平然と暮らしてられるんだろうかってね。こんなこと警官のあなたに聞いてもしょうがないからあまり追及しないけど。また、私は日本に来たムスリムにも言っている。我々の文化や生活を丸ごと日本に持ち込もうとしても無理だってね。ある程度こちらの文化に合わせないとここでは暮らしていけないんだと。だから、警察が来ても、面倒がらずにこうして会って話すようにしているんだ」

　ありがとうございます。鴨下は頭を下げた。そして、この話がどこに向かおうとしてるのか見極めようと、また黙った。するとハミドさんは、鴨下にまともに視線をぶつけて、

「アリさんはＩＧではないよ」

　とはっきり言った。

「日本にＩＧはいない」

とも。

その思い切った調子に、日本に住んでいるムスリムの苦難を鴨下はくみ取った。ただ警察官としては、そのまま同意することもできず、ただ黙ってハミドさんを見返した。

「あのジャーナリストが拘束されてから、我々に向けられる目はとても厳しくなった。街を歩いていて、ひどい言葉を浴びせられた者もいる。『自分の国に帰れ』と石を投げられる日も近いんじゃないかと怯《おび》えていたよ」

ごめんなさい、と鴨下は心の中で詫びつつ、しかし黙ったまま、視線をハミドさんの顔に据えて動かさなかった。

「IGが日本に潜伏しているのではないか、テロを起こそうとしてるのではないか、という疑いが日本人の心に芽生えている気がする。そうじゃないんだと私たちは言いたい。だから、地域の行事にも積極的に参加するようにしているし、バザーなんかもやって町内会に寄付したりもしている。だけど、こんな我々のささやかな努力も、阿瀬さんが変なことを言うと、無になってしまう。焼け石に水ってやつだよ。そのへんをね、もうすこし考えてもらいたいんだ。まあ、こんなこと警官のあなたに言ってもしょうがないけどね」


え、断ったの？　マジで？　香奈が驚きの声を上げた。クレイジーNOとアギラさんのイベントなら、客もいっぱい集まりそうなのに。いやいや、たぶん私らにチケット売らせて新規の客を集めようって魂胆だよ。亜衣は亜衣で勝手な解釈をつける。

真理《しんり》は、このおしゃべりに気を取られまいと、部室の隅に置かれた机にかがみ込み、浮かんできた言葉を書き留めるため、シャーペンを握ってノートを睨みつけていた。だけど、あーでもないこーでもないと、ふたりの受け答えは止みそうにない。これは駄目だと思って、

「そんなに出たかった？」

とふたりに向き直った。

「ていうかどうして断ったのよ」

「うーん、それをね、ラップにしようと思って書いていたんだ」

「おっと、それは失礼」

「クレイジーNOはかっこよかった？」

「うん、かっこいいっちゃいいんじゃないの。だけど……」

「だけど、なによ」

「昨日、日本人が殺されちゃったでしょ」

「え、ん、ああ、あれか。怖いよねー」

「でも、そのこととクレイジーNOは関係あるの」

「あの黒装束の男、あれはワルだよね」

「ワルすぎでしょ」

「だけど、クレイジーNOはそんなに不良でもワルでもなかったってことだよ」

「え、いいじゃんそれで。あそこまでワルいとドン引きだよ」

確かにあれはひどかった。それで今朝もニラブセルをまた飲んでしまって、なんだか気分がぼーっとしているのだ。それでついまた、

「でも、私たちが知らない世界を見せてくれそうではあるよね、そういう意味では魅力的かも」

なんて変なことを口走ってしまった。

ちょっと真理《しんり》、なに言ってんの！　とふたりが騒ぎだしたその時、ボロっちい木製のドアがノックされ、どうぞと答えたら、意外な人影が現れた。

「あら、俊輔、どうしたのこんなところに突然」

ほかのふたりも驚いている。ちょっと前までは、学校に迎えが来るのはたいていジョーコーで、校内には入ってこないで、正門の前でスカジャンのポケットに手を入れて立ったまま、真理が現れるのを待つのが通例だった。

「だれ？」

美形の男に目がない香奈が訊く。亜衣も眼鏡のテンプルに手を当て俊輔を観察した。

「相棒だよ。ね」

真理は合意を求め、俊輔はうなずき、いいなあ、と香奈が言い、ふふふ、いいでしょうと真理も満足した。

「なんかお土産《みやげ》ないの」

と真理は尋ねた。

「ああ、ここに来る途中の線路ぞいに、チーズケーキのお店があったから」

「あるある。ソラシナだ。めっちゃおいしいんですよ」

と香奈が勢い込んだ。

「買ってこようと思ったんだけど」

「思ったんだけど?」

ちょっと不安げに亜衣がリピートした。

「部室でケーキなんか食べると校則に違反するんじゃないかと思ってよしました」

これだよ。融通が利かないってのが相棒の欠点なの。香奈と亜衣の絶望的な表情を見ながら、真理はそう説明した。

「こんど外でなにかご馳走《ちそう》します」

俊輔は弁解するように言った。してくださいい、と香奈が小さく叫んだ。ええ、とうなずいて俊輔は真理に向き直った。

「先輩、体調はどうですか?」

飛んで欲しいんだな、と真理は理解した。

俊輔に連れられ、刑事一課のフロアに入っていくと、皆がこちらを見た。飛んでくれと頼まれるときは、差し迫った状況のときばかりだから、みなで真理の登庁を待ち受けていることが多い。父親の洋平がやってきて、もう部屋を取ってあるからと言われ、またすぐ外に出された。

廊下を歩いていると、男たちもついてきて、後ろに警官たちの行列ができた。振り返ると、篠田係長がいて、ジョーコーがいる。かなえちゃんがいる。一課の田所さんもいる。俊輔もその後をついてきている。俊輔と肩を並べているのは、昨日マイクを握っていた丸顔の公安刑事だ。ふたりは知り合いらしい。キャリアどうしなんだな、と真理《しんり》は思った。

部屋の扉には〝認煙　飛考中につき〟の紙が貼られていた。父がドアを開け、真理は中に入った。

椅子に座って、テーブルの上に用意されたものを確認した。〝離陸〟を助けてくれる熊のごん助（木彫り）とランタン。それから、二通の封書。

遅れて入ってきた俊輔は、すこし間隔を空け、真理の隣に腰かけた。逆側に、例の丸顔のマイク男が座って、真理を挟んだ。あとは篠田、ジョーコー、主任である父、一課の田所さんがテーブルを囲んで、座らずに立っていた。残りは、廊下にいて、開いた扉から中を窺《うかが》っている。

「よろしくお願いします。公安部外事の西浦と申します」

マイク男が横から身を乗り出すようにして、丸顔をこちらに見せ、テーブルの上にあった封書を指で真理の目の前に寄せた。

「こちらは、読海《よみうみ》新聞社に送られてきたＩＧを名乗る者からの手紙です。全部で二通あります。私たちはこれを書いて各新聞社に送りつけた人物を探しております」

「いや、だからといって、その手紙を出したのは誰かということは言わなくていいからね」

逆の側から俊輔の声がした。

なんだかよくわからないなと思っていると、こういうことなんです、と丸顔が改まった。

「すごくわかりやすく言うと、ＩＧが本当に日本にいるのかどうか、それを知りたいのです」

大丈夫だろうと思ってうなずいたけれど、真理は、今朝ニラブセルを飲んだことを後悔していた。飲むと、空の上でなにかをキャッチする感度が鈍るのだ。二宮が、ランタンを引き寄せて、ライターで火を灯《とも》した。

「それでは、どうぞよろしくお願いいたします」

丸顔は腰を上げた。鴨下も立った。男たちはぞろぞろと出ていき、最後に鴨下が、壁のスイッチに手を添えてこちらを振り向いて、

「じゃ戻ってきたら知らせてください」

と一言かけてから、パチンと押した。

なにもかも暴き立てるように照りつけていたＬＥＤの光が消え、部屋はランタンの薄明かりの中に沈んだ。真理《しんり》はBluetoothのイヤフォンを耳に入れ、スマホに収録している中から「カムイ」を選んでタップした。トンコリというアイヌの弦楽器のつま弾きとブレイクビーツが混じり合う。左手をごん助の背中に、右手は封書の上に置いた。

ゆらゆら揺れるオレンジ色の薄明かりの中で、次第に壁や机の輪郭がぼやけ、境界線がなくなり、どろどろ溶けて溶岩みたいになった。そして突然、溶岩はマグマのように噴出した。真理《しんり》はその勢いに乗って上昇した。警視庁のビルの屋根のはるか上方に噴き上げられ、宙に浮いた。気がつくと、一羽のカラスになって桜田門の上空を飛んでいた。それから、墨田区の高い高い塔の頂《いただき》に舞い降りた。塔の先端から見た五月下旬の東京は暮れかけている。真理は、その黒い目で世界一平和な国の首都を見下ろした。この街を恐怖に染めようとする者が潜んでいるかどうかを見極めるには、もっと高く飛ばなければならない。ニラブセルを飲んだことが後悔された。あんまり調子よくないや。だけどやらなきゃならない。やると言ったし、やったほうがいいと思ったんだから。

真理の足が塔の頂から離れる。

もっと高く。

巣作りにいそしむ燕《つばめ》たちより、横田空域を飛ぶ米軍機より、成田から飛び立った旅客機より高く。

真理は眼下を見下ろした。

隙間なく建てられた建造物の中やその間《あいだ》でうごめく日本人たちの色とりどりの感情が、黄色くまじり合って街を覆った。黄一色に染められた大都市に、あの封書に塗り込められた匂いを色に変えて、真理は探し当てようとした。

警視庁舎にある「ほっと」は、カフェレストランを自称しているが、同じ階にある武道場で汗を流して腹を空かせた者らが、ハンバーグやら大盛りスパゲティやらカツカレーやらで胃袋を満たすために雪崩《なだ》れ込む警官《でか》食堂だ。その隅で同期のふたりは狭いテーブルを挟んでコーヒーを飲んでいた。

「いつもはどのくらいかかるんだ」

腕時計を見ながら西浦が言った。

「さあ、俺も二度しか飛んでもらったことがないのでわからない。終わったらSNSで知らせがくることになっているみたいだ」

そうか、と西浦がうなずき、

「ただ、さすが相棒だな」

と感心したように言ったので、鴨下は「なにが？」と問い返した。

「お前が申し込むと素直に飛んでくれただろ。あのお姫様は課長が言っても断ることがあるらしいじゃないか」

「そうなのか……」

と言って、鴨下は黙り込んだ。

「どうかしたのか」

いやなんでもない。そう言ってはぐらかしたが、鴨下は、登庁する途中での真理《しんり》とのやりとりが気になっていた。中央線の車中で、真理は鴨下の肩を突いて、あのさ、と言った。

「正直言うと、今日はあまり調子よくないから、期待に応えられるかわからないよ」

驚いた鴨下は、え、体調よくないの、と確認した。

「まあ、バリバリに元気ってわけじゃない」

驚いて、だったら今日はよそうと鴨下は提案したが、真理《しんり》はきっぱりと、

「いや、飛んどいたほうがいい」

と言ったのだ。

そう言われては、別の日にしようとは言えなかった。実はやはり鴨下は、日本にＩＧはいないと推察していた。新大久保でのハミドさんとの面会後には、さらにその思いを強くした。なので、真理に飛んでもらうにしても、今日でなくてもいいとは思っていた。ただ、真理のほうから「飛んどいたほうがいい」と言われては話がちがってくる。

「だったら今日は軽く」

そう言うと、真理は笑った。

「そういうふうに調整できればいいんだけどねえ」

「できないの」

「なんていうのかな、私の力だけでやってることじゃないから」

え、っと鴨下は驚いた。

「なんて言ったらいいんだろうなあ。お力を借りてというか〝大きなもの〟に導かれてというか、まあそういうことだから。でもこれは、わかんなければわかんないでいい。私が

言いたかったのは、手ぶらで戻ってくるかもってこと。そういうときにはなにも言わないほうがいいんでしょ」

あわてて鴨下は、そのとおり、自信がないことはひとことも口にしてはいけない、と強い口調で言った。

――このようなやりとりを思い出してから、鴨下はコーヒーをひとくち飲んで、「それより西浦」と話題を変えた。

「上司の神代係長、あの人が情報提供者として使っているアリって男に、君は本当に会ったことがないのか」

「ない。直接接触するのは神代さんだけだ」

「情報提供者になるきっかけはなんだったかは聞いているか」

西浦は軽くうなずき、すこし声をひそめて、

「神代さんが入管でスカウトしたんだ」

入管？　鴨下は問い返した。

「ああ、それが神代さんの手なんだよ。アリは難民申請が受け入れられない可能性が高かった。はっきりとＩＧに刃向かって殺されそうになったわけじゃないからな」

ありうると鴨下は思った。とにかく日本は難民を受け入れたがらない。日本にたどり着いたものの、刑務所のような施設に、ずっと収容されているケースもめずらしくない。

「そこに神代さんが、ムスリム・コミュニティの情報を提供してくれるのなら、出してや

れるかもと持ちかけたんだ」

「情報提供には積極的なのか、そのアリって人は」

「いやそうでもない。これまでは報告すべきことは何もないということを節目ごとに言ってきただけだった」

「つまり、日本のムスリム・コミュニティには、反社会的な動きは見当たらない、と」

「そうだ。ところが権藤さんの人質事件とほぼ時を同じくして、アリのほうから自爆ベルトの男のことを知らせてきたので、神代さんも身を乗り出したわけだ。なにか気になる点でもあるのか？」

鴨下は、どう切り出そうかすこし迷ってから、

「アリさんはインテリだ。なんとか研究者に戻りたい。大学に就職したいと思ってる」

「ああ、神代さんから聞いた」

「ならば、神代さんは、アリさんの就職に便宜を図るなんてことはしていないのか」

「まあ、さすがにそこまでは」

「どうして」

「だって、アカデミアの世界より、ムスリム・コミュニティの中で暮らしてもらったほうが、情報が取りやすいじゃないか」

なるほど、と鴨下はうなずいた。そしてそのまま考え込んだ。西浦は怪訝《けげん》な顔つきになって、なんだ、気になることでもあるのかと訊いてきた。鴨下はすぐには答えなかった。

ただ、西浦のほうも、じゃあいいよとは言わず待ったので、鴨下は口を割った。

「これはあくまで僕の憶測だ。できればいまは言いたくない。言わないほうがいい気がする。どうしても聞きたいのなら、約束して欲しい」

西浦は苦笑した。

「ずるい言い方だぜ、それは。でも言ってみな」

「僕の憶測は神代さんには言わないでくれ。絶対に。君の胸の中にしまっておけるなら、言ってもいい」

ふむ、と西浦は腕を組んで、わかった約束しよう、と請け合った。

「アリさんはひも付きじゃないだろうか？」

ひも付きというのは、背後になにか人物なり組織なりが控えていて、アリを操っているという意味だ。

「うち以外の？」

と西浦は驚いた。

「もちろん」

「どこだ？」

「アメリカだよ。ＣＩＡ」

西浦は目を丸くした。

「もちろんアリさんへのご褒美は、アメリカの大学への就職だ。アメリカにはＣＩＡと連携している大学や研究機関がたくさんあるからな。いざとなったらそういうところにひとり押し込むくらいはできるんじゃないか。いや、できなくてもいいんだ。『できるよ』と言ってやりさえすれば」

西浦はコーヒーをひとくち口に含んで鴨下の言葉を吟味してから、

「でも、アメリカの狙いってなんだよ。アリを使ってなにを？」

「でたらめの情報を流させているんだよ」

「なんだって」

「もちろんこれは、アリさんが公安の協力者だということを知っての上でだ」

「なんのために？」

「アメリカは、イスラームに対する日本人の恐怖心を煽りたいんだ」

「——そんなもの煽ってどうする」

「イスラムフォビアを植えつけ、イスラーム過激派との戦いに日本を巻き込んで、後衛部隊にしようと企んでいる」

「鴨下、お前、本気で言っているのか？」

「かなり」

「だとしたら、アリの言うことを真に受けている公安はいい面《つら》の皮ってことになるぞ」

「だな」

「確認させろ。つまり、アリはでたらめを言っている。いもしないＩＧがいると吹聴してる。お前はそう言いたいんだな」

「そうだ。日本にＩＧはいない。ハッタリだよ」

「じゃあ、二通目の封書をどう解釈する？　差出人は、我々が権藤さんが斬首されたことを知る前に、その情報を摑んで手紙に書き、投函していたんだぞ。権藤さんが斬首されたことを外務省や警察よりも早く知っているとしたら、そいつはＩＧだ。その手紙が新宿から投函されているならば、ＩＧはすでに東京にいることになる」

「それは偶然だよ」

「なんだって⁉」

「つまり当てずっぽうだったってことさ。そして、それが当たった」

「おいおいそれは、自分の思い込みを正当化してやしないか」

「そういうところはある。僕はやっぱりあの封書はいたずらだと思っているんだ」

「しかし、あてずっぽうで斬首を当てるなんてのは大胆だな」

「そうかな。ＩＧはこれまで何人も人質を殺してきた。例外は身代金を払った場合だけ。報道を追っていけば、日本が身代金の支払いに応じる様子がないことはわかる。なにせ阿瀬さんは『断固としてテロと戦う』と言っているし、世間にも払ってやれという声は大きくない。どちらかというと、こんな時期にそんな危険なところにノコノコ出かけて捕まりやがって、そんな馬鹿に税金使うなんてもってのほかだって空気が濃厚だ。つまり、阿瀬さんは、身代金を支払うほうがリスクが高いんだよ。アメリカには叱られるわ、国民からの支持も得られないってことになりかねない。となると、これはもう払わないだろうな、と見当がつく。ならば、まちがいなくＩＧは権藤さんを殺すだろう。——こういうふうに予測して、欧米の人質事件を参考に、殺される場合は声明出してから二週間以内だと見当をつけて投函する、これはそんなに難しいことだろうか」

西浦は考え込んだ。そして口を開いた。

「俺たち公安はそんなふうに考えることはできない。最悪の事態を想定して動くのが公安だ。だけど、考えかたとしては面白い。そして個人的には、そうだったらいいなとも思う。日本にＩＧはいない。そしてテロも起こらない。最高じゃないか」

西浦がそんな心中を吐露《とろ》した時、鴨下のスマホが鳴った。


虚空から舞い降りて桜田門の薄暗い会議室に戻った時、真理《しんり》はすこし混乱していた。空から持ち帰った感覚を、地上の理屈で考え直すと、辻褄が合わないのだ。ふうう、とため息をつき、机の上に用意してくれていたペットボトルから緑茶をひと口飲んで、とりあえず、戻りましたとメールを打った。そうしてランタンの炎をぼんやり見ていたら、どやどやと数人の足音が近づいてきて、ノックの音に続いてドアが開いた。

「まだ明かりをつけないで。それと、あまり大きな音は立てないで」

眩《まぶ》しすぎてつらいし、心臓に響くから、と真理は理由《わけ》をつけ足した。

薄暗い部屋の中で、俊輔、ジョーコー、篠田さん、そしてさっき真理によろしくと頼んだ丸顔（思い出した、確か名前は西浦だ）が、そろそろと腰を下ろした。

「えーっと、知りたいことはなんだったっけ」

真理は、渡された封書をもういちど手に取って眺めてから、西浦のほうを向いた。

「ＩＧはいるのか。日本でテロを起こそうとしている連中が日本に潜入して、その手紙を投函したのか、ということなんですが」

揉《も》み手《で》をするような調子で丸顔が言った。

「この手紙を出した人はもちろん日本にいるよ。当たり前だけどね」

そう前置きして、真理はペットボトルからひと口飲んだ。丸顔は「ええ、ええ」と次を催促するようにうなずいている。

「それで、その人は日本で大きな事件を起こそうとしている。人が死ぬような大それた計画を練っている。それは確かなことだと思う」

俊輔の顔がこわばった。当てが外れたな、と真理は思った。

「つまりは、ＩＧは日本にいる、と」

丸顔が身を乗り出して、確認してきた。

「たぶんね。私、今日は本調子じゃないんだけど、それは確か」

「それで人を殺そうとしているわけですね」

「その計画が実行されれば人は死にます」

「実際に殺すのはこの手紙を出している当人なんですか」

「そこまではわからないけれど、そんな気もする」

口にした後で、変な意見だなと自分でも思ったけれど、身体を木っ葉微塵《こっぱみじん》に破壊してしまおうという企みがどこかに潜んでいることは確かだと感じた。なのに、企んでいる者の姿を見ようとすると、まだら模様になってはっきりしない。また、その恐ろしい意志はひとつところに向かって力強く前進しているのではなく、足取りが乱れ、危なっかしかった。ただ、その巨大なミミズのような意志は確かに息づき、動いていた。それが動き続ければ、やがて人が死ぬ。それは確かだ。

俊輔はテーブルに肘をついて、細い指をこめかみに当ててうつむいている。この男《ひと》は、世間には叩き潰したほうがいい邪悪な心の持ち主がうじゃうじゃいるとは認めたがらない人間だ。だけど、世の中そんなに甘くない。舐めてかかってぼーっとしてたら、死体がいくつも転がってたなんてことになったら大変だよ。前の事件でちゃんと教えてあげたのにさ。まあ、やさしいっていえばたしかにそうで、それがいいところでもあるんだけど、ワルの魅力ってものがないんだな。

「特徴とかわかりますか、その差出人の」

丸顔が尋ねた。

ちょっと、と俊輔が顔を上げて丸顔を睨んだ。いたずらに特徴を言わせてもらっちゃ困るという警告だ。けれどそんな必要ないんだよ。だってわからなかったんだもの。

真理《しんり》は二通の封書を右手と左手に持って目をつぶり、そこから伝わってくるなにかを受け止めようと心を開いた。そして、右と左を入れ替えてもういちど同じことをした。真理は目を開けて、言った。

「これ、同じ人が書いたってことは確実？」

左右から真理を挟むように座っていたふたりの若い刑事が顔を見合わせた。

「どういう意味かな」

こんどは俊輔が尋ねた。真理は手にした手紙をテーブルの上に置いて言った。

「読んでくれる？」

俊輔はふたつの封筒を手元に引き寄せ、中から折りたたまれた用紙を取り出して広げ、英語のまま読んだほうがいい？　それとも日本語にする？　と訊いた。日本語、と真理は言った。俊輔は読みはじめた。

「『阿瀬をはじめとした、十字軍に参加した愚かな日本人たちよ、聴け。俺たちはお前たちの近くにいる。俺たちが拘束している日本人の命を救いたいのなら、いますぐ二億ドル払え。でないと権藤の首を斬り落とし、さらに阿瀬の首も斬り落としてやる。いや、鉛の銃弾をその胸に撃ち込むかもしれない。東京ははじめて引き起こされる大規模なテロによって阿鼻叫喚《あびきようかん》の巷《ちまた》と化すだろう』」

俊輔は用紙をたたんで中に戻すと、もう片方から同じように用紙を取り出し広げて、いまのが最初に届けられたもの、そしてこれから読むのが昨日の午後の便で各社に到着したもの、と断ってから読み始めた。

「『阿瀬を筆頭として十字軍に参加した愚かな日本人たち、よく聞け。もう知っているだろうが、俺たちは権藤を処刑した。いま、もう一度言おう。俺たちはお前たちのすぐそばにいる。いますぐ二億ドルを支払え。これが最後の警告だ。でなければ、権藤の首を掻っ切ったナイフは阿瀬の首も狙うだろう。もしくはその胸を鉛の銃弾が撃ち抜くかもしれない。東京ははじめて引き起こされる大規模なテロによって阿鼻叫喚《あびきょうかん》の巷《ちまた》と化すだろう』」

ほとんど同じじゃん。ただ、両者の間にはどことなくちがいがあった。真理《しんり》は、言葉で組まれた論理については考えていなかった。それは俊輔に任せよう。真理は、封書の触感と言葉から漂う霊気を感じ取り、違和感の正体を突き止めようとした。

すると、おかしな言葉が口を突いて出た。

「その殺された権藤さんのお骨って戻してもらったの?」

俊輔が丸顔を見た。

「確認しておりませんが、おそらくまだだと思われます。殺害されたとわかったのは昨日の夜なので」

「返してもらえるってことになってるんですか?」

「それは……外務省に確認いたします」

丸顔はそう請け合ってから、

「例えば、お骨が戻ってそれが手に入れば、もっと詳しいことがわかったりするのでしょうか」

と訊いてきた。真理は考え込んだ。戻してもらったお骨を触ってもういちど飛んだらなにかがわかるだろうか。

「わからない」

真理は言った。時々こういうことがある。そして、こんな時、警官たちはとても悲しそうな顔をする。ごめんなさいという気持ちはあるけれど、わからないものはわからない。

明けて五月二十八日の水曜日。鴨下俊輔は、真理の〝お告げ〟の混乱を昨日から引きずったまま、特命捜査係の机に向かっていた。もちろん隣席はまだ空《から》だが、真理が来たら、「ＩＧは東京にいる」の意味をふたりで話したいと思っていた。

もしＩＧが東京にいるなら、新聞社に送られた手紙にある「俺たちはお前らのすぐそばにいる」という文句を裏付けることになる。

しかし、平常時でさえハードルが高い日本の入国審査は、いまはさらに厳しくなっている。これをかいくぐって入国することなどできるのか、と鴨下はあやしんだ。

また真理《しんり》は、西浦が欲張ってさらなる情報を取ろうとしたときは、「わからない」と首を振った。ひょっとしたら、ニラブセルを飲んで感度が悪くなっていたのかもしれない。だとしたら、「ＩＧはいる」というお告げが今回は間違っているという可能性もある。

ここまで考えを進めた鴨下は、自分は無意識のうちに「ＩＧはいない」という結論を引き出そうとしていやしないか、と思ってはっとした。なぜそうしたいのか。「ＩＧはいる」が事実だとしたら、ムスリムフォビアが起こり、日本にいるムスリムはつらい思いをする。それはよくない、と鴨下は思う。しかし、よくないからといって、「いる」ものを「いない」と判断し、大惨事を引き起こしてしまっては元も子もない。

内線電話が鳴った。液晶画面に表示された相手の名前を見て、もしもしとすこしダルそうに応答した。

——おい、いま外務省からとんでもない情報が入ったぞ。

低く、そして勢い込んだ声の調子に、鴨下は受話器を持ち直した。

「なんだ、ＩＧが遺体を返すとでも言ってきたのか」

遺骨にこだわる日本人に食い下がられてＩＧも根負けしたのだろうか。

——そうじゃない。むしろ逆だ。

「逆というのは？　返してきた骨が本人のものじゃないとか」

——バカ。

「バカって言われても」

そう言った直後、鴨下ははっとした。

「まさか……」

——ああ、そのまさか、だよ。

「権藤さんが……」

——そうだ。つい先程、連絡があったそうだ。

「どこから?」

——イランの日本大使館だ。

「どうやって脱出したんだ」

——いや、解放されたらしい。

「解放?　なぜだ」

——わからん。とにかく権藤さんはイラクとイランの国境付近で解放され、歩いてイランに入国し、そこで保護された。身体検査で異常がなければ、すぐに日本に送るそうだ。

そうか。そういうことか。受話器を置いた鴨下は真理の言葉を思い返した。お骨は返してもらえたのかと彼女が言ったのは、骨を手がかりにもういちど飛べば、なにかがわかるという意味ではなかった。権藤さんが本当に死んだか確認しろというメッセージだったのだ。

真理《しんり》はまちがっていなかった。鴨下は人質が生きて返ってきたことを喜ぶと同時に、恐怖も覚えていた。真理はこうも言ったのだ。

ＩＧはすでに日本に侵入している。

天国に行けるなら

部屋は前よりもずっと広く、清潔で、華やかで、贅沢な気品に満ちている。だが、カーテンは閉じられたままで、室内はやはり薄暗い。男と青年は窓辺に置いた椅子に座って丸テーブルを挟んでいる。

「本当にやるのか」

青年が尋ねた。

「ああ、やるとも」

そう言って男は小瓶をラッパ呑みした。考えてみなよ、そのほうがいいだろう。こんな俺でも天国に行けるんだ。

五月二十九日 木曜日。壇上に長いテーブルが置かれ、その中央にマイクが束になってひしめき合っている。成田空港の特設記者会見場にやって来た穂村愛里沙は、権藤健治が現れるのを記者団席で待ちながら、ひょっとしたら沢渡が来ているのではないかと思い、あたりを見回した。いない。聞かされてはいたけれど、やはりこれは不思議だ。

昨日、権藤さんがイランで無事保護されたという一報が伝わって、国際部が大騒ぎになった時、沢渡は自分の席で椅子に腰かけ、この騒動を遠巻きに眺めていた。普段は、現地から入ってくる外伝に大きな声を上げる彼にしては、どことなく不自然だった。

そして、明くる日の木曜日、成田空港にて権藤さんの記者会見が開かれるという知らせにも、当然いの一番でかけつけるのかと思いきや、

「いや、俺は行かないほうがいいだろう」

などと妙なことを口走り、

「成田の取材はリームにまかせるよ」

と言ってさっさと帰ってしまった。

ざわついていたフロアが水を打ったように静まり返り、穂村は意識を壇上に戻した。スーツ姿の男が現れ（おそらく外務省の職員だろう）、テーブルの端に立って、マイクを握

り、権藤氏は長期間にわたって劣悪な環境で拘束されていたので、健康上の理由から、あまり長く会見できないことを了解していただきたいと説明し、さらに、体調に配慮し、フラッシュは入退場のみで、会見中は焚かないようにと注意した。

それから当人が登場した。カメラマンはここぞとばかりにフラッシュを焚き、壇上の権藤は激しく点滅する光と、ドラムロールのようなシャッター音が止むのを待った。男がまた出てきて、そろそろ終わりにしてくれと注意を与えた。

フラッシュの光とシャッターの音が止み、権藤は立ち上がって、深々と頭を下げた。蛇口からほとばしった水がシンクを打つようなシャッター音がふたたび会場を満たした。ようやく顔を上げ、権藤が口を開いた。

「ご心配いただいた皆さんにお詫びしますとともに、深く感謝申し上げます。本当にありがとうございます。また、私の行動によって、日本政府が当事者にされてしまった点について、誠に申し訳なく思っております。本日は体調の関係で長くは話せませんが、回復いたしましたらあらためて会見の場を設けたいと思います」

そう言ってから、着席させていただきますと断って座り、人質となるまでの経緯を説明しはじめた。

まずトルコに入った。イラクとの国境付近の町に滞在し、ＩＧの取材ができないかどうかを模索していたらしい。そこであるガイドと出会った。そのガイドが、ＩＧによって人質にされた人たちの解放を訴えるデモに参加していたことなどから、信頼できる人間だと思った。このガイドに、イラクとシリアの北部を中心に活動する反米武装組織を紹介された。この武装組織の司令官は自分の義理の兄なので信頼してよい。彼らが身の安全を保障してくれる、とそのガイドは言った。イラクとの国境付近まで連れて行かれ、このまままっすぐ歩いていけば、IGに関係する武装組織が待っているので、彼らに会ったら義理の兄の名前を出せ、そうすれば車でベース・キャンプまで連れて行ってもらえるはずだ、と言われた。この時はじめてガイドがついて来ずに自分ひとりで国境を越えるのだと知って、最初の話とちがうなと不安になったが、まあ大丈夫だろうと思い、そのままひとりで歩いていってしまった。ほぼ言われていたとおりの時間で、暗闇の中に懐中電灯の明かりが見えた。近づいていって教えられた名前を告げると、向こうから権藤かと尋ねられ、イエスと答えた。オーケー、レッツゴーと言われて車に乗せられた。着いたところはIGの司令部だった。実は、IGに関係する武装組織だとガイドが言っていた彼らは、IGそのものだったのだ。

最初の一日だけゲスト扱いされたものの、すぐにスパイの嫌疑をかけられ、その後は、不衛生な集合住宅の地下室に放り込まれて、「お前は人質だ。阿瀬から金をせしめるために、これから日本と交渉する」と宣告された。

そしてすぐ、オレンジ（色）の囚人服を着せられて、身代金を要求するためのビデオを撮られた。その後はずっと、床に水が溜《た》まった薄暗くてじめじめした地下室に、三人の見張りをつけられ、監禁された。

閉じ込められているうちに、時間の感覚がなくなり、自分がどのくらい拘束されているかもはっきりしなくなった。ほとんど諦めていたが、いきなり見張りから、「明日お前を解放する」と告げられ、車に乗せられて、岩だらけの荒野で降ろされると、そこで手錠も外されて、このまま歩いて丘を越えればイランに行けると突き飛ばされた。車は、自分を残したまま来た道を引き返していった。半信半疑で言われた通りに歩いた。国境を越えたところで、武装した人間に捕まり、また手錠をかけられ、もはやこれまでと諦めかけたけれど、相手がイラン革命防衛隊の兵士だとわかったので、ＩＧに捕虜になっていたことを伝え、テヘランの日本大使館に連絡してもらった。

このように解放までの経緯を述べた後で、ジャーナリストとして責任を感じたのか、質疑応答なしということになっていたにもかかわらず、本人が多少でも答えたいと申し出て、短い時間ではあるが、その時間が取られた。

当然、多くの手が挙がった。もちろん穂村も挙げた。質問者の一番手として当てられたのは、ＮＨＫのニュースキャスター田口圭三郎《たぐちけいさぶろう》だった。

「日本政府は、テロには屈しない方針を貫くと発表していたのですが、こうして権藤さんが解放されたということは、実は身代金を払ったのでは、という声も聞こえています」

権藤は眉をひそめて黙ったままだ。田口は続けた。

「ＩＧ側から、『日本が支払ったので、お前を解放する』などと言われはしませんでしたか？」

権藤はうなずいてから、口をマイクの束に寄せた。

「いいえ、そのようなことは言われておりません。私自身、日本政府が払うとは思っていなかったので、彼らにもそう言ったくらいです」

「では、ご自分では、今回の突然の解放をどのように理解されたのでしょう」

「いや……それは私も不思議に思っておりまして、……確かにこうして日本に帰ってこられたことは大変に嬉しいのでありますが、考えてみてもよくわからず、いまはただ混乱しているといった次第です。……ただ、私もジャーナリストでありますから、わからないとくり返しているわけにもいかないので、考えを整理し、またあらためてお答えする機会を設けたいとは思っております」

と歯切れの悪い返事をした。

無理もない、と穂村は同情した。人質に取られていた人間に、事件の真相を問い質すのはお門違いだ。質問した側もわかっていながら、一応しておかなければと思って投げた質問にすぎない。しかし、次の質問者に当選しようと手を挙げかけた時、うつむいていた権藤が顔を上げ、またマイクの束に身を乗り出すようにして「ただ……」と言った。

「――ただ、私が『日本は身代金を払うつもりはないよ』と言うと、見張りの男に『いま調整中だから待っていろ』と言われたことがあります」

不意に穂村の胸がざわめき、沢渡の顔が浮かんだ。田口はもうすこし質問を重ねたかっただろうが、「次の方」と進行役に断ち切られて、座り、愛里沙はまた手を挙げた。しかし当ててもらえず、こんどは読海《よみうみ》新聞の定岡嘉宏《さだおかよしひろ》記者が立った。

「YouTubeには斬首の映像がアップされ、私たちは権藤さんが亡くなられたと信じさせられました。あの動画を撮影するにあたっては、どのような演出があったのでしょうか。そして、あのようなトリックを仕掛けた理由はなんだと思いますか」

穂村が興味を持ったのは二番目の質問だった。解放するなら素直に解放すればいいものを、なぜ殺害したと見せかけたのだろう。

「まず、IGにはプロパガンダのための映像スタッフが大勢いるんです。現地に入る前から、そういう情報には接していたのですが、実際に目の当たりにして、その規模の大きさに驚かされました。演出部、撮影部、制作進行、メイクや小道具の係まであって、まるで映画の撮影チームのような体制が整えられていました。私は二度カメラの前で跪かされたのですが、その際には、私にナイフを突きつけて日本政府に身代金を要求する役の幹部も、監督の指示に従って役者のように振舞っていました。二度目の撮影では、喉にナイフを突きつけられたあとで、監督がいったんカメラを止めて、『こんどは頸動脈《けいどうみゃく》を切られたあとのショットを撮る』と言って、私は地面にうつ伏せにさせられ、首のあたりに血糊《ちのり》を塗られたりし、監督に『絶対に動くなよ。お前は死んでるんだからな。ちょっとでも動いたら動かなくしなきゃならなくなる』なんてブラックジョークを飛ばされました」

ここだけ聞くと、まるでIG制作の映画に出演した俳優の記者会見だ。しかし、現実には身代金を払ってもらえなかった人質は喉を掻き切られ、そのときも撮影隊はカメラを回し続け、ナイフが首を抉《えぐ》る残虐な部分だけはあとで捨てて、映画のように見せているだけなのだ。穂村はふたつめの質問に対する答えを待った。

「次に、私を殺したと見せかけて、生かしておいた理由ですが、それは私にもわかりません。彼らは私を殺そうと思えば殺せたし、実際に殺された人質は沢山います」

なのに殺さなかった。しかも、いちどは殺したと見せかけて。この意味はなんだ。穂村は考えて、答えをひとつ思いついた。質問者として立っていた定岡も同じことを考えたらしい。

「ということは、ＩＧが、国際社会の中で、これからの日本との関係を考慮したとも考えられるのですが」

そうなのだ。身代金を取れば取るほど払った国との関係は悪化する。しかし、ＩＧがこのまま勢力を拡大し、中東を安定して統治する体制を確立すれば、中東地域の代表として国際社会と向き合わなければならなくなる。各国との緊張が高まり続けるのは、得策ではない。

なので、殺したと見せかけ、さらなる殺戮をこんどは日本国内で起こすぞと予告して相手をビビらせ、なんらかの形で金を支払わせてから、そのあとで生かしておいた人質を解放し、限界値まで高まっていた緊張を緩和させる。――このようなトリックを企んだということはありうる。しかし、権藤は首を振った。

「わかりません」

間髪を容《い》れず、進行役は「次の方」と声を張った。また穂村は手を挙げた。記者席のかなり後ろのほうに座っていたので諦めかけていたが、進行役は穂村を指《さ》してくれた。

「朝陽新聞の穂村愛里沙と申します。先程、調整中という言葉がIGのほうから出た、と仰ってました。この調整中ですが、これは、身代金という形では払えないが、なんらかの形で日本政府が取り引きに応じる用意がある、そのようなことを意味していたのでしょうか。つまりお金ではないなにかを渡すということですが」

権藤は穂村を見つめ返してうなずいた。ただ、そのうなずきは、そう考えるのは自然だけれど、という程度のものだったようで、答えはやはり、

「いや、よくわかりません」

であった。それでも、なにか言えることはないか、とは考えてくれたらしく、

「ただ、彼らから『お前は特別なんだ』とは言われました」

とたんに、会場がざわざわし、バチバチバチという音が耳についた。記者たちがここぞとばかりにキーボードを叩いている。穂村はこの言葉を捕まえ、おそらく自分に許される質問はこれが最後だと覚悟を決めて、

「どのように特別なのかということは訊かれましたか?」

と尋ねた。しかし、やはり権藤は首を振った。

「訊きはしましたが、答えてはくれませんでした」

進行役が、「それでは次の方」と言ったので、穂村は座った。朝陽新聞のグループ局の

報道番組〝ニュースＮＩＮＥ〟でメインキャスターを担当している舞原秀昭《まいはらひであき》が立った。穂村は舞原が質問を引き継いでくれるよう願った。その願いは叶《かな》った。

「――お前は特別だ。そう言われたことは確かなのですね。ならば、解放が決まったときに彼らはなんと伝えてきたんですか」

権藤は、当時を思い返すような虚ろな目をしてうなずいた。

「『ディールが成立した』と言われました」

バチバチバチバチ……。キーボードを叩く音が、この日一番激しく、まるで鼠花火《ねずみはなび》が爆《は》ぜるように鳴った。

「ただ、ディールの内容については教えてくれませんでした。会話をしたのは、見張りですから、そもそも彼がその内容を知っていたかどうか。ただ、『お前の仲間がこのディールをまとめた』ということは言われました」

「仲間というのは？」

「さあ。その時、彼らが使った英語はcolleagueでしたが」

穂村の胸がどきんと鳴った。

「ということはジャーナリストでしょうか」

舞原は尋ねた。権藤はまた首をかしげた。

「そう理解するのが自然だとは思いますが、一介のジャーナリストが、政府とＩＧを仲介できるとは考えられません。なので、これを聞いたときには、欧米のジャーナリスト協会が尽力してくれたのではないか、と思いました」

　いてもたってもいられなくなった穂村はふらりと立ち上がり、記者団から離れた。そして、会場の隅に行ってから、取り出したスマホを耳に当てた。

「見てますか」

　相手が出るなり穂村は言った。

——ゴンちゃん、わりと顔色よさそうだな。

「どういうディールを取り交わしたんですか」

——その話はあとだ。

「あとって、私は記者会見場から緊急でかけているんですよ」

　愛里沙は声をひそめつつ語気を強めた。

——いずれちゃんと話すよ、リーム。

　いぜんとして、沢渡の声は淡々としていた。

——いまデスクに呼ばれたんだ。行ってくる。


　一方、鴨下俊輔はこの記者会見の模様を記者団の席からすこし離れたところで見ていた。

「外務省は怒ってたぞ」

　席を外していた西浦が戻ってきて、鴨下にそう耳打ちした。

「身代金ももちろん武器もなにも向こうに渡してないようだ」

人質救出のためにこっそり金を払った、という噂は、「断固としてテロと戦う」と明言している阿瀬総理にとって立てられたくない噂だ。しかし、「ディールが成立した」という権藤の言葉はこのことを否応なしに連想させる。

加えて、ＩＧが無償で人質を解放することも考えにくい。やはり、なにかしらのディールはあったのだ。そして、このディールのために誰かが動いた。それは権藤の仲間（colleague）だった。俊輔の脳裡《のうり》に、ひとりの男の名が浮かんだ。

記者席で長身の女がひとり立ち上がった。スマホをポケットから取り出しながらフロアの隅まで歩いて行き、立ち止まると耳に当てた。愛里沙の固い表情からなにかしらの覚悟が読み取れた。通話の相手は容易に想像がついた。鴨下は、愛里沙がスマホをしまい、戻ろうとしたときに動いた。

「来てたの」

愛里沙はとつぜん現れたボーイフレンドに目を見開いた。

「彼なの？」

鴨下は単刀直入に訊いた。

「……そうみたい」

「その情報は社内で共有されるの、それとも君と沢渡さんの秘密としてしまっておくの」

「もちろん共有される。テレビで会見を見ていたデスクが、いま沢渡さんを呼んで確認しているみたい。沢渡さんは絶対に否定しない」

となると、まもなく朝陽新聞社は、自社の社員がＩＧとディールを取り交わし、人質を解放させたことを知る。

沢渡が、ＩＧとコンタクトを取れる民間人として、外務省から依頼を受け、さらに朝陽新聞社の上層部もこの役割を了解した上で、『アラビアのロレンス』よろしく動き回っていたなんてことはありえないだろう。では、日本人ひとりを無事に帰国させることに成功したこのディール、この仲介が、沢渡の完全なスタンドプレーだとしたら、会社はこれをどう評価するだろうか？

「わからない」

鴨下が尋ねると、愛里沙はつぶやくように言った。

「どういうディールを取り交わしたかにもよると思うわ」

ふむ、と鴨下はうなずいた。

「でも、有言実行したのね、沢渡さんは」

鴨下は、おっちょこちょいだと沢渡を評したことを思い出した。その評価は撤回すべきだ、と愛里沙は言いたいのだろう。そうかもしれない、と鴨下も思った。ただし、もっともっと不吉なものに、だ。

穂村愛里沙が成田から築地に戻ると、沢渡は社を出るところだった。逃がさないぞと思い、穂村はすぐに詰め寄った。

「デスクはなんて言ってました」

ところが沢渡は、「なかなか鋭い質問だったな」などと言って取り合おうとしない。

「どの質問ですか。どの質問を鋭いと？」

「ああ、なんだろうな、やっぱり権藤氏が『どのように特別なのか』じゃないの。――じゃあ、俺はこれで」

「帰るんですか」

「いや、退社はするけれど、帰宅はしないよ」

とまどう穂村に向かって沢渡は微笑《ほほえ》んだ。

「とりあえず銀座でお買い物だ。つきあうか？」

「買うって、なにを？」

「スーツだよ。なにせ急に決まったもんだから。さすがにこの恰好じゃまずいだろう」

沢渡は、カメラバッグメーカーが作ったジャーナリスト御用達《ごようたし》のベストを着ていた。もちろん伊達《だて》男に見せるのには向いていないが、この恰好で取材に出向いて問題が起きることはないはずだ。まずい場所っていったいどこだ？

「その後は、ホテルで待機だ。どうだい一緒に」

つまらない冗談を言って出て行った沢渡といれちがいに、デスクが戻ってきた。穂村は、沢渡がこれからどこで誰と会うのか知っていますか、と尋ねた。

「さっきお前も会っただろ」

「え、私がですか?」

「成田の会見場で。舞原さん」

「舞原? ニュースNINEの?」

「そうだ、今晩のオンエアーに沢渡を出演させる。うちのグループの切り札としてな」

そう言ってデスクは自分の机に向かって腰かけた。

「ホテルで待機させるというのは？」

「カンヅメにして記事を書かせる。うちだけのスクープ記事だ」

デスクはこの時すでに、沢渡が権藤解放の立て役者であることを認めていた。

「それに隔離させるという意味もあるんだ」

「なんのために？」

「警察が沢渡と会いたがっている。もちろんまだ任意だ。あの会見を見ただけで、調整役が沢渡だと嗅ぎつけたらしい。警察ってのは鼻がきくんだな。驚いたよ。ただ、ここで警察に沢渡を持っていかれると、ニュースＮＩＮＥも朝刊の記事もパーだ」

つまりはこういうことらしい。

記者会見を見ていたデスクが、沢渡を呼び寄せて、ひょっとしてこれはお前かと詰問すると、当人はすぐにそうだと認めた。ほどなく、朝陽新聞社と外務省がやり取りして、権藤健治氏をＩＧから解放したのは沢渡孝典であると確認した。権藤が監禁されていた地下室の詳しい特徴を沢渡が述べることができ、これを権藤氏に確認して、ぴったり符合したので、沢渡が調整役、もしくはディールが締結されるプロセスをよく知る人物であることが確実になった。

その情報をどこで得たのかと沢渡に問うと、日本にいるIGの要員からだと言った。どこで誰と会ったのかという質問に対しては、答えなかった。情報元を明らかにしないというジャーナリストの良心に基づき絶対に教えない、教えろというのなら辞職すると言い張った。

ただし沢渡は、ディールの内容、どのような条件をIGに提示し、権藤氏を解放させたのか、については明らかにした。それは、意外なほど真っ当なものだった。そしてある意味で、危険なものであった。

さて、人質解放の功労者が朝陽新聞社員の沢渡孝典だという情報は、テレビ朝陽報道局の上層部に伝わった。そして、ニュースNINEが沢渡の出演を朝陽新聞社に依頼した。朝陽新聞国際部は、これまでにも、中東紛争の特集を組む際に同番組から、コメンテーターとして沢渡を貸してくれと言われたことが何度かあった。しかし、国際部はこれを拒んできた。沢渡のコメントは反米・反政権に激しく傾きがちで、生放送に出演させるのは危険だと判断したからだ。しかし今回、国際部部長は「出せ」と言った。この決断は、ディールの内容と関係があった。それを鑑みると沢渡は出さざるを得ないのだった。また、それが明らかになれば、現政権も大目に見るだろう、という計算も働いていた。

「まあ、どうせ時間がたてばバレるだろうし。こっちが隠そうとしたって、本人があちこちで言いふらすに決まっているから、いっそ我々がスクープして他社を出し抜こうじゃないか。かなり危なっかしいところはあるが、人命救助につながっているわけだし、このディールの内容からして、雷を落とされることもないだろう。常務には俺のほうから話しておく」

部長はそう言って、「報道番組出演許諾申請書」の書類に印鑑を押した。

鴨下はこのような動きのおおよそを読んでいた。

朝陽新聞にこのディールを調整した沢渡という記者がいる。しかし、それは社命を帯びた任務ではなく、完全なスタンドプレーだ。となると、朝陽はまず沢渡が本当に仲介者なのかどうかを確認するはずだ。そのために外務省と連絡を取る。――成田から戻る車の中で鴨下はハンドルを握る西浦にそう説明した。

「マジかよ。どうして朝陽の記者がそんなことできるんだ。吹いてんじゃないのかそいつ」

「僕もそう思ったんだ最初は」

「で、考えを改めた理由はなんだ?」

「記者会見の内容がある筋からの情報と一致したからだ」

「ある筋というのは?」

「それは言えない」

「会見の内容のどの部分が引っかかったんだ」

「それも言えない」

「おいおい。共同捜査だぜこれは。ずるいじゃないか」

「公安に言われたくないよ」

西浦は苦笑した。


鴨下は桜田門に戻ると、まずは西浦に、朝陽新聞と外務省がなんらかのやりとりをしていないかどうかを確認してもらった。西浦に任せたのは、外務省とのパイプは公安のほうが刑事より太いからだ。


机に向かっていると一時間後に内線が鳴った。

――おかしいな、外務省の態度がなにか変なんだ。のらくら逃げている感じがする。

西浦の声は怪訝《けげん》そうだった。なるほど、そうきたか、と鴨下は思った。

「こちらと接触させたくないんだよ」

――朝陽新聞がそうするのはわからないでもないが、なぜ外務省が歩調を合わせるんだ？

「スクープ狙いの取引なんじゃないかな。いまは沢渡を引っ張られたくない朝陽が外務省に、沢渡の情報を警察に渡すのは控えてくれと要請した。外務省だって、そいつから情報を取りたいから、すこしぐらいは待ってやろうって気になった。ただ問題は警察だ。警察には逮捕権ってものがある。協力しなければ相手の自由を奪ってでも話を聞くということをやりかねない。新聞社はいやというほどそのことを知っているからね。いましばらくは、警察を近づけないで欲しい、というようなことを外務省に頼み込んだんだよ」

——じゃあ、俺たちの特権を振り回して身柄を押さえようぜ。

「裁判所の許可がいる」

——そんなのどうとでもなるさ。

「僕はそう考えない。これは警察学校時代から君と議論してきたことだけど」

——そうだったな。それで激論になった。いまお前の上司になっている徳永小百合警視監の授業のときだった。おい、お前あの教科でどんな評価をもらったんだ？

「Aマイナス」

——あれ、俺と同じじゃないか。警視監はお前びいきだと思ってたんだが。

「ひいきしてるなら、こんな部署に異動させたりしないよ」

立派な部署じゃないか、とは言わず、それはそうだなと西浦は笑ってから切った。鴨下はもういちど受話器を取り上げ、外線にかけた。

「彼はどうしている？」

ちょっと待って。愛里沙が声をひそめて言ってからややあって、もしもし、とまた声がした。声の響きが変わっている。周囲の耳を避けて場所を移したのだ。もうすぐ発表になると思うけど、と言った声には反響音がたっぷり含まれていた。非常階段にでも出たのだろう。

——今晩ニュースNINEに出演します。

「なるほど、そこでキーパーソンのお披露目となるわけだ」

——そちらの動きはどう？

「ああ、すぐには手出ししないよ」

愛里沙は意味を理解したらしく、ありがとうとつぶやいた。

「ただ、明日は警察の事情聴取に応じてもらいたいんだ。被疑者ではないので、こちらも丁寧に扱うから、これには応じたほうがいい」

こう言ってから、今日は見逃してやるが明日は出てこいと言っているようであまりよくないな、と鴨下は思った。

——わかった。私がどうこうできるわけじゃないけど、本人にはそう話してみる。じゃあ。

相手が切ろうとしたので、鴨下は言った。

「君はもうディールの内容を知っているんだね」

ためらいがちな、「うん」という声が聞こえた。

「そして、その内容に君は賛成しているんだね」

またすこし間が開いた。

——そうかもしれない。

鴨下がどう言おうか考えていると、

——ごめんなさい。戻らなきゃならないから切るね。

という挨拶の後に、ツーツーという話中音が残された。鴨下はゆっくりと受話器を戻した。

内容を知った上で、愛里沙が共感を寄せているのなら、そのディールは恐ろしいものではないはずだ。なのに、どうも気に入らない。なぜだろう。ひょっとして、気に入らないのは、同じ大学の先輩と後輩、同じ会社の同僚、中東のイスラームと政治に詳しい者どうし、欧米が支配する世界秩序に対する反感でつながる愛里沙と沢渡の関係なのだろうか？ だとしたらそれは嫉妬だ。嫉妬に駆られてする捜査なんてろくなもんじゃない。「警部補」と突然、頭上から声がした。首を巡らせて仰ぎ見ると、机の横に真理《しんり》の父親、花比良主任が立っている。

「いま、真理から電話があって、今日も学校を休んでるみたいで」

一昨日《おととい》飛ばせた疲れがまだ残っているのだろう。真理は昨日も桜田門に出てこなかった。ただ、学校を休んでいることは、いま初めて知った。しかも今日もまた。

「申し訳ありません」

離陸許可を出した管制塔として責任を感じ、鴨下は頭を下げた。

「いや、お薬を飲んだあとに飛んだみたいで、ぶり返しが来てしまったようです」

ニラブセルを飲んだあとだったのか、だったらそう言ってくれればいいのに、と思いながら、もういちど父親に詫びた。

「いいんですよ。本人が飛ぶと言ったら飛ぶんですから。警部補に言えば、『飛ばなくてもいい』と言うだろうからと思って黙っていたそうです」

図星である。

「それで、今日も登庁しないでいいかと言うんです」

「もちろんです。ゆっくり休んでください」

「さっきそれを伝えてくれと言われて、わかった伝えとくよと言ったんですが、そのときに、警部補は大丈夫かと訊くんですよ」

「え、僕が」

「ええ、そうなんです。『なにかあったのか』と訊き返したら、『いや、なにかあるんじゃないか、あるはずだ』と言うんですね」

鴨下は、うろたえつつも、

「ええ、まあ」

とだけ言った。

「でね。ちょっと今晩、仕事が終わってから顔を出してくれってことなんですが」

「え、ご自宅に？」

「はい。……えっと、それともう一点、あまりこんなことは伝えたくないんですが、伝えないとまた怒られるので……」

「怒られるって、真理《しんり》さんにですか？」

「ええ、私なんか真理がいるから刑事をやれているようなもんですから」

「そんなことは……。で、真理《しんり》さんが僕に伝えてくれと主任に言付けたことって？」

「はい。今日はガールフレンドと会いたくても、うちに来いと言ってました」

父親はそう言ったあとで、ちょっと呆然《ぼうぜん》としている鴨下に向かって、

「いやあ、すいません」

と頭をかいて、

「でもまあこういうときは、行っといたほうがいいんですよ、あとでとんでもないことになったりしますからね」

と忠告なのか脅しなのかよくわからない言葉を口にした。

「わかりました」

鴨下は言った。一昨日の真理のお告げは、ある意味当たっていたからだ。「お骨は戻してもらったの」という彼女の言葉は、「権藤の死亡は確認したのか？」と解釈すべきだったのだ。

「じゃあ仕事が終わったら、ご一緒いたしましょう」

鴨下がそう言うと、花比良主任は顔の前で手を振ってから、

「私は篠田係長と――」

と言って、人さし指と親指で猪口《ちょこ》をつまんで呷《あお》る仕草をした。警視庁の大先輩として、真理に敬意を払ってはいるものの、父親のいない夜に、女子高生の家を訪れることにためらいを拭い切れない鴨下は、返事に困った。父親はニヤッと笑って、

「夕飯は煮込みハンバーグらしいです。おいしいですよ」
と言い残し、自分の席に戻って行った。

花比良家は、中野駅から鴨下が住むマンションを通り過ぎて神田川を渡り、五分ほど歩いたところにある。なので鴨下は、いったん自宅に戻り、スーツを脱いでネクタイをほどき、シャワーを浴びてからジーンズとTシャツに着替えた。濡《ぬ》れた髪の毛のまま、冷蔵庫から取り出したアイスコーヒーをキッチンのテーブルで飲もうと椅子に腰かけると、スリッパの下に異物を感じた。なんだろうと思ってかがみ込んだら、薄いプラケースに入ったディスクが見えた。

拾い上げると、『サアドの家はどこ』という黒い文字が読めた。「第三十二回東京世界映画祭コンペティション部門正式出品作品」という細かい文字もあった。その下にさらに小さく、製作国：イラン・イラクと書かれてあったので、さてはまた愛里沙の忘れ物だな、それにしてもよく忘れ物をするやつだと思いながら、俊輔はテーブルの隅にそれをよけた。それから頭からパーカーをかぶって部屋を出て、途中で民家を改造した小さなベーカリーショップに寄ってケーキを買った。

電話がかかってきたのは、ハンバーグを煮込んでる最中だった。俊輔だと思って、ディスプレイも見ずにでたら、てんでちがっていた。

「やらないと言ったらやらない」

――いや、別にそれはいいんだけどさ。

「だったらこの電話終わりだよね」

――だけど、もうちょっと説明してもらわないと俺の立つ瀬もないから。

クレイジーNOこと野田くんの声は、困っているようでいて、どこか脅しつけるようなところがあった。

「理由を言うつもりもない」

――けれど、一度は乗り気になったわけだろ。

インターフォンが鳴って、液晶画面にパーカーを着たいい感じの男子が浮かび上がった。誰だろうと思って見ると俊輔だったので、真理はボタンを押してアンロックした。

――いまのままじゃあ井の中の蛙《かわず》だぜ。

「そのとおりだと思う。でも、せっかく外に出るんだったら、新しい景色を見たいんだよ」

――だから、見せてやるって言ってんの。

真理《しんり》はため息をついた。

「ひょっとして私のこと舐めてる?」

――舐めてんのはそっちじゃねえかよ。

「あのね、もういいやと思ったのは、一緒にやっても無駄だってわかっちゃったから」

──無駄？　どういうことだよそりゃ！

「言っとくけど、これでも私はいろんな景色を見てきた。それでわかったことは、ほんとのプレイボーイも、本当の反逆者もほとんどいないってことだよ。ただ、まだ探してる。まだ待ってはいる、ホンモノをね」

言い終わるのと、野田君が、てめえ警察で働いているなんて嘘だろう、あの女は誰だ！なんてがなり立てるのと、ピンポーンと玄関のインターフォンを鳴らして俊輔がドアを開けるみっつが、ほとんど同時だった。鍋の火加減《ひかげん》が気になったので、あがってきた鴨下にスマホを渡して、コンロに歩み寄った。

真理《しんり》が鍋の蓋を取って中を覗き込み、よしよし煮崩れしてないな、とつぶやいて振り返ると、鴨下は、渡されたスマホを耳に当てて、口を真一文字に結んでいた。テーブルに皿を並べて、もう切りなさいという合図を目で送った。

「わかりました、花比良真理さんにお伝えしておきます」

と俊輔は言った。そしてまたしばらく黙って聞いていたが、

「鴨下俊輔と申します」

と言い、またややあってから、

「相棒です」

と自己紹介し、

「警視庁刑事部特命捜査係に勤務しております」

とつけ加えた。そして、失礼しますと言って切ったスマホをテーブルの上に置いて、

「大丈夫？」

と訊いてきた。

「うん、ちょっとしつこいの。月曜日に言わなかった？　コクられたって」

「いや電話の件じゃなくて」

と言われ、真理は「ん？」となった。

「体調。二日続けて学校を休んだって聞いたけど」

「うん、ニラブセルを飲んだあとに飛んだから。一昨日《おとつい》は飲まないほうがよかったな。ただ、殺人の事件発生時の様子を見るときとかは、飲んでから飛ばないとマジで病んじゃうから難しいんだ」

「……それで今日はどうなの？」

「まあまあ。身体がだるいとか、なにも考えられない、なんてことはないんだよね。むしろ逆。反作用でまだ感覚が鋭いままだったから。こういうときは、学校や人ごみには行かないほうがいいの」

「感度の高いアンテナが、いろんなノイズも拾っちゃうって感じなのかな」

「そうそう。同じお薬飲んでるどうし、そのへん話が早いよね。だから家でおとなしくしてたんだ。さてと、できましたよ。ごはんよそってくれる？」

そう言ってから真理《しんり》は、鴨下が素直にテーブルの上の薄紅色のお茶碗を取って、炊飯器

から白飯《しろめし》をよそい、こんどは渋く深みのある青色の碗にも盛っているときに、

「それ、俊輔用。このあいだお箸といっしょに買ってきた」

と教えてたじろがせた。きっと俊輔は、いくら相棒でご近所とはいえ、自分用の箸と茶碗が用意されてるなんて、婿《むこ》入りしたみたいで落ち着かないと思ってる、と知っていながらこれを無視し、

「さあ、食べましょう」

と明るく言って、鴨下を座らせた。


煮込みハンバーグはおいしくできていた。だから、おいしいと鴨下は褒めた。真理が、そうでしょう、私、料理じょうずでしょう、と可憐《かれん》に微笑んで、夕ネをしっかりコネコネすることだね、とコツまで教えてくれたので、鴨下は安堵《あんど》した。ほかに得意料理はあるのと訊いたら、ぶり大根という意外な品を教えられ、それから餃子《ギョーザ》、いちど皮から作ってみたいんだけど大仕事なんだよね、と言うので、それじゃあそのときは手伝うよと請け合ったのは、真理を喜ばせるために口を滑らせたと思い込み、実はすこし乗り気になっていることに気づかないでいた。


それから話題は料理から部活に移って、どこかでライブをやりたいと真理が打ち明けた。

「いままでは、文化祭と校内のイベントだけで活動してたけど、お客さんが同級生と先生に限られちゃうから」

なるほど、ととりあえず鴨下は相槌を打った。

「それで、私たちのYouTubeを見て、声をかけてくれた有名人がいたの」

「プロってこと？」

「うん、プロっていえばプロかな。でもまだ高校生なんだ。海成の三年」

「進学校だね」

「そうなの。だからちょっといいかなと思っちゃって」

「どうして、だから、なの？」

「ワルが映える」

「え」

「ヒップホップはワルが基本。有名になったきっかけの事件を知って、それをYouTubeで見て、いいなと思った。進学校なのに、無理してはみ出そうとしているんだな、なんて思って」

鴨下が黙っていると真理《しんり》は、

「まあ、はみ出す人をとっ捕まえる側なんだけど、私も俊輔も」

と言ってクスリと笑ったが、もちろん鴨下はこんな冗談で笑う男ではない。

「それで、有名になった事件って？」

「そいつはね、このあいだの選挙期間中に、秋葉原で阿瀬さんの演説にラップで返して、警察に捕まったの」

ああ。あれか。鴨下はその事件を覚えていたし、同僚たちの間で話題になった動画も見ていた。そして、手錠までかけて連行したのは明らかに、総理に対する忖度《そんたく》であり、警察が政権側の意向を慮《おもんぱか》るのはまちがいだ、と周りに意見して、しらけさせたことがあった。

「なに、俊輔まで見てるの。そりゃあ野田っち、有名になるはずだ。なら話は早いよ。YouTubeを見たヒップホップ界の大御所《ビッグボス》がその高校生に声をかけた。ヒップホップシーンが高校生たちの間でもっと活気づけばいいと思ってね。まあそれはいいんだけどさ。それで、高校生のアーティストを取りまとめる役を野田っちにふったの。だから野田っちはリトルボスだよね。本人は対等のつもりでいるみたいだけど」

「さっきの電話ってその野田くんからなの」

鴨下は、アギラさんが黙っていないぞ、警察なんか怖くないんだ、あのオバハンが刑事《でか》だなんて嘘だろ、なんて電話口でのひどい悪口を思い返し、尋ねた。もっとも三つ目はなんのことを言ってるのかよくわからなかったけれど。

「そうそう」

「大丈夫?」

「なんか怒ってたみたいだけど」

「問題はどうしてそいつが怒ったのかってことだよね」

そうだね、と鴨下は相槌を打った。

「表面的には、野田っちやアギラさんが企画しているイベントに出場することを断ったからだよね」

鴨下は次にするべき質問を考え、「どうして出場を断ったの？」「さっき学校以外のところでライブをやってみたいと言っていたのに」という質問はいったん引っ込めて、

「月曜日に言ってたでしょ、コクられたって」

と尋ねた。

「うん、だからそれが野田君だよ」

「その時はいいなと思ったんでしょ」

「その前までだね、いいな、は」

「でも思った。いいなって」

「うん」

「それはワルだから？」

「そうです」

「じゃあ、そう思わなくなった理由は？」

すこし考えて真理《しんり》がした返事は、意表をついていた。

「……野田っちの動画を見てどう思った？　俊輔のことだから、高校生をあんなふうに取り扱っちゃいけない、なんて言いそうだけど、それは別の機会に置いといてさ」

こうなると鴨下も、同僚たちの前では口にしなかった感想を言わなくてはならなくなっ

た。

「上手《じょうず》にやったな、と思った」

するとと真理《しんり》は、

「わかる」

と言って深くうなずいた。

「ワルじゃなくて、うまいんだよね。私は阿瀬さんってどんな人なのか知らないんだけど、阿瀬さんをディスる野田君の言葉が、心から湧き上がったものなのか、ヒップホップは反抗だって決めつけて吐き出したものなのか、ちょっとビミョーだなと思ってた」

「わかる」

とこんどは鴨下が言った。

高校生に手錠をかけて連行したことを咎《とが》めつつ、一方で鴨下は真理と同じことを感じていた。と同時に、鴨下はそんな自分を戒《いまし》めた。なんだか、地球温暖化を告発する北欧の少女の言葉を、アスペルガー症候群だからと決めつけて、無視するみたいじゃないか、と。

気がつくと、真理の神経を刺激しない気配りで、料理から始めた当たり障りのない話題は、部活に飛んで、ヒップホップについて話しているうちに、思いがけず深刻みを帯びていた。

「それで、どうしてワルが好きなのかというと、私たちは女子高ってところに通っていて、考えてみたら、女子高ってなんか変だな、なんて思ったりもするわけ。どうして女子ばかり集めて英語や数学を教えてるんだろうってね。で、うちの学校には、フェミ担当みたいな先生がいて、基本的には男がやってることは女にもやらせろみたいなことを言ってる。だったら、女子だけ集めてる女子校ってどうよなんて思うこともあるんだけど、考えてみたらそんなこと知ってて入学したんだから、いまさら言うなってことになるんだけどさ。まあなにが言いたいのかっていうと、とにかく窮屈なんだよ学校ってとこは。だから、そんなに窮屈なのはおかしいぜって、言ってくれる男が現れたらなあ、なんてつい思っちゃうわけ。そういうのがワルなのよ。プレイボーイって言うときもあるけど」

なるほど。窓を開いて新しい風を招き入れてくれるなら確かに魅力的だろう。

「それでさ、お昼にたまたまここでテレビ見てたら、権藤って人が映ってて、ああやっぱり骨にはなってなかったんだなと思ったんだけど――」

成田でおこなわれた記者会見の中継を見たらしい。

「でね、あの人が言っていた〝仲間〟ってのはあいつじゃないかなと思ったんだよ。愛里沙さんの上司」

鴨下はその直感の鋭さに驚きつつ、それで？　と先を促した。

「似てるんじゃないかなと思った」

「え、誰が誰に？」

「そのおじさんが野田っちに」

そう言ったあとで真理《しんり》は急に首を振って、

「いやちがうか、似てるような似てないような、なんだかへんな気分なんだよ」

似てるような似てないようなと言われても困る。そもそも似てるなんていうのは感覚的な反応じゃないか。

「つまり、ふたりともワルだってこと？　似てるってのはそこなのかな？」

「うん、そのワルさに愛里沙さんは惹《ひ》かれてる気がするんだ」

つまりワルだから、プレイボーイだから、世間に流布している価値観とはちがうものを授けてくれる男だから、と鴨下が頭の中で補足して、

「ただ、野田君に似てるとしたら、沢渡って人は本当のワルじゃなくて――」

と言ってその先につなぐ言葉を探していると真理は、

「そこだよね。野田っちはただの操り人形だけどさ――」

と言って、立ち上がってケトルに水を満たし、それをコンロにかけた。

「あのおっさんがホンモノのワルなのか、なんて言うのかなあ、俊輔が言ってたように、ただのおっちょこちょいなのかってことになると、私はやっぱりおっちょこちょいなんじゃないかなって思ってる」

いまや沢渡の手柄が明らかになり、鴨下はおっちょこちょいの評価を撤回せざるをえなくなっているにもかかわらず、その必要はないと真理は言うのだ。

「こう言っちゃあ愛里沙さんには気の毒だけどね」

愛里沙が沢渡に好意を寄せているのは動かぬ事実だと言わんばかりの口ぶりも、鴨下を混乱させた。ピーとケトルが鳴った。コンロを止めて、真理は、コーヒーサーバーに豆を

セットした。

「ただあのおっさんにはちょっとわかりにくいところがある」

そう言って真理《しんり》は、挽いた豆がお湯を吸収して膨らむのを見つめている。

「ワルかおっちょこちょいか。でね、一緒に確かめてみようと思って呼んだんだ」

「どうやって？」

真理は壁の時計に視線を投げた。

「もうすぐだね。これから始まるニュースＮＩＮＥを一緒に見るんだよ」

と言って、真理はケーキの箱を開け、あ、私の好きなやつだと喜んだ。


終電近くまで社内にいることもめずらしくない穂村だが、この日は早々に退社して、ファミレスで早い夕食を済ませてから、阿佐ヶ谷の自宅に戻った。

そのまま社内に残れば、同僚たちと一緒に、大画面のテレビを囲むことになったはずだが、なんとなくそれは避けたかった。同僚たちの沢渡に対する評価はよいものばかりではない。今夜ニュースＮＩＮＥで話す内容から予想すると、ちょっとこれはいくらなんでも、という反応も起こるだろう。穂村はそんな中にいたくなかった。

閑静な住宅街に建つ、高価な欅《けやき》をふんだんに使った一軒家の玄関をくぐると、黒い革靴が目に入った。おやと思いながら上がって台所に行くと、包丁片手に母親が振り返った。

「あら、早いわね。今晩もてっきり遅いんだと思っていたから」

「ああ、夕飯なら大丈夫、食べてきた。お父さんは？」

「部屋で寝てるわよ」

「あ、やっぱりいるんだ」

「いるんだはないでしょう」

「まだ出張中だと思ってたから。どこ行ってたんだっけ」

「さあ、聞いたけど忘れたわ。とにかく遠いとこよ、時差ボケがとってもつらいくらいに」

専業主婦の母親はその程度に世界地図を把握しているらしい。

「ちょっとお部屋覗いてきて。九時のニュースまでに夕飯すませたいって言ってたから」

はーいと言って、台所を出たが、この時間に帰宅したのはまちがいだったかもと後悔した。やはり、父もニュースＮＩＮＥを見るつもりなのだ。父の隣でリビングのテレビを見るのは職場で同僚と見るより居心地悪いものになるだろう。

ノックしたが返事がない。もういちどすると、中から唸るような吠えるような声があった。入ってよしのサインだと受け取って、ドアを開けた。

「なんだ早いな」

両親の寝室に入ると、父親の勝幸《かつゆき》はベッドの上で体をひねって枕元の目覚まし時計を摑んでいた。愛里沙は、うん今日はちょっと、と答えた。

「出張どこだったの」

「サウジだよ。夕飯はなんだ」

「さあ、和食なんじゃない。小松菜《こまつな》切ってたから。お母さんはちゃんとわかってるわよ」

幼年期をニューヨークで過ごした石油元売会社の役員である父は、英語が堪能なこともあって、海外に出ることが多いが、味覚はとことん日本人のそれにできあがっているらしく、妻の手料理を楽しみに戻ってくる。結婚したのは、オツムは弱いが、料理はうまかったからだなどと言って、妻よりもむしろ、娘を怒らせているのにも気がついていない。

中学生のころまでは、頭がよくて頼もしい父親が大好きだった。幼稚園のころから熱心に英語をしこんでくれたおかげで、英語に関してはどこでも合格できると高三の進路指導で太鼓判を押された。ただ、高校にあがるころから父親に対する感情はすこしずつ微妙なものに変わっていった。

「じゃあ、そろそろ起きて大好きなお母さんの手料理食べたら」

うん、そうだなと言って父親はベッドから裸足の足を床に下ろした。足元には寝床に持ち込んで、読みさして投げ捨てた洋書がいくつも落ちている。娘はそれをちらと見ただけで踵《きびす》を返した。その背中に、「愛里沙」という父の言葉がコツンとぶつかった。

「沢渡孝典ってのは、朝陽の国際部の社員だろう」

振り向いて愛里沙はうんとうなずいた。

「知り合いなのか？」

「いちおう上司だね」

「どんなやつなんだ?」

愛里沙はすこし考えて、

「見るんでしょう、ニュースNINE。見たらわかると思う。私も見る。だけど、私の横であまり上司の悪口言わないで」

愛里沙はそう言い置いて退出し、自分の部屋に入ってベッドに腰かけた。彼女の足元にも読みさしの本が何冊も落ちている。片付けるのが苦手なところが父に似ている。母からもそう言われる。だけど、女の子なんだからもうすこしちゃんとしなさいよと余計な一言もついてくる。腹が立つから散らかったままにしておく。おかげで、どこになにがあるのかよくわからなくなる。忘れ物も多い。これもまた父に似ている。

4　九時のニュースをみんなで

　ニュースＮＩＮＥは、権藤さんの記者会見の模様をトップニュースで取り上げた。これは他局も同様である。ただ、ニュースＮＩＮＥだけが、独自のルートでＩＧと交渉し、権藤氏の解放を説き伏せた人物、朝陽新聞国際部記者・沢渡孝典をスタジオに招いて話を聞いた。

　まず、メインキャスターの舞原秀昭は、沢渡がＩＧと交渉していたのが事実かどうかについては断定を避けつつも、ＩＧから直接取材しないと知りえないような、権藤さんの監禁状態の詳細を知っている人物だと紹介し、

「権藤さんはいったいどこに監禁されていたんでしょう」

　と尋ねるところから始めた。

「彼らと約束したのでお答えできません。位置情報の詳細が知れてしまうと、空爆される可能性があります。というか、確実にそうなるでしょう。そうすると、私は彼らとの約束を破ったことになり、逆に日本が彼らの攻撃対象にされてしまいます」

「なるほど。ではＩＧとの交渉はどのようにおこなわれたのでしょうか」

「日本にいるＩＧのメンバーと交渉しました。そして彼が、司令官に連絡を取り、ディール成立に至ったということになります」

メインキャスターの舞原秀昭は驚いたような表情を作った。

「ＩＧが日本にいるということですか」

「はい。まちがいありません。ただその詳細については、さっき申し上げた理由で、お答えできません」

「日本にいるＩＧが司令部のある海外と連絡を取る方法は？」

「インターネット回線です。ただ、転送に転送を重ねて足がつかないように注意しているようでした」

「交渉がおこなわれたのは東京ですか？」

「そのあたりですね」

「直接会って交渉したという理解でよろしいですか」

「そうです。何日も対面して交渉しました」

「交渉期間はどのぐらいですか」

「一週間です」

「その間ずっと一緒にいたということですか」

「そうです」

「ＩＧとの交渉中に、日本政府、例えば外務省などと連絡は取りましたか？」

「いいえ。携帯電話を置いてこいと言われていたので、取りようがなかったということもありますが」

「政府と交渉してみるから連絡を取らせてくれ、と沢渡さんから要求したりはしなかったんですか？」

「しておりません。私は、日本政府は金を払うつもりはないと思っていましたので」

「そのことについては後ほどお伺いいたします。ところで、ＩＧは日本でテロを起こす準備を進めているのでしょうか？」

「いまのところその心配はありません。ただし、状況が変化すれば、彼らの出方《でかた》も変わってくると思います」

「その状況とはいったいなにを指しているのでしょう」

「彼らが権藤さんを解放したのは、ディールが成立したからです。そのディールが反故《ほご》にされるようなことがあれば、ＩＧは完全に日本を敵とみなします」

「では、そのディールとは、いったいどういうものですか」

「その前に、すこし申し上げておきたいことがあるんですが」

「なんでしょう」

「まず、彼らイスラム政府、略してＩＧと呼ばれている組織ですが、人質を取って金を要求し、交渉が決裂すれば殺害する、という行為が欧米の先進諸国のどこからも支持を得られないということは、彼らもわかっているんです」

メインキャスターはいぶかしげに眉間に皺《しわ》を寄せた。

「しかし、彼らは覚悟の上でそうしている。なぜならそれは異教徒との戦いであり、彼らにとっては聖戦《ジハード》だからです」

「ちょっと待ってください。イスラム研究者の中には、ＩＧはイスラム教を曲解しているという意見が優勢ですが」

「いや、それは言い過ぎだと思いますよ」

「そうですか」

「それに研究者というのは、イスラームを客観的に外から見てるわけですよね。そのような研究者は、欧米の近代主義的な価値観にどっぷりはまっている者が多い。彼らは、イスラームを近代主義的な価値観、もうちょっと具体的にいえば民主主義とか資本主義にもなじむように理解しようとする。となると、ＩＧに背教者になってもらわないと、辻褄《つじつま》が合わないわけです」

「沢渡さんは、イスラム教というのは根本的に反民主主義的だと仰るわけですか」

「私はイスラームの研究者ではありませんので、そこまで申し上げていいのかわかりませんが、常識的に考えて、神への絶対的な帰依《きえ》を表明するイスラームが民主主義的であるというのは、どんなアクロバチックな理屈を振り回しても無理があると思います」

「沢渡さんの個人的な見解としてはそうなんでしょうが」

「差し障りがあるのなら、私の個人的な見解ということでけっこうです。そして、個人的な見解をここで申し上げていいのなら、別に民主主義や資本主義を絶対視する必要もないわけです。民主主義なんてやめたっていいという意見は私の専売特許ではありません。実際、民主主義と資本主義の総本山ともいえるアメリカからも聞こえてきます。格差がどんどん広がって、なんのために民主主義があるのかよくわからなくなっていますよね」

「まあ、それは別の問題として語ったほうがいいと思うんですが」

「では話を戻しましょう。ただですね、IG側にしても、欧米がいますぐ民主主義を放棄してイスラームに改宗する、というような期待は抱いておりません。少なくともいまのところは」

「では、彼らの聖戦《ジハード》の目標はいったいなんでしょうか」

「実は、そのことと今回のディールの内容が密接に絡み合っているんです」

「わかりました。これについてはCMのあとに詳しく伺いたいと思います」

画面が、サイバー・セキュリティーサービスのコマーシャルに切り替わると、ビールグラスを片手に父親が顔をこちらに向けた。

「いま彼が言ったことは、会社も把握してるんだな」

三人掛けのソファーに並んで腰かけていた穂村は、していますとだけ答えた。

一方、穂村邸のものよりもすこし小ぶりなソファーに並んだ真理《しんり》と鴨下はCMの間、ひとことも言葉を交わさずテレビを見つめていた。

建売住宅のCMが明け、画面はふたたびスタジオに戻った。

「今夜のニュースＮＩＮＥ、『緊急特集　解放とディールの真相』と題しまして、権藤さんの救出に際してＩＧ側と交渉をおこなったという朝陽新聞沢渡記者をお招きし、お話を伺っております。それでは沢渡さん、ＩＧはどのような目標を掲げて活動しているのかについて、彼らが日本でテロを起こす可能性があるのか、にからめながらお話ししていただけますか」

「わかりました。まず、ＩＧの、というかイスラームの究極の目的は、地球上のすべての人間が、アッラーに帰依するようになることです」

「つまりは、全人類のイスラム教徒化ですか？」

「そうです。そうすれば、イスラーム法に基づく、癒やしの知恵にはぐくまれた人生をみなが送れる、と彼らは考えています」

舞原秀昭は渋面を作り、横からアシスタントの瀬尾伸子《せおのぶこ》キャスターが口をはさんだ。

「男女平等についてはどうなるんでしょう。長い歴史を経て、女性は今の地位を、それでも十分とは言えませんが、やっと獲得したのですが」

「これについては長い説明が必要です。また、近代主義者はムスリムの国々を批判するときに、女性問題を急所とばかり攻撃しますが、ムスリムに言わせれば、日本や西洋諸国のほうが不平等な面だってあるわけです」

「たとえばどういった点ですか」

瀬尾伸子は、ただ興味に惹かれて、といった様子でそう尋ねた。

「たとえば日本では、瀬尾さんのように可愛らしい女性がアナウンサーになる傾向が強いですね。それは日本社会が女性に対して少女のような愛らしさを求めていることの反映でしょう。ただそんな社会は、瀬尾さん以上の能力がありながら、愛想のよくない顔つきの女性、これは表現が難しいのでとりあえずそう言っておきますが、彼女たちにとって不平等な世の中ではないでしょうか」

「イスラム社会ではちがうのですか」

瀬尾は苦笑しつつ尋ねた。

「少なくとも、日本のように愛想の悪い女性が、女のくせに可愛げがないと低く評価されるなんてことはないと思いますよ」

穂村邸では父親の勝幸が、

「それ以前に、女に教育を受けさせてないじゃないか」

と口を歪め、

花比良邸の真理《しんり》は口元をゆるめて、

「ここはキョンキョン賛成しそう」

と言って画面を見つめていた。

「確かにイスラームは女性にだけ髪や身体の部位を隠すことを命じます。これを世俗主義者は女性の人権を無視するものだと鬼の首を取ったように主張するわけですが、世俗国家で女性を商品化したポルノが満ち溢れているのをどう説明するのでしょう。いや、ポルノとまではいかないまでも、女性の性はいたるところで商品化されています」

「女性問題については、お話が長引きそうなのでまたの機会にして――」

舞原が進行役を自分に引き戻した。

「ＩＧの究極の目標は全人類のイスラム教徒化であると。それはかなり遠大な計画になりそうですが」

「そうですね、民主主義が人類にとって未完のプロジェクトであるように。実は民主主義で運営されている国はそうでない国よりも少ないわけです」

舞原はこのコメントを無視した。

「では、ＩＧの当面の目標についてお訊きしたいと思います。彼らが直近のゴールに設定しているものはなんでしょうか？」

沢渡はうなずいて、おもむろに口を開いた。

「欧米の支配から中東を取り戻すということでしょう」

「つまり、中東を支配しているのは欧米であるという認識がＩＧ側にはあるということですか」

「ええ、植民地主義や帝国主義の歴史をたどれば、そのような認識が生まれることになんら不思議はありません。かつて欧米諸国は、そしてその仲間入りをしようと躍起になっていた日本も、近代化を達成していなかった国々にどんどん進出し、好き勝手やっていたわけです。そして、中東には石油という喉から手が出るほど欲しい資源があった。だから欧米、とりわけアメリカは自分たちの都合のいいような政権まで作ってこの一帯を支配しようとしたわけです。その時に民主化だの民主主義だのという、我々にとっては錦の御旗《みはた》に見えるものを振り回し、軍隊も派遣した。ただ本音は自分たちの言いなりになる傀儡政権を作ることです。ついでに、宗教も骨抜きにしてしまおうと思った。ところが、ムスリムは信仰を捨てずに、アメリカの支配から脱しようと聖戦を始めた。これがＩＧの背後にあるストーリーです」

「それはあくまでも沢渡さんのＩＧ理解ということでよろしいですね」

舞原が口を挟んだが沢渡はなにも答えず先に進んだ。

「次に、ＩＧが私たち日本をどう見ているかについてお話ししたいと思います。ざっくばらんに言うと、これまでＩＧは日本のことなどほとんど視野に入れていなかったんです。イスラーム諸国を取材した私の経験から言うと、少なくとも、アメリカに対するような嫌悪感、憎しみは抱いていなかったと自信を持って言えます。同じアジアの国の中でも、中国よりも日本のほうが好感度は高かった。とにかく彼らはスーパーパワーというものに対する警戒心が非常に強いのです」

「ではどうして、彼らは権藤さんを人質にとって身代金を要求したのでしょうか。権藤さんの仕事の傾向を見れば、むしろいま沢渡さんがおっしゃったようなアメリカの中東政策に対して厳しい目を向けるようなものが多かったように思われるのですが」

「ですから、すこし大げさに聞こえるかもしれませんが、日本と中東の関係はある出来事を境に一変してしまったのです」

「その転機はいったいなんだったのでしょう」

「カイロ演説。四月二十八日に中東を遊説中の阿瀬総理がカイロでおこなったスピーチがきっかけです。日本がアメリカべったりなのはいまに始まったことではありませんが、IGがアメリカの傀儡政権との間で激しい抗争をおこなっている中で、こともあろうに中東に乗り込んでIGをテロリストと決めつけ、アメリカ側につくと旗を上げたわけです。少なくとも、あの演説がなければ、権藤さんは捕まりはしたでしょうが、しばらくしたら解放されていたと思います」

穂村邸のリビングの空気が冷えた。勝幸はまたゆっくりと愛里沙に顔を向けて、

「朝陽はなぜこんな男をテレビに出したんだ。明日はきっと官邸から呼び出しがかかるぞ。いやもうすでに局には抗議の電話が入っているだろうな」

と言った。思ったとおりの父らしい反応だった。もうすこしすればわかりますと言って、愛里沙はテレビ画面を見つめた。

花比良邸では、真理《しんり》がつぶやいたひとことが、鴨下を動揺させた。

「ワルいやつだな、こいつ」

スタジオでは、鴨下とはまた別の理由、つまり「権藤がIGに人質になったのは阿瀬首相のせい」という沢渡の発言で動揺していた舞原が「それでは」と言って態勢を立て直そうとしていた。

「次に、どのように沢渡さんが交渉し、権藤さんの解放に至ったのかについてお聞きしたいのですが」

沢渡はうなずいて、

「もし仮に、ＩＧが着実に勢力を伸ばし、中東のある部分を実行支配したとしましょう。自分はそのように予想している、と私は今回接触したＩＧのメンバーに伝えました。そして、ただ支配すればいいというわけではないよ、と言ったんです」

「というのは」

「たとえＩＧが中東のある地域に、この場合は欧米諸国が勝手に引いた国境を跨《また》いでという意味ですが、政権を樹立して、ムスリム共同体を運営するようになった後は、そこに住むムスリムが食うに困るようなことがあってはならないわけです」

それはそうですねというように、瀬尾伸子がうなずいた。

「ところが、長い間紛争地帯になっているので、当然、多くの地域が瓦礫《がれき》の山です。産業といってもこれといったものはないし、石油を掘るには欧米の技術に頼らなければならない。ほかの地下資源についてもそうです。技術支援のほかにも、経済的な援助だってしてもらわなければならない。そういうことを考えると、ＩＧだってあまり益のない殺しはしたくないはずなんです」

これには舞原も深くうなずいた。

「さらに私は、日本政府は身代金を払うことはないと主張しました。払ってくれないと殺さなければならなくなる。そして殺してしまえば、ＩＧが統治するムスリム共同体は国際社会の中で孤立していく。いいことなんかないんです」

「ただ、沢渡さんは、どうして日本政府が身代金を支払わないと断言したのですか」

「阿瀬総理があのような演説をしてしまったからには、支払うわけにはいかない。裏からこっそり渡すという噂も聞こえていましたけれど、そんなこと、９・11でこれでもかというほど痛い目にあったアメリカが許すわけがない。アメリカは、やって欲しくないなと思うことでも、相手のお家事情を鑑みて大目に見ることはあります。ただ、本件はそれに該当しません。アメリカが激怒するようなことを阿瀬さんは絶対やりませんよ」

舞原も瀬尾も渋面のままなにも言わなかったので、沢渡はひと呼吸置いてから続けた。

「ただ、くり返しになりますが、だからといって、いまのようなやり方を続けていけば、共同体はどんどん疲弊《ひへい》します。今回のケースに限らず、人質を取って身代金を要求するということそのものをやめたほうがいい、と私はいいました」

「そう説得すると、それに応じる形でＩＧは権藤さんを解放したのですか」

「いや、それではディールになりません。なんらかの形で彼らにも得るものがないと」

「それはなんでしょう」

するとと、沢渡は視線をまともに舞原にぶつけて、

「舞原さんはなんだと思いますか」

と尋ねた。

「それは、沢渡さんが個人的に引き受けられるものですか」

「そうです」

と沢渡がうなずく。

「私は言いました。どこまでできるかわからないが、最大限の努力をする、と」

「最大限の努力をしても、彼らが満足できるような結果にならなかったとしたら？」

「そのときは、日本にいるＩＧが動きだします。私はディールを反故にした人間として狙われるでしょう。ただ、ターゲットは私だけにとどまりません。東京は９・11が起きる直前のニューヨークのような状態に置かれることになります」

「日本にいるＩＧの規模はどのくらいでしょうか」

「私が確認しているのは一名です。ただ、一人の殉教や聖戦《ジハード》でも、大きな打撃を与えることはできます」

「では、ディールの内容を教えていただけますか。どういう条件で、彼らは権藤さんを解放したのでしょうか？」

沢渡は、うなずいて、すこし間をおいてから口を開いた。

「私は、反ＩＧ一辺倒の日本のジャーナリズムで、ＩＧの言い分をきちんと伝える役割を担うと約束しました」

舞原も瀬尾もなんだそんなことかというような、拍子抜けした表情になった。

「ＩＧの言い分とはいったいなんですか」

瀬尾が尋ねた。その声音はやさしい教師のようで、言いたいことがあったら言ってみなさい、と語りかけているようだった。

「現在の中東諸国の混乱の原因は、サイクス・ピコ協定から綿々と続く、先進諸国の身勝手な政策にあるということです。アメリカは今すぐ中東から手を引け、日本もそれに従え。そして、いままでさんざんイスラム共同体を壊そうとし、この地を荒らしまくり、資源を吸い上げてきた代償として、じゅうぶんな援助をするべきだ、ということです」

　さらに沢渡は、ＩＧなどイスラムを名乗っているがあんなものはイスラムではない、と解説するイスラムの専門家が多いけれど、これは日本特有の現象である、と解説した。イスラム界の最高学府であるエジプトの大学の総長は「ＩＧを不信仰者と見なすことはできない」と明言していると説明し、この声明はさまざまな方面から支持を得ている。またＩＧは十八世紀のアラビア半島に生まれた伝統的な教派につらなり、現在のイスラームはもともとなかったまがいものが混じった不純な状態にあるので、もういちどクルアーンやハディースに帰ろうと主張する彼らこそがイスラームの徒であると言っても過言ではない、とまで解説した。

　穂村邸では勝幸が舌打ちしてから、

「畜生、そういうことか」

　と唸るように言った。

「日本でテロをするぞと脅しながら、こいつを操り人形に仕立て上げて、自分たちの勝手な言い分を撒き散らしている。朝陽《あさひ》がこいつに出演を許した理由もわかったよ。日本をIGのテロから守るためにも、このような取引をおこなったことはしょうがないという免罪符がついているからだ。この男がどんなアホなことを堂々とテレビで喋っても、それは日本人の命を守るためだからという言い訳が立つし、公正なジャーナリズムとしては、IGの言い分を聞くことも大切だと申し開きもできる。それに朝陽としては、この男を出さずにしまいこんでおくと、万が一なにか起こったときに言い訳が立たなくなるからな」

朝陽新聞社が沢渡をニュースNINEに出した理由は、父が推察したとおりだった。しかし、番組を見ていた娘のほうは、上司のパフォーマンスに感銘を受けていた。朝陽新聞では、アメリカに追従するばかりではいけないということくらいは書いてもよいが、IGにもIGの言い分がある、IGがおこなっているのはテロではなくジハードなのだ、などと書くのは難しい。そういう斬新な世界の見方を、テレビで堂々と伝えたのは画期的だと感心しつつ、それを父に悟られまいと無表情を装いながら、穂村はテレビを見つめていた。

一方、花比良邸では、真理《しんり》が勝幸と似たようなことを考えていた。

「この人、操り人形だ」

しかし、真理の直感は逆のことも告げていた。

「この操り人形の糸は切れている」

ただ真理《しんり》には、つい口をついて出た自分の言葉を現実に置き換えることができなかった。

隣に座っている鴨下は鴨下で、また別のことを考えていた。一介のジャーナリストが、この程度の条件でＩＧから人質を解放できるのだろうか。しかし、現実に権藤氏は解放された。この事実をどう理解すればいい？　答えはひとつしかない。得々と語り続けるテレビの中の沢渡に向かって鴨下は心の中でつぶやいた。

おっちょこちょいなんかじゃない！

こいつはＩＧだ！

明けて五月三十日の金曜日、鴨下は朝起きるとすぐ、真理の体調を確認するため、電話を入れた。

――うん、今日は登校するよ、まだあまり本調子じゃないんだけど。

そう言われ、鴨下は心配になった。

「昨日はずいぶんよくなったように見えたけど」

――そうなんだけど、今朝がたやな夢見ちゃって。

「夢？」

――私の場合、ああ夢だったのね、ですまないことがあるからさ。

ああ、と鴨下は、スマホを耳に当てたまま、うなずいた。

「その夢ってどんな？」

――人が死ぬ夢だよ。それも、肉が引きちぎれるようにボロボロになって……。ていうか、こういうこと話してるとまたぶり返してきちゃうんだけど。

ごめんごめんと謝りながらも、鴨下はつい尋ねずにはいられなかった。

「誰が？　誰が死ぬの？」

——それはわからない。男の人ってことしか。スーツを着たおじさん。

「会ったり見たりしたことのある人かい」

——うん。顔はよくわからないんだけど、見たことがあるって感覚はあった。

深く重いため息が聞こえた。もうこれ以上は訊けない、と鴨下は思った。

「もう一日休んだら？」

——行ったほうがいいんだよ。あまり休むと、パパがそろそろ警察の仕事はおしまいにしようかなんて言い出すかもよ。

これは意外だった。主任は娘が警視庁で働くことを奨励しているものと思っていた。赴任した初日に鴨下が、凶悪犯罪を扱う捜査メンバーに女子高生を加えるなんてとんでもない、と主張したときには、まあそう興奮しないで、となだめるような態度をとっていたのに。

——言うことがコロコロ変わるんだよパパは。私がぐったりしてると、やめろっていうし、事件が解決できると、真理のおかげで安泰《あんたい》だなんて喜んでるしね。

だから行く、と真理は言った。

——だけどちょっと心配なのは、今日は体育が二限続けてあるんだよね。

気をつけて。今日は登庁しなくていいよ。うん、行かなくてもがっかりしないでね。鴨下は、まるで恋人どうしのようなやりとりだなと苦笑しながら、ひょっとしたらなにか大変なことが起こって、真理《しんり》が来ないことに狼狽《うろた》えるのではないか、という妙な胸騒ぎも感じた。

穂村愛里沙は、社内の空気を感じとろうと、早い時刻に家を出た。駅のスタンドの新聞受けに丸めて挿し込まれた朝陽新聞には、沢渡の顔があった。自宅で取っているのは父親のために残してきたので、穂村はそれを買った。会社に行けば山ほどあるけれど、すぐに確認したかった。混んだ車内に乗り込み、小さくたたんで紙面を目で追った。内容は、昨夜のニュースＮＩＮＥで沢渡が語ったこととたいして変わりはなかった。ニュース番組に出演する前に、カンヅメにされたホテルで写真を撮ってもらい、インタビューという形式で書き上げた記事なのだろう、と穂村は推し量った。

出社してみると、国際部に沢渡の姿はなかった。「穂村」と声をかけられ、振り向くとデスクが手招きしている。そばに行くと、「沢渡なんだがな」と切り出された。「官邸から猛抗議を受けたんですか」と訊いたら、デスクは首を振った。

「そっちは常務が対応している」

「常務ですか」

これはかなりの大事である。

「まあ、あれだけのことを言ったんだから、マスコミ・コントロールに熱心な阿瀬さんが黙ってるわけはないだろう。ただそちらは、外務省からもフォローしてもらってる。問題は警察だ」

「警察？　別に、沢渡さんは法に触れるようなことはしていませんよね」

「馬鹿、会いたがっているのは公安だ」

そう言われて愛里沙は、なるほど、と思い直した。

「会わせないわけにはいかない。いまのところ警察だって話を聞きたいと言ってるだけだから、逮捕はないだろう」

当然だ。イスラム過激派というレッテルを貼り、野蛮なテロリストだと日本のマスコミが報道しているIGが、いったいなにを考え、どのような中東世界を目指しているのかを伝える役割を担うと沢渡は約束した。それが、権藤解放を条件に沢渡がIGと結んだディールである。それで人質が解放されるなら安いものじゃないか。なのに、曖昧な理由で逮捕なんかしたら、日本は一方的にこのディールを反故にしたことになり、日本にいるIGが報復措置に出たりすれば、判断を誤ったとして、逮捕した警察が責任を追及される。そんな時、政府はそんなディールを結んでいないと主張しても無駄だろう。

「ただ、あいつひとりでってのは不安なんだ。だから、お前が立ち会ってくれ」

「私がですか」

「ああ、穂村もあちらの世界についてはかなり詳しいだろう」

あちらの世界。それがイスラームの教義についてなのか、中東の政治情勢なのか、それともＩＧの組織についてなのかがわからなくて、いくぶん居心地が悪いまま、穂村は「はあ」と言った。

「公安が知りたいのは沢渡が会ったというＩＧのことだ。いろいろと訊いてくる。あいつは教えられませんの一点張りで通すつもりだろうが、公安も粘るに決まってる」

そうですね、と穂村はうなずいた。

「その時、沢渡が言った言葉の端々《はしばし》から穂村ならわかることもあるだろうと思って」

穂村はデスクの意図を理解した。つまり、スパイになれと言っているのだ。

「会社《うち》としても、それをそのまま政権側に渡すつもりはないが、事実は把握したい」

しかし、沢渡は会社を信用していないからこそ、誰にも情報元を教えていないのに、と思うと思い、すぐに返事をしなかった。するとデスクはこう言った。

「それにあいつもお前にになら、ポロリと漏らすこともあるんじゃないかって気がしないでもないしな」

どうしてですか、と訊いてもろくな答えは返ってこないと直感し、穂村は黙っていた。ただ、どう考えても嫌な役回りである。気が滅入った。

鴨下俊輔は、登庁すると西浦に内線電話をかけ、応接室にふたりでこもった。そして、すぐ沢渡を事情聴取しようと持ちかけた。

「そうだな」

とうなずきながらも西浦は、不思議そうなまなざしで鴨下を見た。

「だけど、意外だな」

「なにが」

「俺は、部署が部署だけに、あやしいと思ったらすぐ狙いを定めるんだけど、お前は照準器を覗こうともしないようなタイプじゃないか」

「かもしれないが、話を聞くくらいはいいだろう」

「もちろん聞くよ。ただ、俺が気になるのは、お前がこと沢渡に関してだけは勘で動いてるんじゃないかってことだ」

「勘?」

「そう、勘。でなかったら、なにか俺に隠してることでもあるとか」

そんなものはないよ、と鴨下は否定した。

「だけどお前、昨夜《ゆうべ》、お姫様の見舞いに行ったんだろ」

「……なんでそんなこと知ってるんだ」

「お父上からの情報だ。家が近所なんだってな。煮込みハンバーグはうまかったか?」

「どうしてそんなことまで」

「そう怒るな、酒の席での話だよ」

「ということは、呑んだのか」

「ああ、特捜《とくそう》の篠田係長と花比良主任、うちからは神代さんと俺の二対二だ。てっきりお前が来るもんだと思っていたから、鴨下はどうしてるんです、って訊いたら娘に呼びつけられまして、なんて主任が言ったんだよ」

「……ところで、なんのための呑みだったんだ？」

「なんのためってことでもないさ。うちとしては一課よりむしろ特捜《とくそう》に期待しているから円滑なコミュニケーションを図ろうってことだ。ただ、ニュースＮＩＮＥの件を知ったのは何杯かひっかけた後だったから、焦ったよ。赤い顔のまま、四人で新橋の交番に飛び込んで、そこのテレビで見せてもらった」

なるほど、と鴨下は言った。

「話を戻そう。今回に限ってお前のフットワークが軽いのは、こちらに渡していない情報を握っているんじゃないかって疑ってるんだ。もちろんその出所《でどころ》はあのお姫様しかない」

昨夜《ゆうべ》真理《しんり》が発したひとことを教えてやるべきかどうかを迷っていると、「まあいいや」と西浦は言って、「ところで」とため息まじりに続けた。

「なんとしてでもまず確認したいのは、ＩＧが日本にいるかどうかだ。沢渡という朝陽の記者が日本でＩＧと交渉したとテレビで明言した。普通なら売名行為じゃないかって疑うところだが、実際に人質は解放されたし、いろんなところで辻褄が合っている」

「けれど、沢渡自身が中東の司令部と交渉したということも考えられる」

「ありえるか、そんなこと」

「可能性としては排除できないだろ」

「確かに。ただそうなると、お姫様のお告げと合致しなくなるぞ。あの子はＩＧは近くにいる、とはっきり言ったんだ」

「いや、合致する」

「どうして」

「日本にいるＩＧは沢渡だ」

なんだって。そう言うなり西浦は黙り込んだ。

「僕が排除してはいけないと思っているのは、その可能性だよ」

と鴨下は言った。思わずうめくような声を漏《も》らし、西浦は腕組みをして考え込んでいる。

「少なくとも沢渡はムスリムだ」

ああ言ってしまった。驚きを顕《あら》わにした西浦の顔を見ながら、鴨下は気持ちがすさんでいくのを味わった。

「どこで知ったんだ」

「僕の知り合いが沢渡と一緒に国際部で働いている」

「おいおい。本当かよ」

「ああ」

「その知り合いとお前との関係はなんだ」

「……いちおう恋人どうしなんじゃないのかな」

おお、と西浦は感動したふりをして、

「そこは突っ込みたいところだが、またの機会にしよう。沢渡がムスリムであることは、朝陽では周知の事実なのか？」

「いや、知っているのは彼女だけらしい」

「なぜ彼女だけがそんなことを知っているんだ」

「……さあ、親密だからじゃないのかな」

「なんだって。おいしっかりしろ。自分のガールフレンドが、ＩＧの嫌疑がかかっている男と親密だってのはどういうことだ」

「そこじゃない」

「えっ、そこじゃないってどこだよ」

「沢渡がムスリムだということは彼女から聞いた。沢渡は彼女にムスリムだと打ち明けた。親しい間柄だからだ。あるいはもっと親しくなろうとしてそう言ったのかもしれない。だけどこれは他の者には渡していない情報だ」

「え、お前が言いたいのはそこなのか？　別にそこはいいじゃないか。いや、お前にとってはよくないだろうが、理屈は通っているよ」

「ところが通っていないと思うんだ」

「どうして」

「ムスリムには人生のルールってものが定められている。ルールを決めたのは人間じゃなくて神《アッラー》だ」

西浦は、いったいなんの話をしているんだ、というような顔つきになった。

「西浦も公安外事ならイスラームの基本は勉強しておいたほうがいいんじゃないかな」

西浦の顔が苦く歪んだ。けれど、警察大学校時代からのつきあいで、鴨下がこんなときに嫌みを言う人間ではないとわかっているのだろう、怒りはせず、そうだな、もともとは外事一課でロシアの政治を学んでいたから、中東はまだ戦力分布図を把握するのに精一杯で、教義のことまでなかなか手が回らないんだよ、と泣き言を返しただけだった。

「基本的なルールは五つある。そのいちばん最初に来るのが信仰告白だ。思ってるだけではなくて口に出していうことが肝心だ。つまり、公言しなければならない、行為として示さなければならないんだ。なのに、彼は自分の著作を発表する際にも、会社の同僚にも自分がムスリムであることを明かしていない」

「だけど鴨下さ、お前は俺がカトリックだって知らないだろう」

鴨下は驚いて西浦を見つめ、本当なのかと目で訴えた。

「そうなんだよ。ただ、そういう家に生まれたから、自然とそうなっちゃっただけなんだけどさ」

「教会には行くのか」

「いや、最近はなかなか……、それで親にはよく叱られる。そして、このことは職場ではいまはじめてお前に言った。だけど隠してたわけじゃないぜ。訊かれないから答える機会がなかっただけだ。日本じゃ宗教を尋ねるなんてことはまずしないからな」

「そうなんだよ」

と鴨下は相手の反論にうなずいて、

「沢渡もそう説明したらしい。さらに、ムスリムであることを公《おおやけ》にしてしまえば、自分のテキストはイスラム過激派のシンパが書いた宣伝文として扱われてしまう、と言った沢渡の言葉をくみ取って、沢渡がムスリムだと公言しないのは、自分のまっとうな意見をムスリムのポジショントークだと扱われることを避けるためだって彼女は解釈した」

「その理屈はわからないでもないな。たとえば昨日、沢渡がテレビで喋った内容は、ちょっと過激な反政権側の評論家だって言いそうなことじゃないか。いつまでもアメリカべったりではいけません、中東があんなふうになったのは、欧米先進諸国がおこなった帝国主義や植民地主義が原因だなんてのは、沢渡の専売特許じゃない。それに最近は価値観の多様化っていうのが大流行《おおはやり》だ。だから、イスラームの世界観だってありかも、と言うこともできるし、IGの言うことにもちょっと耳を傾けてみましょうよ、なんて言い出す知識人がいてもいいわけだ」

鴨下はうなずいた。

「ただ、彼がムスリムだと知ったとたんに、ちょっとその言葉のニュアンスはちがってくるんじゃないかな」

どうちがうと思う、とあえて鴨下は尋ねた。

「もし沢渡がムスリムでなかったとしたら、彼の言ってることは、一服の清涼剤として片付けることができる」

一服の清涼剤。鴨下はその言葉をつぶやいて、口の中で味わった。

「そう。いつまでもアメリカに金魚のフンみたいにくっついてちゃいけませんって言われれば、実際はそんな簡単なものじゃないにせよ、まあそうですねと言っておけばいい。中東の歴史を考えれば、ＩＧのような勢力が誕生するのは無理もないところもあるから、彼らの話も聞いてみましょうと言っていればいい。これが一服の清涼剤って意味だ」

鴨下はうなずいて、だけど、と言った。

「そう。だけど、だ。そんなことを言うやつがムスリムだと知ったら、のんびり構えていられないだろう」

ここまで来ると鴨下は、西浦の勢いにブレーキをかける必要を感じた。

「もちろん、すべてのムスリムがＩＧのわけではない」

言い訳のように聞こえたのか、西浦は薄く笑った。

「オーケー鴨下。お前の言う通りだ。すべてのムスリムがＩＧのわけではない。だけど、ＩＧは全員ムスリムだ。その点で沢渡はＩＧである条件をひとつ満たしている」

鴨下は黙っていた。やがて西浦が、そうか、と口を開いた。

「彼がＩＧと交渉したと話したのは、自分自身がＩＧだということを疑われたくないからか。――お前はそう疑っているんだな」

「あくまでも可能性の話だけれど」

もちろん可能性の話だと西浦はうなずいた。それからもういちど口に出してはっきりと、

「では、沢渡孝典はＩＧである可能性がある」

と確認するように言った。それから、いいか鴨下と言って鋭く彼を見た。

「ディールが反故《ほご》になった時、テロを起こすのは沢渡かもしれないってお前は言いたいわけだな」

するると鴨下はこう言って西浦を驚かせた。

「ディールなんて嘘っぱちかもしれない」

「ディールが嘘？　ただディールの成立は沢渡が言ったことではなくて、人質になっていた権藤さんの証言だぜ」

「沢渡と司令部で打ち合わせして、ディールがあったように見せかけるのは別に難しくないだろう。記者は、ほぼまちがいなく『どうして解放されたと思いますか』と訊くよ。権藤さんに訊いてもしょうのない質問だけど、マスコミの誰かひとりはこの質問をする。そのことをマスコミの人間である沢渡は知っている。権藤さんを解放する際に『ディールがまとまった』と吹き込んでおけば、やはりマスコミの人間である権藤さんはそう答える」

「……ちょっと待て。お前の言いたいことが俺にはよくわからんな。ディールはないってことでお前はなにを言いたいんだ」

鴨下はわからなかった。

「簡単に言っちゃうと、ディールがないとしたらなにがあるって言うんだ」

その時、胸から喉元に「ジハード」という言葉がせり上がった。しかし鴨下は、口に出さずに呑み込んだ。

「お前も混乱してるんじゃないか。沢渡がIGだとする。日本にいるIG沢渡が中東IG司令部と打ち合わせて、権藤さんの解放を決めた。そして沢渡は、人質解放の功労者として、大手を振ってIGの宣伝マンとして活動できる。そのお墨付きを得るためのディールだったって見取り図はありえるだろ」

そうだな、と鴨下はうなずいた。

「いいか、俺がいま心配しているのは、沢渡がIGだとして、IGが沢渡だけなのかということだ。沢渡がIGの宣伝マンにすぎないのなら、折を見計らって、陰謀容疑でしょっ引いちまえばいい。検察は不起訴にするかもしれんが、脅しにはなる。すこしはおとなしくなるだろう」

「そういう考え方はよくない」

鴨下はそう言ったが、その声に力はなかった。西浦は、はいはいよくないね、反省しますと言って笑った。

「ただ、沢渡のほかにIGが別にいるのなら話はちがってくる。沢渡はIGと会って交渉したと言った。交渉はしてないが会ったのかもしれない。このふたりが、沢渡は宣伝マン、もうひとりがテロ実行者、という役割分担になっているとしたら、非常にまずい。宣伝マンの沢渡が封じ込まれたときにもうひとりが動き出してテロを起こす。こういう仕組みになっていないかどうか俺は気にしている。どう思う？」

「沢渡がＩＧだという前提ならば、西浦の言うように考えるのが正しいと思う」

「じゃあもういちど訊くが、お前は沢渡をＩＧだと思っているんだな」

　鴨下は首をかしげた。そしてつぶやいた。

「糸の切れた操り人形」

「え」

「彼女はそう言ったんだ」

「姫が沢渡を？」

　鴨下はうなずいた。

「昨日ニュースＮＩＮＥを見たあとで、沢渡の顔を見つめながら」

「どういう意味だ？」

「わからない」

「おいおい、どうしたんだ鴨下。調子悪いな」

　西浦は呆れたような表情をすこしゆるめて、

「まあ無理もないか。自分のガールフレンドが沢渡と昵懇《じっこん》で、おまけに沢渡がＩＧだと思うと、考えがまとまらないいんじゃないのか」

　ちがうよと鴨下は弱々しく言ったが、そのあとが続かなかった。

「とにかく、わけがわからないのなら、糸の切れた操り人形という姫の言葉はいったん忘れろ。そしてなるべく早く沢渡に会おう。朝陽には俺から連絡する」

励ますように西浦は鴨下の肩を叩いた。


警察と沢渡との面会に立ち会うようデスクから言われた穂村は、出がけに気になることを聞いた。

「警察との面談は、午前中に沢渡が宿泊しているホテルのラウンジでおこなうことになった。終わったら沢渡はそのままホテルの部屋に閉じ込めておく」

「どうしてですか」

「ゆうべのニュースＮＩＮＥの件で官邸のほうから常務に連絡があって、沢渡を官邸に行かせなきゃいけなくなった」

「また呼び出しを食らったってわけですか」

そうだ、とうなずきながらもデスクの顔には深刻な色はない。

「意外な展開になったな」

デスクがのんびりしているのは、阿瀬首相の攻撃の対象が、会社でも国際部でもなく、沢渡個人に向けられているからだと穂村は理解した。そして言いようのない怒りを覚えた。

「いくら気に食わない発言をしたからといって、これは報道の自由に対する威嚇《いかく》ではありませんか？　どうして会社は社員を守ろうとしないんですか」

気色ばんでそう言ったが、デスクは薄笑いすら浮かべている。

「まあその件については、本人から聞いてくれ。とにかく、あいつの今日の予定は官邸しだいってことになった。で、相手は内閣総理大臣様だから、『沢渡ですか、ちょっと所在がわかりかねます』ってわけにはいかない。警察との話もあんまり長引きそうだったら、お前が割って入って、早めに切り上げさせてくれ」

そう言ってデスクに送り出され、面倒な役割がまた増えたと穂村はため息をついた。スパイに加えて、官邸にスケープゴートとして沢渡をさし出す段取りが狂わないようにしろ、という嫌な役目が追加されたのである。

沢渡は、ホテルのラウンジで、ソファーにゆったり身を沈め新聞を読んでいた。

「いいんですか」

その隣に腰かけた愛里沙は、テーブルの上のビールのグラスを指して言った。よくないなと笑って沢渡はグラスを取ってくいと呑み干し、ホールスタッフを呼んで下げさせてからコーヒーを注文した。このついでに穂村もコーヒーを頼んだ。

「ニュースＮＩＮＥの視聴率、昨夜の報道番組の中ではダントツの一位だったみたいだな」

沢渡の声には張りがあった。自信に満ち溢れている。また、得意そうでもあった。平和な笑顔を見て、官邸から呼び出しを食らったことをまだ教えられてないのだな、と穂村は推察した。

　ふたりの刑事はコーヒーとほぼ同時に現れた。ひとりは優しそうな丸顔の男で、高校時代の理科の教師に似ていた。

　丸顔の刑事は、意外なほど低姿勢で、いやいやお忙しいところ申し訳ございません、とやけに明るい声を出し、新聞記者ふたりに、警視庁公安部外事四課　警部補　西浦完《たもつ》と書かれた名刺を差し出した。愛里沙と沢渡も名刺を渡した。

　もうひとりの刑事は、沢渡に名刺を渡した。穂村には会釈だけをよこした。沢渡は名刺を出しながら、不審なまなざしを穂村に投げた。面倒になった穂村は、

「こちらの鴨下警部補には、私が警察回りをしていた時代からお世話になっています」

と白状した。なるほど、沢渡はうなずき、もういちど穂村のほうを向いてまた、

「なるほど」

とうなずいた。穂村は、目の前にいるこの男がボーイフレンドであると沢渡に伝わったのを確信した。それは、バレちゃった、という感覚に近かった。

「ああそうなんですか、いいなあ鴨下は。こんな綺麗《きれい》な記者に張りつかれて」

　西浦という公安刑事が、はしゃいだような声を出した。それは三人の視線が交錯した際に生まれた緊張をほぐすのに役立った。僕がいたどこそこの署の記者はおっかなくてねえ。殺人事件が起きた時、夕刊に間に合うように記者会見を開けなんて怒鳴られたことがありました。――などと言ってうまく調子を合わせたあとで、沢渡さんもやはり警察回《サツまわ》りの経験はあるんですか、という当たり障りのない世間話の助走を経て、

「いやいや、今回の交渉は大手柄でしたね」

と本題に飛びうつった。如才ないなと穂村は感じた。

「大手柄なんてものではないと思うんですが、権藤さんに生きて帰ってきてもらえたのは、同業者としてはうれしいですね」

と沢渡も妥当なところを返した。

「権藤さんとは日頃から交流があるんですか」

「日本で会ったことはないですね。ただ、現地に入れば、ジャーナリストどうしの情報交換はしょっちゅうですので」

「沢渡さんも、捕まりそうになったことがあったんですか？」

「危ないなと思ったことはありました」

「おふたりの明暗を分けたのはどの辺にあるんでしょう」

「まあ運でしょう。僕はアラビア語ができるので、現地の人に受け入れてもらいやすいというところはあるのかもしれませんが」

「現地の人というのは、マスコミが言うところのイスラム過激派も含めてですか？」

ちゃんと「マスコミが言うところの」と括弧で括るのを忘れなかったが、沢渡は憮然《ぶぜん》とした。

「ところで、私にお聞きになりたい話というのは？　今日はあまり時間がないんですが」

いやーすいません、と丸顔の刑事は頭をかいた。

「先に申し上げておきますが、交渉場所、相手の素性《すじよう》、交渉の過程については一切お答えできませんので」

えっ。公安の刑事は背筋を伸ばして驚いた。いや、驚いたふりをした。

「たとえば、接触した場所が、屋外なのか室内なのか、お店なのかホテルなのか、あるいは借りているアパートやマンションの一室なのか、そのあたりはいかがでしょう」

沢渡は首を振った。

「だいたいその質問の意図はなんですか。居所を突き止めるための情報収集に決まっています。西浦さんの所属は公安の外事、確か四課でしたね。ここはイスラームのジハードに対応する部署じゃないですか。当然、捕まえたいし、捕まえたら大手柄になるでしょう。若いあなたが色めき立って出張《でば》ってくるのも無理はない。ただ、私は彼と約束しました。君を危険に晒《さら》すような真似は一切しないと。もちろん彼がジハードに自分の身を捧げるということはありえますが」

最後の一言は脅しだ。これは効く、と穂村は思った。

「いやいやそんなつもりはありません。沢渡さんのおかげで、つまり沢渡さんがＩＧの言い分を広め、バランスをとってくれればテロは起こらないというのなら、私どもといたしましても、それはそれで結構なことだと思うんです。言論の自由ってのもあることですし」

ふんと沢渡は鼻で笑った。

「あるんですか、言論の自由なんて」

「困ったなあ。そこまで突っ込まないでくださいよ」

西浦は丸い顔に柔和な笑みを浮かべた。

「少なくとも、うちの社にはありませんよ。民主主義なんてものは車検切れの中古車みたいなものだ。そろそろ乗り換えなければならない。——こんなことは書けませんね」

「おや、書けないんですか。書けない理由がわからないなあ。少なくとも警察《うち》は取り締まったりしませんよ」

沢渡は冷笑気味に、

「まあいいでしょ、こんなことをあなたがたと話してもしかたない」

と言い、一呼吸おいてから、

「僕はね、警察が嫌いなんですよ」

と言い捨てた。その挑発的な口調は西浦ではなく、隣に座る刑事に向けられていた。穂村はそう感じた。けれど、この言葉を、いまコーヒーカップを口元に運んでいる俊輔がどう受け止めたのかはわからなかった。

「沢渡さん」

コーヒーカップを皿の上に戻して、俊輔が呼びかけた。

「やはりカイロでの演説はまずかったでしょうか」

「そう書いたら、すぐに官邸からクレームを入れられましたけどね」

「やはり阿瀬政権の中東に対する政策がよくないと」

「いいとは言えないでしょう」

「たとえば、もしもの話、政権交代が起きて、阿瀬さんが首相の座から降りれば、ＩＧと日本との関係は改善しますか」

「それは、次の政権がどのような方針を打ち出すかによりますが、改善する可能性はあるんじゃないですか。だけど、いまの野党はだらしないし、外交について明確なビジョンがあるわけでもないので」

「とはいえ、いまよりもマシになると思いますか」

「いまは最悪ですからね。さて、こんな話をいつまでしていてもきりがないので、このへんで失礼させていただきます」

腰を浮かせたところを、もうひとつだけ、と俊輔が引き止めた。続いて彼の口から発せられた質問は完全に穂村の意表をついていた。

「沢渡孝典さん、あなたはムスリムですか」

隣に座っている西浦も驚いている（ふりをしているだけ？）。だけど、この質問が意図するところはなに？　沢渡がムスリムだというのは、すでに教えておいたじゃないの。それをここで本人に問い質すのは、実はそうではないと疑っているの、それとも、ムスリムならばＩＧサイドで、中立なジャーナリストじゃないって嫌みを発したつもりなの。

沢渡は黙って俊輔を見返した。その視線がとまどいと怒りで震えているように穂村には感じられた。

「ムスリムだとしたら……」

沢渡がおもむろに口を開く。

「なにか問題がありますか」

「もちろんありません」

そして俊輔はこうつけ足した。

「僕の質問になにか問題がありましたか？」

答えが返ってくるまでの間を、丸顔の刑事の声が埋めた。

「なに言ってんだ鴨下、あるに決まってるだろう。初対面でひとの宗教を尋ねるなんて、失礼じゃないか」

すると突然、沢渡はアラビア語を口ずさみはじめた。……ラー　イラーハ　イッラッラー　ムハンマドゥン　ラスールッラー。

「これでいいですか」

睨みつけるように鴨下を見て、卓上の伝票立てに伸ばした沢渡の手を、いやいやいや、こちらがお願いしたことですから、と西浦が押さえた。沢渡は手を引っ込めて立ち上がり、去り際に穂村を見た。

「部屋で待機するよ。聞いてるだろ」

知っているのか、と穂村は驚いた。

「阿瀬さん、意外な手で来たな」

秘密めいたまなざしをボーイフレンドの前で遠慮なくぶつけてきたあと、沢渡は去った。

一方、これを聞くやいなや、官邸側に動きがあったと察知した鴨下は、すぐに本庁に確認したい誘惑にかられた。だが、沢渡が去った後も愛里沙は席に残ったままだった。彼女にはこの動きを悟られたくなかった。鴨下はちらと西浦に視線を送った。西浦は「ちょっとお手洗いに」と言って立ち上がり、上着のポケットに手を入れながら遠ざかった。

「あのアラビア語は？」

愛里沙に向かって鴨下は聞いた。

「アッラーのほかに神はなし。ムハンマドは神の使徒である」

「つまり信仰告白だ」

愛里沙はうなずいて、シャハーダというアラビア語を教えてくれた。

「つまり彼は、自分がムスリムであることを我々に表明したってことなのか」

「それ以外になにがある？」

「そう解釈すべきだろうか」

「どういう意味？」

「僕は迷っている」

「え」

「とても迷っている」

「なにを」

「彼はイエスかノーかで答えてくれなかった」

「答えた、と私は思ったけど」

「アッラーのほかに神はなし。ムハンマドは神の使徒である。そう信じていなくても口に出して言うことはできる。現実問題、そのふたつの文をアラビア語で覚えて暗記すれば僕にもできる。だけど、僕はムスリムではない」

「なにが言いたいの」

「彼の心の中のことがわからない。彼は本当に神を信じているんだろうか」

愛里沙は黙った。

鴨下はアクリル材でできた筒状の伝票立てから明細を抜いて、それを見た。

「彼はビールを呑んでいるね」

だけど、と言って愛里沙はその先を言わなかった。

「お酒を呑むムスリムがいることは僕も知っている。というか君が教えてくれたんだ」

鴨下は、コーヒーカップの底に少し残った濃褐色の液体に視線を落としてしばし考え、

「花比良特別捜査官に聞いたんだけど」

と顔を上げて愛里沙を見つめた。

「あの日、沢渡さんと君がハグし合っていたところを見たそうだ」

愛里沙の顔に驚きが広がった。

「僕はなぜ彼女がそんなことを僕に教えるのかわからなかった」

「嫉妬じゃないの。真理《しんり》ちゃんは俊輔のことが好きみたいだから。高校生だね、ハグぐらいで大騒ぎするなんて」

「だけどムスリムはハグなんかしないよ」

「いいえ、そうとも限りません」

「ああ、トルコあたりに日本人の若い女が行けば、非ムスリムなら大丈夫だろうと思ってハグをしたがる男たちがいることは知っている。これも君が教えてくれた。だから先輩にはそう説明しておいたよ」

鴨下はカップを取って、底に残ったコーヒーを飲み干し、

「だけど、それは本来あり得ないことだ。そういうムスリムには気をつけたほうがいい。そう教えてくれたのも君だ」

と言ってカップを静かに皿に戻し、

「だけど一方で彼は、ほとんどのジャーナリストが萎縮《いしゅく》する中、現政権の問題点を指摘し、中東の現実を伝えようとしている」

と白い陶器の肌を見つめながらつぶやいた。

そうよ、と愛里沙の声が聞こえた。

「だから僕は迷っている。彼がそうすることが正しいという信念でおこなっているのか、それとも――」

鴨下は言葉を選ぶためにいったん口を閉じた。ふと視線をあげると愛里沙の真剣なまなざしがあった。

「それがジャーナリストとして一頭地を抜くのに有効だと思っているのか。つまり、こっちの路線がいいと判断したのか」

「功名心からそうしているってわけ？」

愛里沙の声は尖っていた。

「ジャーナリズムにおいては、反体制のほうが通りがいいだろ」

「あきれた……」

またうつむいて鴨下は続けた。

「ひょっとしたらこれは下種《げす》の勘繰《かんぐ》りなんじゃないかって気持ちもある。だけど、ＩＧはむしろ、まがいものを取り除いた純粋なイスラームなんだと紹介する彼は、なぜ酒を呑み、女性の身体に触りたがるのか」

帰ります。皿に戻したコーヒーカップを見つめていると、愛里沙の声が聞こえた。

「確かに、人は法を破る。たとえ神が決めた法であっても。だからといって彼がムスリムでないということにはならない。だけど、ムスリムだと言いながら本当は神など信じていない人間なら、法なんか気軽に破るだろう。――どっちなんだ」

視線をあげると、目の前に愛里沙の姿はなかった。彼女の背中はエントランスの回転扉を通り抜けようとしていた。入れ違うように西浦が小走りにやって来た。

「帰ったのか、彼女」

と言いながら、愛里沙が座っていた場所に腰かけて鴨下と向かい合った。鴨下はうつむいて考え込んでいる。

「おい、確かにこれは〝意外な手〟だったぞ」

鴨下は虚ろな視線を西浦に向けた。

「官邸が沢渡を呼びつけた」

沢渡本人を？　ひどいなあ。上層部に苦情を言うならまだわかるけど、記者を呼んで怒鳴りつけるなんて。かえって首相の威厳を損なうじゃないか。ぼんやりそう言ったものの、内心では没入していた思索に戻りたかった。

「そっちじゃない」

西浦は息せき切るように言った。

「けれど、考えてみたら、こういう手もあるのかと感心したよ」

へえと興味を示すような相槌を打ちながらも、心の中を彷徨《さまよ》っていた。沢渡孝典は信じているのか、それとも都合がいいからそう見せかけているだけなのか。けれど、西浦の次のひとことで、鴨下は我に返った。

「阿瀬さんが沢渡を表彰する」

「表彰……？　どうして」

「おいしっかりしろ、寝ぼけてるのか、権藤解放の功労に対してに決まっているだろ！」

警視庁までの帰り道、鴨下は阿瀬総理が打った「意外な手」について西浦と話し合った。沢渡は、イスラム過激派組織と交渉し、日本人の人質を解放させた。これは大手柄であり、表彰に値する。確かに沢渡は記者として首相の中東政策、ひいては対米追従路線に鋭い矛先を向けてきた。けれど首相は、沢渡を表彰することによって、そのような批判も受け止められるくらい度量が広いんだとアピールすることができる。

さらに、表彰する際に、ふたりは会話の時間を持つ。記者たちを遠ざけた密室で、阿瀬総理はおそらく沢渡に釘を刺すだろう。君には思いもつかない事情ってものがあるんだよ、とか、ほどほどにしておきなさいよ、とか、あるいは、ちょっとは手心を加えてくださいな、などと表向きは下手《したて》に出るのかもしれない。いや、もっとあからさまに脅す可能性だってある。とにかく、表面はニコニコ握手しながら、陰で強烈なボディブローを打ち込むのはまちがいない。

このように、沢渡の表彰という「意外な手」については、西浦と鴨下で見解が一致した。

「ただ、なんとなく沢渡には手出ししにくくなったなあ」

大通りを日比谷《ひびや》門へと渡りながら、西浦が言った。阿瀬総理は、腹の中が煮えくり返っているけれど、表向きは『よくぞやってくれた』と讃《たた》えるつもりだ。総理大臣が賞賛する人物を警察がすぐさまどうこうするのは、総理の顔をつぶすことになりかねない。上司も腰が引けるだろうし、面倒だ。西浦はそんな理屈を述べて、困ったぞと嘆いた。

鴨下のほうはそんなことはどうでもよかった。彼はずっとふたつの仮説について考えていた。その中のひとつが真ならば、今日の夕方おこなわれる表彰式にはなにも問題ない。その際、阿瀬総理は沢渡を脅しつけるだろうが、個人的な感情を押し殺して、見て見ぬ振りをすることはできる。

ただ、もうひとつの仮説が真だとしたら、沢渡を総理に近づけるべきではない。表彰式は中止にするのが賢明だ。けれど、この仮説の根拠は薄弱だった。要するに勘にすぎない。このふたつの仮説について真理の意見を聞きたい。勘ならば、真理のほうが自分よりもはるかに鋭く正確だから。鴨下はそう思った。しかし、彼女は三日ぶりに登校していまは学校だ。彼女が桜田門にやってきたとしても放課後、夕方になる。それだと間に合わないだろう。

鴨下は、特命捜査係のフロアに戻ると、まず篠田係長の机に向かった。阿瀬総理が沢渡を表彰するという情報はすでに係長の耳に入っていた。鴨下は、その警備に立ち会いたいと申し出た。そして、その際に同伴したい捜査員がひとりいる、と言った。

「あいつでいいんですか」

不思議そうな顔で篠田係長は鴨下を見返した。はい、と鴨下がうなずく。篠田係長はまだ片づかない顔をして、とりあえず警備部に訊かないことにはなんともいえないが、とつぶやいてから、

「おい、かなえ」

と、分解したリボルバーを机の上で組み立てている吉住に声をかけた。

「なんでしょうか」

吉住はホルスターに銃を収めてからやってきた。日本の警察で銃を腰に差しているのは交番勤務の警官だけだ。けれど、彼女は必ず携帯している。弾が入っていないと言い訳しつつ、庁舎内で抜銃の練習に余念がない。まるで病気だ。鴨下は呆れている。ただ、射撃は警官が習得しなければならない技術ではある。そして、射撃の腕で彼女の右に出る者はいないとも言われている。

「今日の夕方、総理が官邸であの沢渡って朝陽の記者を表彰するんだそうだ。それに警部補と一緒に立ち会ってくれ」

吉住はさっと身をかがめ、

「で、誰を撃てば」

と腰の銃に手を当てて言った。これは吉住かなえ定番ジョークである。

「ばか」

と篠田係長が言ったのも〝お約束〟だ。しかし、鴨下の次のセリフはいつものパターンになかった。

「沢渡を撃ってください。場合によっては」

目の前のふたりはあっけにとられたような顔をしている。

「もちろん本当に撃つべきかどうかは、これから確認します」

「確認って、どうやって」

篠田係長がやっと口を開いた。

「花比良特別捜査官に意見を求めます」

鴨下はそう言って腕時計を見た。まもなく吉祥女学院は三限目と四限目の間の休憩時間に入る。

「いま、僕の頭の中にはふたつの仮説があります。ただし、ふたつともグレーゾーンです。それに、吉住さんに撃ってもらわなければならないような事態に陥る可能性を示唆しているのは、もう片方のケースより論拠が弱い。ただこれが当たっていた場合、取り返しのつかない大惨事になるので、花比良特別捜査官に意見を仰ぐとともに、吉住さんにスナイパーとして待機していてもらいたいんです」

とたんに吉住の顔が曇った。

「状況がわからないな。撃つ判断が自分ではなくて、上官にゆだねられている場合、連携の遅延で間に合わなくなる場合があります。つまり、先に相手に動かれる可能性が」

言わんとするところは理解できた。相手の不審な動きを見て、鴨下が「撃て」とサインを送ってから吉住が抜銃していては、そのタイムロスが徒《あだ》となって相手に先に目的を達成されてしまう。すこし時間をください、と鴨下は言って、自分の席で受話器を取り上げた。

鳴り続けた呼び出し音は、ヒップホップのビートに変わった。

——YO YO YO YO 花比良真理《しんり》だYO いまは電話に出られんYO 残してく

ださいメッセージ　鐘が鳴ります法隆寺　折り返します気が向けば　イエイ

ラップ仕立てのメッセージの後に電子音が鳴ったが、鴫下は伝言を残すことなく、受話器を置いた。

真理のスマホは、机の横に掛けられた鞄の中でさんざん震えたあと、死んだようにおとなしくなった。上には畳まれた制服が置かれている。ほかの机も同様だ。生徒は誰もいない。教室は空っぽである。

真理は校庭にいた。来月開催されるマラソン大会を控え、全校あげて二限ぶっ続けの体育の授業をしていて、先生からいろいろと注意事項を聞かされている最中だった。給水はこまめにおこなうこと。前の日は睡眠をたっぷり取るように。体調が悪くなったら無理せずリタイヤしよう。だけど頑張んなきゃいけないよ。——どっちなんだよ、と真理は思った。それと、なんとなく、ここでこんなことしてちゃいけないような気がした。

よーし、じゃあちょこっと走ってみるかあ。先生がメガホンに口を当てて言って、予行演習で1500メートル走らされることになった。持久走の順位はそんなに悪いほうではなかったけれど、この日、真理のコンディションは最悪だった。だるいなあ、調子悪いなあと思いながら走っていると、前から亜衣がするすると下がってきて真理の横につけた。

「大丈夫？」

先頭集団から脱落したのかと思ったけれど、真理のことが気になってやって来たらしい。

「あんまし」

荒い息を吐きながら真理は言った。

「駄目だよ。1500なんてとても走れない」

「リズムで走ったほうがいいよ、きついんだったら、歩幅を狭くして。それでヒップホップのリズムで走る。ズンズン　タン　ズンズン　タン　くらいでさ。そしたらさっきまできついと思っていたのが、意外と平気になるってことも」

やってみるよ。真理が言うと、亜衣は肩をポンと叩いてまた先頭集団に駆け上がっていった。そう言えば、亜衣は陸上部からスカウトされたくらいに長距離走が得意だった。それを、真理と香奈がトラックメーカーとして軽音に引きずり込んだのだ。

リズムで走る。ヒップホップのね。BPMは85かな。ズンズン　タン　ズンズン　タンうん、気持ちいい。亜衣はよくわかってる。なんだか走れそう。風景がゆっくり後ろに流れていくような気分になってきた。ちょっとだけリズムを変えちゃおうかな。ズンズンタン　ズズズン　タン　タタ……って感じで。

足立区生まれ　警視庁育ち
通っているのは　杉並《すぎなみ》の女子校
なんだか　とっても　狭い
世界　どこかに行きたい　どこか

遠くのちがう景色が　見たいんだって
ば　だれか誘って　私を誘って
ずっと待っていた　そんな気が
する　遠い国から　プレイボーイが
来るのを　だけど　だけど
わかってしまった　知って
しまった　プレイボーイは来ない
プレイボーイは　プレイボーイは
いない　いない　いない　ばあ

歌ってみるとちょっと楽になった。真理《しんり》は視線を上げて空を見る。流れていた景色が止まって視界が青一色になった。これって五月晴れ？　ああ、いいお天気。五月ももう終わりだなあ。あれ、なんでみんな私の名前呼んでるの。あれ、亜衣の顔どうして逆さまなの？　ひょっとして、ひょっとして、私倒れてる？

この日の午後四時より沢渡孝典の表彰式が官邸にておこなわれることが正式に決まり、鴨下は篠田係長、公安部の西浦と神代係長とともに、応接室にこもった。
「一応、官邸のほうの様子を窺ってくれませんかと課長のほうにあげてみたんだが……」

西浦の歯切れは悪かった。真理との通話を諦めた鴨下は、表彰式を取りやめるよう官邸に提案できないかと西浦に持ちかけた。西浦は上司の神代に話し、神代は稲森課長に相談した。返ってきたのは「そんな案は恐ろしくて上げられない」というにべもない返事だったと言う。

「表彰はほかならぬ首相のアイディアらしいからな。明確な理由がない限り、中止しろなんてとても……ってわけさ」

西浦はそう説明した。

「気を取り直して表彰式のスケジュールを確認しよう。警護課のほうからもらっておいた」

そう言って神代係長は手帳を取り出した。

三時三十分に迎えの車がTホテルに着く。乗り込んだ沢渡は目と鼻の先の官邸まで運ばれ、そこで待機する。三時五十分に報道陣が入室、カメラとマイクを設置する。四時きっかりに阿瀬首相が現れ、速やかに表彰式を執り行う。そこで握手している場面、そのあとふたりで向かい合って歓談している場面の写真や動画も押さえさせる。その後、マスコミを排除したあと十分ほど歓談タイムを取ってから、お開きとなる。

「沢渡が官邸に入る前のボディチェックは？」

鴨下が尋ねた。

「服の上から軽く叩くくらいはするだろう。ただ、厳重なものにはならないだろうな。なにせ、阿瀬首相のほうから呼んで表彰しようって御仁《ごじん》だから」

「そこを入念におこなうように申し入れできませんか」

「理由を説明できれば」

「沢渡が阿瀬政権に対して厳しい批判を向けていることを鑑みて念のために——というのはどうでしょうか」

「弱いと思うが、提案してみよう」

神代係長がうなずいた。

「このマスコミを排除したあとの歓談タイムですが」

「というか、実態は説教タイムだろうな。恫喝《どうかつ》タイムかもしれないが」

「このときにSPは室内に残りますか」

「首相次第だ」

「残すようお願いしてください」

「その前に説明してもらおうか」

神代係長が鴨下を見つめて言った。理不尽なことを要求されてすこし苛《いら》ついているようにも見えた。

「鴨下君、ふたつの仮説がある、と君は言ったね。これらを仮説Aと仮説Bと呼ぶことにしようか。仮説Aが真ならば、なにも起こらない。Bが正しければ大惨事に発展する。そしてAの可能性、つまりなにも起こらない可能性のほうが、Bよりも高い」

そうです、と鴨下はうなずいた。

「じゃあ時間がないのでとりあえず仮説Aはほうっておこう。仮説Bの内容を教えてくれ」

「仮説B。それはまず、沢渡孝典がIGの要員である、もしくは猛烈なシンパであるということです」

神代係長は顔を硬直させながら、「それで?」と先を促した。

「彼はIGとディールをまとめた。そのディールの内容が彼がニュースNINEで語ったこととはちがうのではと疑っています」

「どうちがうんだ」

「IGが権藤さんを解放する代わりに、沢渡がIGの言い分を日本で伝える。彼はそう番組で言いました。けれど、これだとIGが譲歩しすぎてやしませんか」

「かもしれない。それで?——」

「沢渡は約束したのかも。いやIG側から沢渡に要請があったのかもしれませんが」

「なにを?」

「彼が日本でテロを実行することを」

三人の刑事は凍りついた。

「もしこの仮説Bが正しいのなら、沢渡にとって、今日の表彰式は願ってもないチャンスとなります」

「自爆テロか」

西浦がつぶやいた。鴨下はうなずく。

「だから身体検査は入念にするべきなんです」

「鴨下君、その仮説Ｂの確からしさは君自身どう思っているんだ」

「実感としてはあまり信じられません」

「それでもここまでしようとする理由はなんだ」

と神代が尋ね、さらに西浦が、

「取り返しのつかない大惨事になるからっていう説明なら、くり返さなくても結構だ」

と補った。

鴨下は息を吸い込み、それを吐き出すようにして言った。

「花比良特別捜査官が夢を見たんです」

えっ、と公安の刑事ふたりが声をあげた。

「夢の内容は自爆テロで阿瀬首相が吹っ飛ぶと解釈できます」

うむう、と西浦がうなり、あの子を貸してくれと言ったのは俺たちなので、こう言うのは心苦しいんだが、と濁してから、

「沢渡孝典はＩＧで、ディールの内容とは、沢渡がテロを引き受けることだった、さらに彼はこの表彰式を利用して首相を爆殺しようとしている、――以上の根拠があの子が見た夢だとしたら、それをそのまま警備部には伝えられないぞ」

と言った。その時、「ですが」と篠田係長がここではじめて口を開いた。

「似たような場面で、花比良特別捜査官の予言を無視し、しかしそれはものの見事に的中して、後でパニックになるということが過去になんどかありました。どうしてもっと強く主張してくれなかったんだと苦情を言われたこともあります」

公安刑事の顔色が変わり、神代係長はなにか言おうとして言い淀《よど》んだ。すかさず篠田係長が続けた。

「いいですか。本件の捜査は、公安部主導で進められています。我々刑事部はその補佐です。ですので、万が一のことが起こった場合、まず槍玉《やりだま》に上がるのは公安部になります。そして、この万が一は、今回はとてつもなくデカい。なにせ、国のトップが消されるのですから」

この言葉が神代係長を動かした。

「とりあえず、官邸側になんとか鴨下警部補と吉住巡査長の立ち会いを許可し、SPを常に配置するよう、求めてみよう」

「ただ……」

そう言ったのは西浦だった。

「仮説Bが真だと判断した場合は、その場で沢渡を射殺するわけだろ」

鴨下はうなずいた。

「俺たちは見込み捜査はやる。けれど、そいつは見込み射殺だぜ」

否定できず、冗談として受け流すこともできなかった。

神代と西浦が出て行った後も、篠田係長と応接室に残った鴨下はポケットからハンカチを取り出し、額の汗を拭った。

「警部補、大丈夫ですか」

心配そうに篠田が尋ねた。

鴨下は自問した。自分はなにをやろうとしてるのか？　もちろんテロの防止である。そしてそれは沢渡の射殺によって達成される。

けれど、テロ防止を建て前として沢渡を撃とうとしてないだろうか？　沢渡になんの感情も抱いていないというのなら、犯罪阻止のために動いた結果だと納得できる。しかし、鴨下は沢渡が好きではなかった。鴨下も人間だ。好き嫌いはある。しかも、ガールフレンドが沢渡に敬意だか好意だかわからないが、一目置いていることも、鴨下にとって愉快な事実ではなかった。さらに沢渡のほうも愛里沙に熱を上げている様子がうかがえた。警察は嫌いだと挑発さえしてきた。

鴨下はこの感情に苦しんでいた。個人的な好悪の感情を捜査に持ち込んでいるのではという薄気味悪い暗雲を、頭上から追い払うことができなかった。捜査の名を借りて、嫌悪する人間を射殺する。そんなことを自分がするわけがない。だが……。

「いまからでも撤回できます」

鴨下の向かいに席を移して、篠田係長が言った。

「我々は首を突っ込みすぎているのかもしれません」

言わんとすることは理解できた。この事件は公安主導だ。だから、危険な提案は控えたほうが賢明なのだ。しかし、そういう篠田も公安を揺さぶり、鴨下の進言を呑ませた。篠田もまた分裂している。係長、と鴨下は呼びかけた。問題はですね――、

「仮説Aが真であるのに判断を誤った場合。つまり、沢渡を射殺して、あとで彼がテロリストであった証拠が見つからなかったら、我々は国民の英雄を殺してしまった罪に問われます」

篠田係長は、もちろん頭の中では思い描いていただろうが、鴨下の口からそれを聞くと、息を呑み込んだ。

「仮説Bが真であるのに判断を誤った場合。つまり、沢渡がテロリストであるのにその行動を見破れなかったら、自爆テロによって首相が殺されます。当然、警察はそれを未然に防げなかった批判を浴びます」

ただし、自分はこの批判とは無関係でいられるだろうと鴨下は思った。なぜなら、その場に立ち会っていた自分も死んでいるから。

「つまり、どちらの仮説も判断を誤ると大変なことになる」

噛みしめるように係長が言った。

「判断は、際《きわ》の際《きわ》までできないってことだな」

「そうです。そして、沢渡がテロリストであると分かったときにはもう遅いというケース

もあり得ます。沢渡がポケットに手を突っ込んだ時、いやまだわからないとためらっていると、スイッチを押されてしまって爆発。また、ポケットに手を突っ込んだので『いまだ！』と思って撃ってしまい、あとで調べてみたらそこにあったのはハンカチだった――」

「勘弁してくれ」

と言って篠田係長は首を振った。

「そんな任務を吉住にやらせるわけには――。いくらあいつでも誤射は嫌なはずだ」

「係長の気持ちはわかります。ただこれはスピードが大事です。吉住さん以上に速く撃てる人がいれば代わってもらってもいいんですが」

こんどは頭を抱えた。いないらしい。

「ただ、いまここで話したことは、第三者の耳に入れれば、おそらく妄想だと退けられるだろう。なにせその根拠は真理《しんり》ちゃんの夢なんだからな」

この係長の言葉で、鴨下は二週間前を苦々しく思い返した。特命捜査係に赴任してきた日、鴨下は自分の相棒が女子高生であると知って驚き、さらに係が彼女の〝お告げ〟で捜査していることに、もってのほかだと抗議し、刑事部長に談判しようとした。しかし、真理の能力を目の当たりにした彼は、もし彼女の意見を無視し続けていたら、被害者を死に至らしめていたと知って慄然とした。鴨下は真理を認め、そしてふたりは相棒になった。

前回の事件で、真理はパートナーとしての役割分担を示した。真理が感知して口に出したことを、理論化するのが鴨下の役割だ、と。しかし、いま自分はあぶなっかしい直感に頼って、捜査を進めようとしている。

「真理《しんり》ちゃんはいまは？」

篠田係長が尋ねた。

「今日は学校に行ってるんですが、連絡しても出ないんです」

篠田係長は苦笑して、叱られるぞ、と言った。

「修学時間は勉学に集中させなさい。捜査関係者は学内に足を踏み入れてはいけません。――徳永小百合刑事部長直々《じきじき》のお達しだ」

「え、そうなんですか。僕は三日前、部室まで迎えに行っちゃいましたよ」

「それはまずいな。主任に知れたら、コンビを解消してくれと言われるかもしれないぞ」

すみません。鴨下は頭を下げた。冗談だよ、と篠田係長は笑った。

「じゃあ、俺のほうから学校の事務局に連絡してみるか。それも駄目だと言われているんだが、しょうがないだろ」

ノックは三度

差し出されたベルトはベルトにしか見えない。

男は受け取ると、ズボンのループに通した。

「これが起爆スイッチだ」

青年はボールペンを指でつまんで目の前に持ち上げた。

「一回目のノックで無線がつながる。二回目のノックで安全装置が外れ、三回目のノックで爆発だ」

「わかった」

うなずいて受け取り、上着の内ポケットに挿し込む。

「大丈夫か」

「ああ」

「薬を飲ましてあげたいんだが」

「いらないよ、アッラーが見守っていてくださる」

「立派な信徒だ」

「立派なもんか。ずいぶん長い間連絡を取らなかったんだ」

「もういいさ、そんなことは」

「リームによろしく伝えてくれ」

「わかった」

「じゃあ、そろそろ行くよ」

「アッラーの権限とお力にかけて」

「アッラーの権限とお力にかけて」

ドアが閉まり、部屋に残った青年はしばらく窓際の椅子に腰かけていたが、頃合いを計ったように立ち上がり、静かに部屋を出て行った。

5　撃つべきか撃たざるべきか

官邸内。鴨下は、横に吉住を付き従わせ、表彰式に用いられる大きな部屋の隅に立っていた。

ドアが開いた。体格のいいスーツの男が五人入ってきて、そのうちのひとりが鴨下の目の前に立った。スーツの脇の下が膨らんでいる。右の耳には無線用の白いイヤフォン。警護課のSPのスタイルだ。

彼はまず吉住を見て恭《うやうや》しく礼をして、警備部警護課の立浪《たつなみ》だと名乗り、

「マニラでは頑張ってください。期待しています」

と言った。いつになく緊張している吉住は軽くうなずいただけだった。立浪はこんどは鴨下に向き直った。たがいに挨拶をすませ、鴨下が尋ねた。

「今日はここにはSPは何名立たせますか」

「マスコミが入っているときには私を入れて五名。表彰式が終わって報道用の写真を撮って、そのあと首相が沢渡さんとすこし話すそうですが、このときはなるべく数を少なくしろと言われておりますので、残るのは私ひとりになります。警部補と吉住巡査長も残ると

聞いておりますので、計三名。室内で相手は沢渡さんだけなので十分かと思われます」

SPの口ぶりには、沢渡を危険視している調子はまるでなかった。

「警部補と巡査長は沢渡さんがよく見える位置にしてくれと聞いております」

鴨下はうなずいた。

「沢渡さんの席はあちらです。なので、こちらに立っていてください」

ありがとう、と鴨下は言い、立浪も会釈を返す。すると、その笑いがすっと引いて、顔に緊張が兆《きざ》した。耳に入れた白いイヤフォンに軽く手を添えて、立浪はうつむきがちにふんふんとうなずいたあと、「了解」と言って、また鴨下に視線を戻した。

「沢渡孝典さんの身体検査が終わりました。問題なしとのことです。これから控え室のほうに向かっていただきます」

「所持品はどうでしたか?」

「ボールペンとメモ帳だけだったそうです」

「表彰式にメモを取る必要が?」

「式のあとで首相とお話しする時間があると聞いているので、そのときにメモを取りたいとのことでした。新聞記者なのだから、不自然ではないと判断したようです」

そう言う立浪はリラックスしているように見えた。街頭での演説ならいざしらず、官邸内での表彰などそれほど神経を尖らせる必要はないと感じているのだろう。

それでは、とひとこと声をかけて立浪は退き、鴨下の向かい側、阿瀬首相の席がよく見える場所に立った。残りのＳＰも壁に沿って間隔をあけて立っている。

鴨下は隣に立つ吉住を見た。他のＳＰのように手を前で組んではいない。脇から外腿に手をだらりと下げている。いつでも抜銃できるようにするためだ。その姿勢から緊張が伝わってくる。今回は威嚇射撃ではない。頭をぶち抜けと命じている。向こうが起爆スイッチを押すよりも先に被弾させたとしても、それが下半身だったりすれば、最後の力を振り絞ってスイッチを押されてしまうかもしれない。そうなったらもう終わりだ。撃つときは頭を。鴨下がそう言うと、吉住は言葉を失っていた。

ただ、問題は、撃つ撃たないの判断をいつ誰がするかである。

「相手がおかしな動きをしたら撃ってください」

鴨下がそう言うと、

「それはできません！」

と吉住はめずらしく声を荒らげた。

おかしな動きというのが自分にはわからない。撃てという命令で撃ちます。短距離なので頭を撃ち抜く自信はある。しかし、命令した責任は取って欲しい。吉住はそう言った。もっともだ。結局、撃てのサインは鴨下が送ることになった。

「大丈夫ですか」

このように取り決め、官邸に向かう時、篠田係長は鴨下を呼び止めてもういちど問い質した。

「そうするしかないでしょう」

「万が一、誤射して無辜《むこ》の沢渡を射殺してしまった場合、その咎《とが》を受けるのは警部補、ひいては特命捜査係になります」

　そうなりますね、と鴨下はうなずいた。

「さきほど西浦警部補がいみじくも言っていましたが、見込み捜査は彼ら公安のお家芸ですが、見込みでは撃ちません。今回、狙撃するような事態にいたってことが悪いほうに転ぶと、彼らはそんな理屈を並べるでしょう。撃ったのは刑事部の特別捜査係だ。となると、本来は補佐で入っていた我々がこの事件の全責任をおっ被せられることになる。これはあまりにも割が合わなくないですか」

　いかにもありそうな筋書きだと思いつつ、

「しかし、警察官たるもの組織内の政治を見ながら捜査にあたっていいものでしょうか」

と鴨下は言った。篠田係長はため息をついた。

「まあ、ここは腹を括りますか。部長もそうしろと仰ったわけですから」

　篠田係長はこの三十分前に刑事部長室を訪れていた。このような際どい判断をせざるを得ない捜査に特命捜査係が踏み込んでいいのかについて、意見を求めたのである。

「花比良真理《しんり》特別捜査官の直感を鑑みて、それが最善であると鴨下警部補が判断するならば、そのようにしなさい」

　徳永小百合刑事部長は簡潔にそう述べた。

「マスコミが入ります」

フロアの向こうで立浪が言った。とほぼ同時に、カメラやらスタンドやら録音機やらを担いだ取材陣がぞろぞろと入ってきて、官邸スタッフから「こちらに首相、こちらに受彰者が座ります」と説明を受け、ふたつの席の正面にカメラを据え、マイクを立てはじめた。

この取材陣の中に穂村愛里沙がいた。愛里沙も鴨下に気がついた。しかし互いに会釈さえ交さなかった。愛里沙は一眼レフのカメラを構え、ズームレンズに手をかけ、画角を調整していた。

セッティングがすんだのを見計らったように、スタッフに誘導されて沢渡孝典が現れた。ひとり掛けのソファーに腰を下ろしたとき、目の前に立っている鴨下を見て、訝《いぶか》しげな顔つきになった。そして粘っこく笑った。その笑いに不遜《ふそん》が混じっていた。いくらお前が俺のことを嫌いでも、今日の俺はお前たちのボスの中のボスである内閣総理大臣に表彰される。いわば上客だ。そんな天下を取ったような得意を、鴨下は受け流そうとした。そして受け止めてにじむ不快感が自分に「撃て」と言わせるのを恐れた。

それから沢渡は、取材陣の中に愛里沙を発見し、こちらには別種の笑顔を見せた。ただ愛里沙のほうはなにも反応を示さず、ソファーとソファーの間に視線を固定したまま動かさなかった。

沢渡の席の斜め後ろに立っていた立浪が人さし指を立てた。お出ましのサインだなと思ったら、お付きの者を従えて阿瀬首相が入ってきて、立ち上がって迎えた沢渡の前に立つと、握手の手を差し伸べた。沢渡はそれを握った。いっせいにフラッシュが焚かれた。首相はカメラのほうを見て、沢渡にもそちらを見るように促し、にこやかに笑った。沢渡も笑った。ただし、薄く。日頃から批判を加えている相手なので、愛想よくというわけにはいかないのだろう。

首相は、写真と動画を収めさせたあと、どうぞとソファーを勧めた。先に首相が座り、沢渡も座った。

それから首相が、この度は人質の解放に向けてご尽力を賜り、内閣総理大臣として感謝申し上げます、と述べた。沢渡は、国境で隔てられた領域国家というものを超えて宗教で人々がひとつになるというＩＧのヴィジョンは、強欲な資本主義に覆われた世界を刷新する可能性を秘めていると思いますが、人質を取って身代金を請求し、要求が叶わなければ殺害するというやり方には賛成できません、お役に立てて光栄ですと応じた。

これからもジャーナリストとして立派な仕事をしてくださいと首相は言い、がんばりますと沢渡も答え、首相がうなずいて、表彰式となった。

両名が立ち上がり、部屋の真ん中に立ち出て歩み寄る。ふたりの距離が近づく。鴨下は緊張した。しかし、沢渡に変わったところは見られない。両の手は外腿のズボンの継ぎ目に中指を這《は》わせるようにして下げている。なにかを握っている様子もない。

阿瀬首相が両手で感謝状を持って読み上げた。

「沢渡孝典殿。あなたはイラクで人質になっていた権藤健治さんの救出に多大な努力を払われ、貢献いたしました。あなたの人命を重んじる真に勇気ある行為を心から讃えるとともに、ここに感謝の意を表します。令和×年　五月三十日　内閣総理大臣　阿瀬金造」

差し出された紙を沢渡は丁重に受け取った。フラッシュが焚かれる。シャッターが鳴る。そしてふたりは、報道陣のリクエストに応え、賞状をカメラに向けて、また手を握りあった。

この一挙手一投足を鴨下は瞳を凝らして見つめていた。しかし、沢渡がなにか仕掛ける兆候はどこにも見いだせなかった。

「それでは、これにて報道陣の皆様はご退場ください」

官邸スタッフの声を合図に、取材陣はみなぞろぞろと部屋を出て行った。鴨下は身じろぎもせず、ふたたびソファーに腰を下ろした沢渡を凝視した。

「このあとだ。おそらく」

鴨下は隣の吉住にだけ聞こえる声で言った。ズボンの横に垂らされた吉住の指はいつでも銃把を摑めるように軽く曲げられている。

沢渡の目は退室している報道陣の動きを追っていた。穂村愛里沙を探しているのだろうが、鴨下の目は、その視線を追うことなく、ひたすら沢渡に注がれていた。

「沢渡さん」

と呼びかけて、首相は足を組んでソファーにゆったり身を沈めた。きたな、と鴨下は思った。マスコミが退却した後、首相の態度は明らかに変わっていた。その目つきは、感謝を表すというよりも、上から睥睨《へいげい》するものになっていた。

「もうすこしお手柔らかにお願いしますよ」

言葉こそ丁寧だが、憮然《ぶぜん》とした口ぶりは威圧的だった。

沢渡の顔から笑みが消えた。そして、右手がゆっくり上着の内ポケットに潜り込んだ。

鴨下の背後の扉が開き、誰かが入ってくる気配がしたが、鴨下は振り返らずに、沢渡を見つめた。沢渡は襟元から手を抜き出す。その手はボールペンを握っている。親指が持ち上がる。芯をくり出すための突起に当てられる。起爆のスイッチなのか、だとしたら爆発物はどこだ。身体検査では発見されなかった爆発物は？　靴のかかとにでも仕込んでいるのか。そのくらいの分量でもこの距離だと死に至らしめることは可能だろう。撃て。その言葉が喉元までせり上がったとき、右の耳にひんやりとしたなにかが押し付けられた。

——撃っちゃ駄目。

真理《しんり》の声だった。篠田係長が横に立って、自分のスマホを鴨下の耳に押し付けていた。

——返事はしなくていい。そのまま聞いて。

鴨下は、自分の手をスマホに当てて、それを持った。篠田係長はすこし下がってその場に立った。

——なにも起こらない。

「まあ、いつまで対米追従してるんだというような論評は人気があるので、するなとは、そちらにとっては営業妨害だろうから、言いませんよ。ただ節度をわきまえてもらいたい」

首相がそう話すと、沢渡がボールペンの突起をノックした。

カチ。乾いた音がしただけだった。

――目の前にいるのは、糸が切れた操り人形。糸を切って好き勝手に動こうとしているけれど、すぐに動かなくなる。

意味がわからなかった。ただ真理はもういちど、

――撃っちゃ駄目だよ。いいね。

と言った。声を出せない鴨下は了解の意思をどのように伝えればいいのか苦慮しながら黙っていた。しかし、それは通じた。

――よかった。間に合ったね。じゃあね、またあとで。

切れた。鴨下は、持ち上げていた腕をだらりと下げた。すぐに篠田係長がその手からスマホを回収した。

吉住がこちらを見ている。鴨下は静かに首を横に振った。吉住はひっそりとため息をつき、緊張を解いた。シャツの下で汗が冷えていくのがわかる。沢渡はメモを取り出して、せっせとメモしていた。

「この際だから伺いたいんですが、誰が首相なら沢渡さんはご満足なんですかね」

「いや、そういうつもりは毛頭ないんですよ」

そう言うと沢渡は声をひそめた。

「これはある意味、役割分担だと思っていただきたいのですが」

「役割分担？　私を批判することがですか」

「ええ、広く言えばそういうことです」

沢渡の態度から大物に見せようという意気込みは消え失せていた。

「わかっていただきたいのは、アメリカの大統領や日本の総理大臣を称賛して中東に行ったってなんの情報も取れないわけです。アメリカはけしからん、日本もけしからん、俺は日本人だけれど、ほかの日本人とはちがう、お前たちの気持ちは痛いほどわかる、そういう態度を示さないと向こうも情報をくれません。中東の現地取材なんて、文化人類学のフィールドワークみたいなものなんです」

沢渡のひそひそ声はおそらくこちらを意識してのものだな、と鴨下は気がついた。ただ、老齢の阿瀬首相の耳には小さすぎた。

「聞こえないなあ。どうしたんです。ここにいるのは私とあなただけだ。テレビに出てあれだけ私をこき下ろしたんだ、もうすこし大きな声で話してください。私のほうだって、感謝状まで出した手前、すぐに取って食うわけにはいきませんから」

いやすいません、と沢渡はペコペコした。

「すると、ある意味私への批判はポーズだということですか」

この露骨な言いまわしに沢渡は、悪戯《いたずら》が見つかった子供みたいな笑いを浮かべた。

「……総理を批判するジャーナリストは山のようにいますので。どうやって自分を区別化していくかということが大事になってくるわけです」

阿瀬は苦笑して、「で、どうするんですか」と尋ねた。

「ひとつは、ほかのジャーナリストよりも舌鋒《ぜっぽう》を鋭くする。激しい言葉遣いをする。この点においては不快に思われるかもしれませんが、何卒ご寛恕《かんじょ》願えたらと存じます。そして、もうひとつは――」

沢渡はそう言ったあとで、鴨下にチラリと視線をよこした。そしてこんどは、椅子に浅く腰をかけ首相のほうに顔を突き出すようにして、さらに声をひそめた。

「ムスリムのコミュニティーに…………さらに深く入っていって…………ためです。私はアラビア語を…………、この点では他のジャーナリストより…………。イスラームの教養に……、スンニ派やシーア派はもちろ…………ワッハーブ派…………など…………現在のIGの本流…………宗派の考え方も勉強しま……。日本の…………大学に……という教授がいま…て、これはホンモノのムスリム…………法学者でもあ…………彼の説をパクって、いや私なりに勉強し…………、決して本心からでは……」

聞こえない部分はあるものの、言いたいことのおおよそは見当がついた。鴨下は唖然とした。突然、

「そういえば！」

と阿瀬首相は遮るようにきっぱりと言った。

「公安調査庁から、沢渡さんはイスラム教徒ではないかという情報が入っているんです

が」

沢渡はいやいやと笑いながら首を振り、また声をひそめた。

「イスラム教っていうのは簡単に改宗でき……………。つまり、改宗したと……ることは簡単……」

鴨下は耳を疑った。沢渡はぼそぼそ続けている。

「イスラ………の前でラー　イラーハ……ラー　ムハン……スールッラーって言えば……………。どこにも記録…………ません。それに、私のばあ……立ち会ってもらったのは…………、子供と若い女…………。成人男性でなければ…………………改宗したのかどうかは…………ですね。それで……IGにも………………司令官と…………情報をわた……たいしたもの……こちらが提供するのはゴミのような…………それで信頼を…………」

最後のほうは本当に消え入りそうな声になっていた。混乱しているのは、首相もそうだったのだろうが、しかし、そこは権力者、忖度することなく大きな声で確認してくれた。

「ではなんですか、つまり、現地での取材を有利に進めるために、イスラム教徒になった。いや、もっと言えばなったふりをして、IGの司令官とも親しくなった。日本には内緒にしてくれという条件でIGの一員になったというわけですか」

沢渡はただ笑っていた。

成人男性ふたりの前でやるべき信仰告白を、自分は若い女と子供の前でやっただけだから、まだ入信していないのも同然だと阿瀬首相に言い訳し、さらには、ＩＧ側には自分はムスリムだと称して、組織の中に入り、仲間のような顔をして情報をもらっていたと宣伝しているわけだ。しかし、だとしたら、ＩＧ側から見れば沢渡は単なる異教徒ではない。背教者だ！

「ほんとにここだけの……。今後の取材に……差しさわるどころか……、命をね……これかね……の……」

　また沢渡は声を落とした。しかし、首相にはそうしなければならない理由などない。さらに声を張り上げた。

「なんだとっ。だとしたらあなたはＩＧに潜り込んだエージェントじゃないか！　つまり、スパイだよ、スパイ！　だったらはっきりそう言えばいい。今後は公安調査庁と警察庁の外事に相談して活動費を出してもらいなさい」

　ありがとうございます、と沢渡は頭を下げた。

　鴨下はこの時はっきりと知った。自分が立てたふたつの仮説で、真だったのはＡのほうだったと。

「しかし、私の悪口を書くしか能のない朝陽にこんな立派な記者がいたとは驚きだな」

　嫌みなんだか本心なんだかよくわからない首相の言葉に、沢渡は相好《そうごう》を崩して、で、へ、へ、と笑った。

　こんな男に振り回され、神経をすり減らしてきたのか。鴨下は悲しかった。

突然、阿瀬首相は身を乗り出して、沢渡が握ってるボールペンを取り上げた、すぐ立浪が動き、首相の手からボールペンを受け取ると、軸を外して中を検《あらた》めた。

「大丈夫です」

そう言って立浪は、ボールペンを沢渡に戻した。マイクなどが仕込まれていないということを確認したらしかった。これを合図に首相はどやしつけるように言った。

「ただね、沢渡君、これからまた選挙もあるんだし、攪乱《かくらん》戦法もほどほどにしてもらいたいよ、まったく！　いいかい、こうしよう。私の悪口を書いて商売になるなら書けばいい。ただし、猛烈にやるときは書物でやってくれ。それなら私も文句は言わない。ただ、新聞とテレビでは少し矛先を丸めてくれないと困る。これは私からのお願いだ。どうかひとつ。いいね！」

ははは、とかしこまり、沢渡は頭を下げた。


保健室のベッドの上で天井を見つめていた真理《しんり》は、表彰式が無事終了したことを知らされた。

「完全に終わったの」

「ああ、首相も感謝状をもらった男ももう官邸を出たそうだよ」

枕元の丸椅子に腰かけて父親が言った。真理が警視庁で特別捜査官をやるに当たっては、学業最優先、さらに警察関係者は、校内に立ち入ってはならない、ということになっているのだが、父親は例外である。なんとか真理に連絡を取れないかと篠田係長から依頼を受けた花比良主任は吉祥女学院に電話を入れ、体育の時間に真理が倒れたことを知らされ、駆けつけたのだった。

気を失っている間、真理は空の上にいた。学校のある杉並上空から吸い寄せられるように東に流されて、気が付いたら首相官邸の上を旋回していた。俊輔の鋭く研ぎ澄まされた神経がビリビリ伝わり、緊張でかいた汗の匂いが空まで立ち上ってきた。

目を覚ました真理は、保健室に入ってきた父親にすぐに俊輔と連絡が取れるよう手配してくれと言った。普通の父親なら、いまは安静にしていなさいと言うだろうが、真理がこんなふうに切羽詰まってものを言うときは、従わないとあとで大変なことになるのを嫌というほど体験してきた洋平は、すぐに鴨下に電話した。しかしこの時、撃つ・撃たないの判断に全神経を集中させようと、鴨下はスマホの電源を落としていた。なので、洋平はもう一本かけ、表彰式がおこなわれている部屋の外の廊下で待機していた篠田係長のスマホを鳴らした。

「心配ないよ。もう終わったんだ。なにも起こらなかった。真理のおかげさ」

真理は黙って天井を見つめている。

「水をもらってこようか。ニラブセルを飲んで、いちどなにもかも忘れてしまいなさい」

真理は首を振った。

「まだ終わってないよ」

こういうときは逆らってはいけない、と心得ている父親は、そうなのかい、とやさしい声音で言うだけにした。

真理《しんり》は寝返りをうって背を向け、布団の中に潜り込むようにして、言った。

「でもまあ、もうどうしようもないね」

なにが？　父親は掛け布団からわずかに覗く娘の黒い髪を見つめながら訊いた。

「糸が切れた操り人形って、一瞬変な動きはするけれど、すぐに動かなくなるんだよ」


官邸の外に出ると初夏の光がまぶしかった。お疲れ様でした、と鴨下は吉住かなえに声をかけた。吉住はふうと長い息を吐いて、

「これだけ緊張すると、大会ではリラックスして臨めますよ」

と苦笑し、腰のホルスターをポンと叩いた。ああ、射撃大会がもうすぐマニラであるなんて言っていたな、と鴨下は思い出した。

「今日撃てなかったぶん新木場で撃ってきますよ」

新木場は射撃練習場を備えた術科センターがある場所だ。

「割り当ての弾ってもう撃ち尽くしたんじゃないんですか」

鴨下はいちおう尋ねた。警察官は射撃練習で撃てる実弾の数は年間何発と決まっている。吉住は今年のぶんはとうの昔に撃ち尽くしていたはずだった。

「警部補のぶんを撃たしてもらいます。いいでしょう」

予想通りの答えが返ってきた。鴨下はぜひどうぞとは勧めなかったが、駄目だとも言わなかった。黙認されたと受け取った彼女の顔に笑みが広がった。吉住は踵を返すと、永田町駅のほうに歩いていった。

「シロか」

振り返ると、西浦が立っていた。

「ずっとここで待っていたのか」

「ああ。とりあえず、なにごともなくて結構だった。で、シロだったのか」

シロの一言でかたづけられるような気にはなれなかった鴨下は、

「沢渡はどうした？」

と尋ねた。

「十分ほど前になるかな、あいつを乗せた車がここを出て行った。おそらくホテルに向かったんだと思う」

「じゃあ、会いに行こう」

と言って鴨下は一歩踏み出した。Tホテルは日比谷公園を突き抜け、大通りを渡ってすぐのところだ。

「なにが気になるんだ」

追いついてきて西浦が声をかけた。

「仮説Aだ」

「えっと、仮説Aってなんだっけ」

「そういえばまだ言ってなかったな。表彰式では大ごとにならないからって、神代さんに言われていったん無視することに決めた。ただ、ここに来てそっちの心配をしなければならなくなった」

「え、仮説Aってのは無害なんじゃなかったのか」

「とりあえず表彰式では」

「どうしてAが真だってわかったんだ」

「聴取したのが阿瀬首相だったからさ、素直に吐いたよ」

「吐いたって、なにを」

「自分は記事を書くため、ジャーナリストとして名を上げるため、ムスリムに改宗し、いや改宗したフリをして、IGの一員にもなった。そして、体制批判をするというジャーナリズムの基本的な路線を貫くために、現政権の批判をやっている。さらに目立つためにほかより激しくやっている。そういうことであって、決して悪くは取らないで欲しい」

西浦は驚きのあまり黙っている。

「確かに、それだってある種のカモフラージュかもしれない。ただ、そうは見えなかったよ。それに、さほどめずらしくないと思って見過ごしていたが、ムスリムの沢渡が酒を呑んでいた理由もこれならわかる」

女と身体接触をしたがる理由も、と鴨下は心の中でつけ足した。

「おいおい。だとしたら、ムスリムであることも現政権の対米追従批判もポーズだってことか」

「そうはっきり言ったので僕も驚いた。つまり、仮説Aってのは、沢渡孝典は似非《えせ》信者だってことだ」

「ちょっと待て。お前は沢渡はＩＧだと言ったが、だとしたらむしろ奴はＩＧに潜り込んだスパイじゃないか」

「阿瀬総理もそう言っていた。公安調査庁と外事から活動費をもらえってな。予算を取っておいたほうがいいぞ」

「だったらなぜ、お前はともかく、外事の俺に打ち明けない。ひょっとしたら、お前がいたから癪に障ったのか。なんとなく沢渡はお前のガールフレンドに気がありそうだったぞ」

そんなことはいま確認する必要はない、と鴨下は言った。そうだな、と西浦も同意した。

「沢渡はテレビに出てこう言ったんだ。自分はこれからは奔放にＩＧの言い分を日本で伝えていく。この言論活動を保障することが権藤さん解放の条件だ。つまりこれがディールだ。そうしないと、日本に侵入しているＩＧが日本でテロを起こす。——だよな」

「そうだ」

「確認したいことはふたつ。ひとつ目。それが本当にディールの内容だったのか」

「お前はヌルすぎるって言ってたな」

「そうだ。人質を解放する条件としては譲歩しすぎてやしないか、とずっと思っていた」

「だけど世間は、沢渡の調整能力が素晴らしかったと理解している。ふたつ目はなんだ？」

「日本に、ホンモノのIGっているのかいないのか、だ。沢渡は日本でIGと会ったと言っていたけれど」

「その言葉の信憑性もこうなってくると怪しいな」

「そうなんだ。ただ、そこははっきりさせといたほうがいい」

不意に会話が途切れた。日比谷公園を抜けて、信号が変わる前に大通りを渡ろうと急ぎ足になっているときだった。

「おい、なんかおかしいぞ」

と西浦が言った。

通りの向こうに人だかりがあった。制服警官の姿も見える。救急車のサイレンも聞こえてきた。ふたりは足を速めた。Tホテルに近づくにつれて群がる人の数が増えた。なにかが起こったにちがいなかった。ホテルのスタッフが通りまで出て関係ない人は中に入らないように制御していた。鴨下と西浦はバッヂを掲げて、人ごみをかき分け、突っ込んだ。

ロビーは人で溢れかえっていた。ひとりの従業員を何人もの客が取り囲み、説明を求めている。従業員は、ただいま調査中ですのでもう少々お待ちくださいをくり返す。そんな光景がそこかしこにあった。

「いったいなにがあったんだ」

うめくように西浦が言った。鴨下は、足早にフロアを横切ろうとしている従業員に駆け寄って、バッヂを見せた。

「申し訳ありません」

穏かに声をかけ、説明を求めた。

「ああ、警察の方ですか」

従業員はどこか安堵《あんど》したようにバッヂを見つめた。

約十分後、鴨下は、沢渡孝典が部屋で爆死したことを知った。


まだ沢渡の死が朝陽新聞国際部に届く前、自分の机に戻った穂村はカメラに収めた画像データをパソコンに取り込んで、表彰式の記事を書く準備を進めていた。

内線電話が鳴った。

――文化部の野々村です。

「お疲れ様です」

――お疲れ様です。で、あの、『サアドの家はどこ』なんですが。

……え、ああ、はいとごまかすように相槌を打ちながら、穂村は、東京世界映画祭で上映されるイラン・イラク合作映画のタイトルだと思い出し、監督のインタビューの通訳を頼まれたものの、とても手が回らないと辞退して、大学の後輩を紹介したことを思い出した。

「生形《うぶかた》さんには連絡取れましたか?」

――あ、はい。ぜひやりたいと言ってくれました。ご紹介ありがとうございます。

「彼女のアラビア語はかなりのもんですよ。カイロ大学を出ていますしね」

――いやあの、それでさっき生形さんに『サアドの家はどこ』の感想を聞いたんですが、彼女はまだ穂村さんから作品のDVDを受け取っていないって言うんですよね。

あっ。思わず声が出た。やってしまった。ごめんなさい、すぐに送ります、と言いながら、受話器をあごに挟んで、バッグを膝の上に載せて中を引っ掻き回した。

――いやいや、すぐに送ってくれればまだ間に合います。生形さんはできれば初見はスクリーンで観たいとおっしゃってますので。ただ、そのあとで、インタビューする前にもういちどDVDで見直したいということでした。

はどこ? あっ?

ない。どうして? ここにしまったはずなのに。どこ。『サアドの家はどこ』のDVD

――もしお手元にあるのなら、送っておいていただけますか。

手元にはないけれど、穂村は「はい」と言った。

「すぐに送ります。いや明日には必ず送ります」

――明日ですか。……まあ大丈夫でしょう。ではよろしくお願いします。

受話器を置いたあと、穂村はすぐにスマホを取り出し、かけた。

出て。穂村の叫び声のような呼び出し音は、途中で途絶え、留守番電話の音声が流れた。喧嘩《けんか》別れしたままのボーイフレンドにどんな声をかけてこの用件を切り出そうかと一瞬迷ってから、穂村は口を開いた。

「もしもし。愛里沙です。さっきはお疲れ様でした。あのね、このあいだ俊輔の家に行った時、月曜日だったかな、真理《しんり》ちゃんと一緒だったあの晩。またしても私やっちゃって、俊輔の部屋にＤＶＤを置き忘れてきちゃったみたいなんだよね。商品じゃなくて白いサンプル盤。タイトルは、『サアドの家はどこ』ってやつ。それね、本当に申し訳ないんだけど、知り合いのとこに送ってくれないかな。ちょっと急ぐんだ。住所はメールしておきます。忙しいのに、ほんとごめん。色々と話さなきゃならないこともあるから、近いうちにまた」

穂村は受話器を置いて、深いため息をついた。

ポケットの中でスマホが震えていたけれど、鴨下は取らなかった。いや、取れなかった。ホテルのスタッフに事情聴取していたからだ。十二階の部屋で爆発が起き、隣室とを隔てる壁を打ち壊したほどの衝撃で、宿泊客がひとり死んだ。

客室名簿によると、宿泊客は朝陽新聞社の沢渡孝典となっていたが、警察がいま現場に入って調べているので、詳しいことがわかるまではどこにも連絡するなと言われている。スタッフはそう言った。

――糸の切れた操り人形。

鴨下の耳に真理《しんり》の声が聞こえた。

――糸を切って好き勝手に動こうとしているけれど、すぐに動かなくなる。

「おい鴨下、これはいったいどういうことだ」

西浦が横にやって来て、尋ねた。

「バレたんだ、おそらく」

「バレたって、誰に」

「ホンモノのワルに」

片づかない顔をしている西浦に、もちろんワルってのは比喩だよ、花比良先輩が使ったやつ、とつけ足した。

「じゃあ、沢渡はいったいなんだったんだ」

たまりかねた調子で西浦は言った。鴨下はすこし考えてから、

「ただのおっちょこちょいだったんじゃないのかな、やっぱり」

鴨下はエントランスに向かって歩きだした。


鴨下が、穂村愛里沙の留守番電話を聞いたのは、中野のマンションに戻ってからだった。

ああ、あれかと思いながらスマホを置き、駅前で買って持ち帰った惣菜弁当を平らげてから、シャワーを浴び、部屋着に着替え、どれどれと机の上の白い盤を取って、印字の列を

眺めた。

サアドの家はどこ
Where Is Saad's Home?
第三十二回東京世界映画祭コンペティション部門正式出品作品
監督：モフセン・ファルハーディー
原案：カラム・ハキーム
製作国：イラン・イラク
アラビア語　ペルシャ語　英語
上映時間：一時間四十分
サンプル盤　非売品　複製を禁ず

そういえば、明日土曜日から日比谷有楽町を中心に映画祭が開催される。そこで上映される作品のようだ。手に汗握る面白さとは無縁だろうが、すこし興味が湧いた。どうせ送るのは明日になるから、気分転換も兼ねて手間賃だと思って見せてもらおう。鴨下はコーヒーを淹《い》れ、部屋の灯《あか》りを消して机に向かうと、盤を取り出しＰＣのデスクトレイを引き出そうとして、あっと思った。そうだった、先日、ＰＣを買い直した時、これからＰＣ上で映画やドラマを見るときには、インターネット配信の動画に限定しようと決めて、ディスクドライブがついていない機種を買ってしまったのだ。

しかたがない、諦めるか。そう思っていたらスマホが鳴った。真理《しんり》からだった。

——もしもし。まだ起きてましたか。

「あれ、ちょっと元気になったみたいだね」

——学校で寝て、そのあと家に帰ってからも寝てたからね。寝すぎだよ、まったく。

「それでなんか用？」

——いや別になんとなく。心配かけたかなと思って。

「元気そうで安心した」

——心配してくれてたの。

「そりゃあしますよ」

相棒だからね、と明るく言ったあとで真理は一瞬黙り込んだ。

——操り人形、動かなくなっちゃったね。

「いまはそういうこと考えないほうがいい。明日は土曜日だから、ゆっくり休みなよ」

——だけど、お昼に寝すぎて目が冴《さ》えちゃってるんだよね。

「じゃあ気晴らしに映画でも見ますか？」

——映画？

「先輩の家にはＤＶＤプレーヤーってあるの」

——ありますよ、ブルーレイもかかるのが。

「見ようかなと思っていた映画があるんだけど、うちにはプレーヤーがないんだよね」

――え、いまからうちに？　病み上がりの乙女《おとめ》の家にこんな夜分に押しかけるつもり？

そう言われ、鴨下はすぐに思い直して、

「そうだね、僕が非常識すぎた。ごめん」

――ばか冗談だよ。見よ見よ。……あ、パパも見たいって。途中でポテチとカントリーマアム買ってきて。

そんなもの摘《つま》みながら見る映画じゃなさそうだけど、と思いつつ、途中のコンビニでスナック菓子を調達し、袋を提げて鴨下は神田川を渡った。

玄関のインターフォンを押すと、ポロシャツ姿の主任が出迎えてくれた。キッチンでは、真理がコーヒーを淹れていた。コンビニの袋を真理に、DVDを主任に渡した。

楽しみだなあ、と言いながら主任はリビングに行き、プレイヤーのトレイに盤《ディスク》を載せて吸い込ませた。真理がチップスとクッキーを皿に盛り付けてお茶と一緒に盆に載せ、ソファーの前のテーブルに置いた。ソファーはすこし窮屈だったが、真理を真ん中にして三人で座った。

主任がテレビをつけると、ニュース番組が映った。日比谷のホテルで爆発が起こり、宿泊客一名が死亡した。この宿泊客が、人質解放で功労のあった沢渡孝典さんであることから、警察では関連を追っている。主任がリモコンを使って画面をブルーレイ・プレイヤーに切り替えた。

照明を落とし、再生ボタンを押すと、黒い画面に、一文字も読めないアラビア語がどんと出た。日本語と英語の字幕が映画のタイトルであることを伝えた。こんどはすこし小さい字でまたアラビア語が出て、こちらは監督名だった。それから原案者の名前が出た。カラム・ハキーム。ぼーっと見ていた鴨下が「ん?」と思ったのは、次の文字列だった。

——Based On True Story　事実にもとづく物語である。


授賞式の記事を執筆中に沢渡の訃報に接し、茫然《ぼうぜん》自失となった穂村愛里沙は、自分の席で虚脱状態になっていた。さきほどまで晴れやかな場で笑顔を振りまいていた沢渡が、ホテルの部屋に戻るなり爆死したという事実を受け止めきれず、ただただ混乱し、その混乱が彼女を無気力にさせた。沢渡が自殺するとは思えない。だとしたら誰が? 日本に潜伏しているIGか? しかし、IGの広告塔を買って出た沢渡を彼らが殺害する理由がわからない。けれど、その先を追及する気力はもう穂村には残っていなかった。

「今日は上がっていいぞ」

デスクにそう声をかけられたが、なにか新しい情報が入るかもと思い、仕事が手につかないまま、ぐずぐず居残っていた。

「穂村さん」

声をかけられふり仰ぐと、同じ年頃の男が立っていた。会社のパスを首からぶら下げているので、社員らしい。

「文化部の野々村です」

同じ会社にいながらまだ一度も会ったことのなかった、自分と同年代の社員の顔を穂村は見た。派手なメガネをかけてパンチパーマ、新聞記者というよりも週刊誌の記者に見える。

「ああ、ごめんなさい。DVDは送ってもらうよう手配しました」

野々村はいえいえと顔の前で手を振って、

「……それで、これ」

と紐《ひも》のついたカードを差し出した。〝東京世界映画祭〟と書かれた映画祭のロゴ。〝穂村愛里沙〟、それから〝PRESS〟という文字が印字されていた。マスコミであることを示すため、首から下げるプレスパスだ。

「これ、作っちゃったんで渡しときます。あるとなんだかんだ言って便利なので」

思い出した。人質事件が発生して国際部が慌ただしくなる前に、映画祭のパスがもらえると聞いて、「ぜひお願いします」と電話で依頼したことを。

「それで、チケットも発券してきたんですが、ご覧になりますか」

いまは見る気分にはなれない。それなのに穂村は、ええまあと言って受け取ってしまった。

「ここはどうしようかな」

と言って野々村はもう一枚を手に考え込んでいる。そして結局、

「ま、いちおう」

と言ってそれを机の上に置いた。――沢渡の机に。

「沢渡さんにも通訳オファーしてたんですか」

と穂村は尋ねた。

「いや、これはぜひ見たいのでチケットを取ってもらえないかって、頼まれてたんですよ。これもそうだ」

そう言いながら、文化部の記者は〝沢渡孝典〟と書かれたパスも机の上に置いた。そうして、「なんだかお供えみたいになっちゃったな」などと言いながら、手を合わせこそしなかったが、机に向かって頭を下げ、立ち去ろうとした。その背中に、

「もうご覧になったんですか、その『サアドの家はどこ』は」

と穂村は声をかけた。

「僕ですか？　実はまだなんですよ。映画祭で見ようと思っています。なにせコンペティション作品は十作品あるので」

「じゃあどんな映画なのかはご存じないのですね」

「パンフレットに載っていた梗概には目を通しました。知りたければ、映画祭の公式ホームページに同じ内容が載ってますよ」

愛里沙は礼を述べ、野々村を行かせた。そしてすぐにPCを立ち上げて、映画祭の公式ホームページに飛んだ。『サアドの家はどこ』のページを開き、まず紹介文を読む。イラ

ク戦争時に少年だった人物の実体験をイランの代表的監督モフセン・ファルハーディーが映画化したと書かれてある。

当時少年だった、原案者としてクレジットされているカラム・ハキームは、その後イランからイランに移住して成人し、いまはイラン国防の要《かなめ》である革命防衛隊に所属している。撮影中は現場のガイドやアラビア語の通訳も務めたらしい。二十八歳。

夢中になって読んでいたので、充電中のスマホが机の上で振動しているのにも気がつかなかった。液晶画面には、鴨下俊輔。穂村はスマホを摑むと、

「もしもし、忘れ物のＤＶＤの件なんだけど」

といきなりこちらから切り出した。

――明日の朝、言われた相手に投函するよ。それで先に謝っておくけれど、君に断りもなしに見せてもらった。

「私はいま映画祭のホームページを見てた」

――僕もだ。

高鳴る動悸を感じながら、穂村は、「それで」と先を促した。

――映画祭の来日ゲスト一覧を見たかい。

いや、それはまだ見ていない、と愛里沙は答えながら、胸が苦しくなった。

――少年のモデルになったカラム・ハキームが監督と一緒に来日している。

呆然としている愛里沙に、鴨下俊輔は続けた。

――僕はこれから桜田門に向かう。警視庁の会議室でこのＤＶＤを上映する。もし君がまだ築地にいてこちらに寄れるのなら、参考人として一緒に見てもらえるように手配しておいた。もちろん、映画館のようにベストなスクリーニングじゃない。お楽しみは正式上映の時まで待つというのならそれでぜんぜんかまわない。終電には間に合わないし、送りのタクシー代も出せないからね。

穂村愛里沙はほとんど叫ぶように言った。

「行く。もちろん行くよ！」

このすこし前、花比良邸のリビングに明かりがついた。

「なんか悲しい話だったねえ」

と言いながら立ち上がった父親が、プレーヤーから盤を回収して、薄いプラスチックのケースに戻して「はいこれ。忘れないように」と鴨下に返した時、真理《しんり》はティッシュで涙を拭いていた。

「悲しいだけじゃないよ、なんだよサアドの馬鹿と思って」

鴨下を見ると、受け取った盤をむつかしい顔で眺めている。これは単純に映画に感動したわけじゃないなと真理が思っていると、

「主任、係を全員招集しましょう」

なんて突然言い出した。父親は驚いて時計を見た。九時を過ぎたところだった。

そんなことはおかまいなしに、鴨下は篠田係長に電話を入れた。その差し迫った様子を見て、これから一杯呑んで寝るのは諦めたほうがいいよ、と真理は父に言った。それから、こんどは電話を切った鴨下に向かって、

「愛里沙さんも呼んだほうがいいと思うな」

と声をかけた。驚いた鴨下が理由《わけ》を訊こうとする前に、

「こういうときは素直に従っといたほうがいいですよ」

と父親が笑いかけた。

そして三人は、洋平が運転する自家用車で桜田門に向かった。

刑事部屋の一角にある特命捜査係のフロアにほぼ全員が顔を揃えたのは、十時過ぎだった。休暇を取っている貫井《ぬくい》と、おそらくもう寝てしまって連絡がつかなかった草壁さんはいなかったが、下まで迎えに行った鴨下に連れられて愛里沙が現れた。

いちど会ったことのある父は、どうもどうもと挨拶していた。妙に嬉しそうなのは、愛里沙さんが美人だからだな、と真理は思った。このあいだお宅に伺ったんですよ、などと向こうもにこやかに返しているが、ジョーコーとかなえちゃんは「この人誰ですか」という顔だ。

「穂村愛里沙さん。朝陽新聞国際部記者。アラビア語がおできになる才女。そして鴨下警部補の未来の奥様です」

などと嬉しそうに父は紹介した。帰ったら「よけいな一言を言わないようにしなきゃだ

め」と説教してやらなきゃ、と真理《しんり》は思った。

それから皆で大会議室に移動した。四日前の月曜日に開かれた公安と刑事の合同大会議を覗きに来た部屋だ。ジョーコーがパネルを操作して、前方のスクリーンを下ろした。続いて明かりを落とすと、いつもは、盗難車だとか、血のついた凶器だとか、荒らされた部屋の中が映し出されるスクリーンに、アラビア語が浮かび上がった。

続けて二度目の鑑賞になる真理は、隣の席を暗がりの中で盗み見た。

愛里沙さんは、食い入るようにスクリーンを見つめている。そして、

——Based On True Story　事実にもとづく物語である

のあとに、

——二〇〇四年　イラク

というタイトルが出た時、ふうっとため息をついた。


都市と呼ぶほど大きくはない市街地が映し出される。カメラは街を歩くひとりの少年を追う。体つきから見ると十歳かそこらだろう。少年はアメリカ兵とすれちがって挨拶をする。米兵が、「へい、カラム、調子はどうだい？」と声をかけると、少年は「まあまあだね。マイク、オクラホマの彼女から手紙はきたのかい」と返す。英語だ。カラムという少年は英語が喋れるのだ。

さらに進むと、カメラをぶら下げた男たちとの英語での会話がこれに続く。

「アラビア語の通訳をするよ。ガイドもできるよ。戦場には行けないけれど、街の取材でガイドが欲しければこのカラムに声をかけてよ、どうだい、ニューヨークタイムズの旦那」

声を掛けられた男は、俺はニューヨークタイムズじゃなくて、ル・モンドからだと言って笑う。

英語ができて小才の利くカラム少年は、ジャーナリストの取材の助手をして金を稼いでいる。この映画は少年カラムの目を通して描かれるようだ。

カラムはひとりの日本人ジャーナリストと出会う。

「ミスター・スズキ、米軍にくっついてばかりいちゃあいい記事は書けないよ。アラビア語のガイドはいらないかい」

すると男はこう言う。

「その通りだよ。ただ、悪いが俺はこの通りアラビア語ができる。それに俺の名前はスズキじゃなくてサトーだ」

「おおスゴいじゃないかサトー。サトーはクルド語はできるかい」

「クルド語は……無理だな」

サトーは苦笑する。

「できるのかい、クルド語」

「僕もできない」

サトーはこんどは愉快そうに笑う。

「そうか、でもまあ雇おうか」

カラムは喜ぶ。またそのギャランティーが破格で、カラムは小躍りする。

「本当かい、本当にそんなにくれるのかい」

本当だとも。サトーはカラムにカメラを向けて何度もシャッターを押す。

「じゃあ、どこを案内して欲しい。どこでも連れてってやるよ」

「じゃあ、いまから君ん家《ち》に行こうじゃないか」

「え、いやだよ。うちは貧乏だからなにも出せないよ」

「いいんだ。チャイだけ出してくれれば。両親は健在か。……それはよかった。君と姉さんで四人家族なんだな。よし、クーズィーを弁当にしてもらおう。無理ならそこの屋台でケバブを買おうか。トマトも買ってやる」

こうしてサトーはカラムの家を訪問することになる。カラムの家には姉のリームがいて、チャイを出してくれる。スカーフで髪を覆ってもリームの美しさは隠せやしない。

ラム肉が載った米料理を食べ終えてまたチャイを飲みながら、サトーは、米軍と戦う現地の武装勢力を取材したいと言い、また戦争で傷ついた市井《しせい》の人々にも話を聞きたいなどと言う。カラムは驚く。いままでこんなジャーナリストに会ったことがない。

さらにサトーは、今の中東の混乱した状況について、

「欧米がいらんお節介をしたからだ」

と言い、

「中東の苦境は身勝手な欧米の中東戦略の結果だ。特にアメリカがよくない」

と手厳しい。そしてカラムには、

「勉強しろ。英語のほかには中国語を学べ」

とアドバイスする。

「日本語は？」

とカラムが訊き返すと、

「これから日本語なんか学んでもしょうがない」

とサトーの答えは冷淡である。

「だけどみんなは中国の悪口を言うよ。僕たちムスリムをいじめるって」

「だとしても中国語は学んでおけ。これからは中国の時代だ」

サトーはカラムを専属のガイドとして雇い入れる。カラムもサトーを慕って（気前よくドル札で払ってくれるということもあるけれど）、ちょっと危険な場所にもついていく。

サトーとカラムの間には年の離れた友情のようなものが育つ。

サトーとカラムの姉のリームとの間にも別種の関係が生まれそうになる。これはサトーが積極的にリームに近づいた結果だ。しかし、リームは、家に大金（彼女にとっては）をもたらしてくれるサトーに感謝しつつも、一定の距離を保とうとする。サトーがハグをしようとすると一目散に逃げる。そんなときはカラムも困った顔をしている。ムスリムの女性はムスリムの男としか結婚できないのだ。カラムはサトーにそう教える。

「そうだったな」

と言ってサトーは笑う。知っていたのか、知っていてそうしたのか、とカラムは問い返す。いや、忘れていただけだとサトーは言って、翌日、ムスリムに改宗するので、カラムとリームに立ち会って欲しい、と言い出す。

「本気なのかい」

「ああ、ほんとうだ」

「じゃあ、先生を呼んでくるよ」

「先生？　なんだそれは」

「学校の先生だよ。改宗するなら『アッラーのほかに神はなし。ムハンマドはアッラーの使徒である』ってムスリムふたりの前で言わなきゃいけない」

「知ってるよ。だから君とリームの前で言う。君とリームに聞いてもらいたいんだ」

カラムは、信仰告白《シャハーダ》って大人の男の人の前でなきゃいけなかったんじゃなかったっけ、と戸惑いながらも、そんなことはない、とまるでイスラーム法学者《ウラマー》のように言うサトーに、説き伏せられる。

その日の夕暮れに、三人は近くの山に登り、そこでサトーはふたりの前で信仰告白をする。

「ラー　イラーハ　イッラッラー　ムハンマドゥン　ラスールッラー」

サトーの声は山にかかる紅く染まった夕雲のようにたなびく。

「これで俺はムスリムになった」

サトーは言った。

「君らの仲間だよ」

サトーはそれから自らサアドと名乗るようになる。サアドはアラブ人男性の代表的な名前だ。

サアドはイスラム共同体の中に深く入り込んで取材するようになる。

と同時に、サアドとリームの距離も縮まっていく。

そんな時、イスラム武装勢力の取材をしていたサアドは、米軍の攻撃を受けて大怪我を負う。カラムは自分の家にサアドを連れていく。姉のリームはサアドを手厚く介抱し、サアドは一命を取り留める。しかし、日本人の男を家に泊めたことによって、リームとサアドの噂が広まってしまう。そして、いままでふたりの仲を心配していた両親も、ふたりの結婚を許すしかないと心を固める。

しかし、サアドは起き上がれるようになると、カラムの家を出て、米軍の医療施設に移る（お礼だと言って沢山お金をくれたけれど）。米軍の施設内にはカラムは入れない。ある日、米兵を捕まえて訊いてみると、

「ああ、あの日本人なら昨日ここを出ていった。イラクの家を引き払って日本に帰るって言ってたぞ」

と言われる。イラクではどこに家を借りているのか知らないかとカラムが米兵に尋ねると、知っているわけないだろ、とあしらわれる。

カラムはサアドの家がどこにあるのか知らなかった。カラムはほかのジャーナリストたちを捕まえて、「サアドの家はどこ?」と聞いて回る。

いつも待ち合わせをしていた街角で待ってみても、いつまでたってもサアドは現れない。サアドに会うのはもう無理だな、とカラムは諦める。

姉のリームは悲しみに暮れている。サアドがいないからだけではない。アジアの異教徒に汚されてしまったという根も葉もない噂が広まってしまったからだ。

カラムはサアドからもらった金で、衛星アンテナ付きのテレビを買おうと両親に言う。リームについてよくない噂を立てている人たちを家に呼んで、テレビを見せてサービスしてやろう。そして、そんな噂を立てないでくれよと頼もう。カラムはそう考える。そしてもうひとつ、テレビのニュースに、ひょっとしたらサアドが映るかもしれない。街頭テレビには、現地のジャーナリストが画面に映っていたり、自分の国に帰ったジャーナリストがニュース番組に呼ばれて、自分の目で見たその国の現状を話したりすることがあるじゃないか。

テレビ見たさに近所の人たちがカラムの家に集まってくる。しかし、テレビに映るのは下劣な番組ばかり。近所の人たちの顰蹙《ひんしゅく》を買うわ、両親には叱られるわで、カラムはさんざんな目に遭う。

ある夕暮れ、カラムが山に登るとそこにリームがいる。姉と弟はあの日のように紅くたなびく雲を眺めている。

「ねえカラム、サアドはムナーフィクだったのかしら」

カラムは首を振って、わからないとつぶやく。

「……ラー イラーハ イッラッラー ムハンマドゥン ラスールッラー……」

一瞬、サアドの声が聞こえる。それがカラムの幻聴なのか、回想なのかはわからない。

そして、それはすぐに米軍の砲撃の音にかき消され……クレジットがせり上がる……


……………………………………………………

……………………………………………………


部屋の明かりがついて、みなが椅子を引いて立ち上がっても、『サアドの家はどこ』の衝撃でほとんど放心状態となっていた穂村愛里沙は、白くなったスクリーンが巻き上がるのを座ったままぼんやり見つめていた。

「さあ、愛里沙さんも行きましょう」

真理《しんり》にそう促されてようやく立ち上がり、よろめくように大会議室を出て、長い廊下を歩いた。

映画の中のサトーの言いっぷりは沢渡さんがいつも言ってることとそっくりだ。イラクでイスラム教に改宗したという話も、映画と合致する。また、俊輔がＤＶＤを見るなりすぐに同僚たちを集めてこんな時間にわざわざ上映会を開いたことからすると、この「事実にもとづく物語」のモデルが沢渡さんだと気づいたからだけではないはずだ。……ムナーフィク。映画のラストで姉のリームがつぶやいた言葉が、穂村の胸を圧迫した。また、なぜ私をリームと呼んだの？　それに俊輔は、これからいったいなにをしようとしているの？　そもそも、このタイミングで私にこれを見せたのはなぜ？　そして、この隊列はどこに向かっているの？

ぞろぞろと歩く刑事たちの列は先頭が開けたドアの向こうに吸い込まれた。「どうぞどうぞ」と真理《しんり》に勧められ、中に入った。そこは小さな会議室だった。刑事たちは楕円形のテーブルを囲んで腰を下ろした。ここに自分がいていいのだろうかと思いながらも、真理に「さ、座って座って」と言われ、隣に腰かけた。

俊輔が、みな席に着いたのを見て、座ったまま話しはじめた。

「まず確認です。我々は、徳永小百合刑事部長直轄の特命捜査係として、刑事一課の指揮命令系統に拘束されることなく、独自に捜査する権限を与えられています。今回の事件では、刑事部そのものが公安部の指揮命令系統下にありますが、それでも我々が公安部の指導で動かなければならないということはない、と考えます」

自分が捜査会議の席に座っていると知って、穂村はおいおいと思った。

「そうなんですか」

体格のいい大男が、管理職らしいほっそりとした中年男を見て言った。隣から真理が、でっかいのは二宮っていう空手バカ、訊かれているのは篠田さん、うちの係長、と教えてくれた。

「あの、私ここにいていいの」

穂村は思わず真理に尋ねた。

「いいのいいの」

「だけど」

「私がいいって言えば、少なくともこの係ではいいことになってるの」

などと信じられないことを言われ、それよりほら、と俊輔と係長のやりとりに注意を向けさせられた。

「微妙なところですが、ひょっとして鴨下警部補はなにか妙案を思いついて、その計画から公安部を排除したいのでしょうか？」

「いや、まだ具体的な案として固めたわけではないのですが」

「ということは、公安部とは一線を画す形で独自の捜査をしようと考えているのですね」

「そうです」

いいじゃないか、と大男が言った。

「まず、本日、というかもう昨日のことになりますが、Ｔホテルで沢渡記者が爆死した件は、権藤さんのＩＧ人質事件、阿瀬首相のカイロ演説から始まった一連の事件と関連があると思われます」

「あの、その件なんですが、沢渡記者が何者かに爆殺されたのか、それとも爆発物を取り扱っている途中で、誤って爆発させてしまったのか、いまのところはっきりしてないわけですよね」

と真理《しんり》の父親が口をはさみ、篠田係長は、公安は後者で考えているようです、と言った。

「反権力というか反阿瀬の思想に染まったIGのシンパである沢渡は、表彰式で自爆テロを試みたが、自爆ベルトが作動せず、ホテルに戻ってそれを点検しているときに爆発させてしまった、と。実際、沢渡の部屋からは自爆ベルトの残骸が発見されていて、起爆スイッチが仕込まれたボールペンも、扉が吹っ飛んだ先の廊下に転がっていた。そこから沢渡の指紋も検出されている。ひょっとしたら、まちがえて普通のボールペンを胸に挿してきたのかもしれません。ただ、首相が表彰した人物なので、これらを公にするかどうかはまだわからない」

「ではわが係は、前者の前提に立って考えたいと思います。沢渡は何者かによって爆殺された。ただ、これを証明することは容易ではありません。犯人の逮捕よりも、我々は次に事件が起こるのを防ぐことを最優先に考えたいと思います」

鴨下がそう言うと、なんだか公安みたいじゃないか、と大男がひとりで笑った。あのー、と真理の父親が恐る恐るというような調子で、

「それは権藤さんの人質解放と関係あるんですか」

と尋ねた。

「ええ、確かに沢渡は権藤さんの解放に貢献しました。ＩＧにディールを持ちかけ、それを締結することによって権藤さんは解放された。ただ沢渡はそのディールを無視しようとした。それがＩＧ側に露見して殺された、と僕は考えています」

すこし座がざわついたが、

「うん、俊輔があってるよ」

と真理が言うと、鎮まった。

穂村は、鴨下の推理に驚きつつも、真理の一言が、投げかけられて当然な質問（どうしてそう考えるのか、その根拠はなんだ等）を封じ込めたことに驚いた。そして、鴨下の次のひとことには、薄々そう思っていたものの、強い衝撃を受けた。

「その日本にいるＩＧが『サアドの家はどこ』のカラム少年です」

鴨下は、映画祭公式サイトのページのコピーを配りだした。

「映画はイラク戦争中のイラクが舞台になっていましたが、彼はその後イランに渡り、いまは二十八歳。東京世界映画祭のゲストとして来日中です」

「てことは、映画祭はＩＧをゲストとして招聘《しようへい》したってことかい」

と怪訝《けげん》な声で大男が言った。

「そうです」

「じゃあ、しょっ引こうぜ」

「もし公安にこの情報を伝えれば彼らはきっとそうします。けれど、特命捜査係はもうひとつの道を模索するべきだと思うのです」

「なぜ?」

「そのほうが日本の安全を守れると考えるから」

「だけど、沢渡は殺された可能性があるんだろ」

「可能性はあります」

「しかし、逮捕はしないと言うんだな」

「はい。現実問題として、そう簡単にはできないと思います」

「でも、それってあまりにもお人好しなんじゃないか」

「じゃあ、お人好しでいきましょう」

「なんだって」

「そのほうがいい。ここで証拠不十分なままカラムをテロ容疑で逮捕したら、日本国内でテロが起こる可能性が今後さらに高まることになると考えるからです」

そして、鴨下はほんの一瞬、穂村のほうを見た。

「沢渡はムスリムでした。少なくとも、カラムやその周辺の人たちにはそう告白し、IGに対してもシンパシーを表明していた。このラジカルさによって、ジャーナリスト、ひいては言論人として彼は目立った存在でした。しかし実体はちがった。彼は背教者だった」

大男は首をかしげ、

「でもさ、そんなことくらいで殺されなきゃならないのか」

と言った。「そんなことくらい」では断じてない。

「クルアーンを字義通り読むIGなどの宗派は、異教徒よりも、背教者《ムナーフィク》に対して厳しい傾向があります」

穂村は思わず口を挟んでいた。

「だから？」

大男がこちらを見て尋ねた。

「彼は日本人である前にムスリムだと宣言したわけです。つまり、日本人であることよりもムスリムであることを選んだ。日本よりもむしろイスラームの共同体を重んじると宣言したわけです。しかしそれが偽装だったことがバレた。彼はイスラームについてかなりの知識があったので、それが重罪だと知らないはずはなかったから、自業自得だ。いや、そう考えたほうが、日本にとっては利にかなう、ということを警部補は仰りたいんだと思います」

この解説に座は静まりかえった。

しばらく間があってから、

「つまり、これでなにもかもチャラにしろってことか」

と大男が言った。鴨下はうなずいた。

「そうです。チャラにする。そしてこれ以上のことはなにも起きないようにする」

「え、起きる可能性があるのかよ」

「沢渡が反故にしたディールをカラムが遂行しようとすることは考えられます」

「どうやって」

「おそらく映画祭の開会式ではないか、と僕は思っています」

「どうして？」

と大男が口を開いたのと同時に、

「あれ」

と素っ頓狂な声を出したのは小柄な女性だった。

「カラムって、カラム・ハキームのことか」

「かなえちゃん知ってるの」

と横から真理《しんり》が訊いた。

「あいつやっぱりそうだったんだな。ほら、このあいだ真理《しんり》ちゃんがデートしていた中野のファミレスに似たやつがいるなと思ってたんだけど」

デートじゃないよ、と真理は言ったが誰も聞いてなかった。吉住かなえが衝撃的な一言を発したからだ。

「だとしたら大変なことになるよ、これ」

6　雲隠れの一週間

沢渡孝典は、日比谷のホテルで爆死する日から数えて十一日前、アラビア語で朝陽新聞社にかかってきた電話を取った日から三日後の五月十九日月曜日、新宿駅東南口改札前で穂村愛里沙と抱擁したあと（IGと交渉しに行くと言ったので、長いハグを許してもらえた）、そこから階段で地上まで降り、東口からまた駅構内に入って、地下鉄丸ノ内線に乗った。

沢渡が下車したのは、東高円寺という地味な駅だった。スマホなど通信機器の類《たぐい》は置いてこいと言われていたので、Googleマップを参考に手書きした地図を頼りに、目的地に向かった。

ここだよな。沢渡は手にした地図とホテル名、そして目の前の建物を見比べた。町場の学習塾が入っていそうな細長いビルに縦長の看板がくくりつけられ、なんとかホテルという横に寝かせた英文字が並んでいる。階段を上がって二階のフロントで偽名を言い、リクエストしていた部屋番号を告げて、キャッシュで支払い鍵を受け取る。四階の部屋まではまた階段を使わされた。

部屋の中は、ビルの隙間に立つ狭苦しい外観に比べると、まずまずの広さがあった。左右の壁にベッドと机があり、その間が通路となって正面にある窓まで延びている。典型的なビジネスホテルの部屋だが、檜《ひのき》材が張られた床は部屋にほんのり温かみをもたらしてくれていた。

トイレに行って用を足してから、壁の前に立って、コツコツと数回叩いた。ほどなく向こうから応答があった。変則的なリズムのやりとりで、相手が確認された。沢渡は部屋を出て、隣の部屋のドアをノックした。

「入れ」

ドア越しにくぐもったアラビア語が聞こえ、沢渡はドアを開けた。

暗い。ドアを閉めると、部屋はさらに暗くなった。

部屋の奥には広い窓があって、そこから春の日差しが入るはずなのに、カーテンは隙間なく閉められている。沢渡の瞳が薄闇に慣れ、窓辺に座る影法師を捉えるまで、かなりの時間を要した。

うずくまるように座っている人影は身じろぎもしない。近づいていっていいのか、判断しかね、沢渡は突っ立っていた。

突然、影法師が動いた。膝を伸ばして立ち上がると、かなりの上背があった。

そして、こちらに向かってきた。沢渡も足を踏み出した。

ふたりの距離が縮まると、沢渡は顎を持ち上げ、相手を仰ぎ見る恰好になった。

「立派になったな」

沢渡はアラビア語で言った。

抱き合ってたがいの頬を触れ合わせるアラブ式の挨拶でなく、沢渡は手を差し出した。相手は掌を合わせてきたが、強く握り返してはこなかった。

「そこに座ってくれ」

と言われ、沢渡はベッドに腰を下ろした。男は窓際から肘掛け椅子を引いてきて沢渡の向かいに据えた。そして、ベッドの枕元にあるスイッチをパチンと押して部屋の灯りをつけた。アラブ人特有のくっきりした輪郭が顕わになった。まだ若い。青年は濃紺のスポーツウェアに引き締まった身体《からだ》を包んで立っていた。

「カラムか」

青年は沢渡を見つめてうなずき、椅子に腰を下ろした。

「サアドだね」

「そうだ」

「テストさせてくれ。はじめて俺の家に来たときに手土産に持ってきたのはなんだった？」

「マスグーフだよ」

「オーケー。映画ではクーズィーになっているが、あれは監督が勝手に変えたんだ」

「映画ってなんだ？」

「あとで話す」

「いまはイランに住んでいるのか」

「ああ、あそこには居づらくなってな。とくにリームに対する周りの目が厳しくなったんで、移ったんだ」

「連絡をしようと思ったんだが……」

「それを話すのもあとにしよう」

「それでいまは？」

「食うためにイラン革命防衛隊に入った。それからずっとだ」

そうか。沢渡は同意するでも反論するでもなく、ただ相槌を打った。

「サアド、ある意味あんたは正しかったよ」

沢渡は黙ってその先を待った。

「欧米は身勝手だ。特にアメリカは暴慢だ。許せない」

沢渡は軽くうなずいた。かつて少年だった彼に自分がことあるごとに言って聞かせたことなので、いまさら否定のしようがない。ただ、この話題は避けたほうが賢明だと思った。

「ところで、どうしてここに泊まっているんだ」

するとカラムははじめて照れたような笑いを見せ、意外なことを打ち明けた。

「まちがったんだ」

「まちがった？　なにを？」

「射撃場のある中野で安い宿を探していて、ここを見つけたんだが、射撃場はずいぶん離れているとと日本に来てからわかった」

「中野に射撃場が？」

「あるんだ。いやあったんだ。長野県に」

カラムが言うには、来日する前にネットで調べ、長野県中野市のキャンプ場の近くに大きな野外射撃場があると知った。練習するのにうってつけだろうと思い、NAKANOでホテルを探してここを予約した。そして、来日してから、とんだ思いちがいをしていたことがわかった。

「おまけに、その射撃場はもう閉鎖されてたんだ」

「それで、どうしたんだ」

「射撃かい。多摩川って川の近くに見つけて、そこで撃っている。クレー射撃が中心の施設なのでたいした練習にはならないが……」

「だとしたら、ここにいる理由もないだろう」

「まあな。ただ、中野駅に歩いたところにレストランがあって、そこのメニューならハラールであるのかないのかはだいたいわかったから、安心して食べられるんだ」

ハラールは、〝合法的なもの〟という意味のアラビア語で、具体的にはムスリムが口にしていい食べ物やその処理のしかたを指すことが多い。ただ、レストランの名前を聞いてみるとチェーンのファミレスだったので、そこと同じメニューを出す店はいくらでもあるぞと教えてやった。

「それで、東京にはなにしにきたんだ」

「ジハードだ」

答えはすぐ返ってきたが、理解するのに時間がかかった。次の言葉はさらに彼を混乱させた。

「名目は映画祭への参加だけどな」

「ジハードというのは？」

沢渡は気になるほうから尋ねた。

「決まってるじゃないか。俺たちから信仰を取り上げようとする異教徒、無神論者との戦いだ」

「具体的に言うと？」

「もちろんアメリカだ。それと、アメリカに尾を振る忠犬、つまり日本だ」

沢渡はベッドに腰かけ、カラムの言葉に聞き入っていた。

「俺たちはこれから世界地図を書き換える。異教徒が勝手に引いた中東の国境をなくしたい。アッラーが恵んでくれた、石油をはじめとする中東の資源を、ムスリム同胞のために適切に配分したい。欧米の言いなりになって、支援金を懐に入れている指導者は殺す。さらに、アッラーが我々に与えてくれた自然の恵みを横取りする異教徒や無神論者たちの企業を中東から追い出す」

「ちょっと待ってくれ、君がいま〝俺たち〟と言っているのは、イランの革命防衛隊を指しているのか？」

　カラムは首を横に振った。驚いた沢渡が、

「君はＩＧにも所属しているのか」

と確認すると、こんどは首を縦に振った。

「だけど、革命防衛隊とＩＧは対立しているじゃないか」

　革命防衛隊はイランの軍隊組織だ。元々はイラン革命を指導した宗教的指導者ホメイニによって創設された私設の軍隊だったが、現在その力は国軍を凌《しの》ぐものになっている。対してＩＧは国家のお墨付きなど一切ない武装勢力だ。そして、同じイスラム教でも、ＩＧはスンニ派、イラン国民の大多数はシーア派だ。国境を無視して勢力を広げるスンニ派のＩＧと、シーア派が多数を占めるイランの革命防衛隊との間では、これまでに何度か大きな武力衝突が起こっている。

「それは君が僕に教えてくれたじゃないか、サアド」

　自分がどんな理屈を振り回したのか思い出せず、沢渡は混乱した。

「対立はしているが、そんなのは身内の小競り合いみたいなものだ、君はそう言ったんだ」

　そうだったと気づいて、沢渡はうなずいた。向かいのカラムが椅子に座ったまま身を乗り出してきた。

「サアド、それからこんなことも教えてくれた。イスラム教徒どうしの争いは戦争ではなく民事紛争だと思え、と。敵を間違えてはならない。真の敵はアメリカであってヨーロッパだ。そして、当時の君は言わなかったけれど、いまは敵のリストに日本も加えなきゃならなくなった。そういえば、あの戦争でアメリカが俺たちを襲おうとした時、いろんな国々が反対したのに、日本はアメリカに追従したんだったな。これも君が教えてくれた。ほかにもいろんなことを。君はほかのジャーナリストとはちがっていた、彼らが決して口にしないようなことを言った。それが新鮮だった」

そして最後に、

「君にどんな意図があったにせよ」

と気になる一言をつけ加えた。頃合いを見計らって、それじゃあ、と沢渡は口を開いた。

「こんどは君が教えてくれ。君が日本でおこなおうとしているジハードと、権藤を人質に取っていることとは関連があるんだな」

「もちろん、ある」

沢渡が胸ポケットからメモ帳とボールペンを取り出すのを待って、カラムは先を続けた。

「日本が身代金を払わなければ俺たちは権藤を殺す。しかし、権藤の死によって日本の罪が償われるわけではない。殺害は、あくまでも俺たちが本気であることの証《あかし》だ。俺たちは日本への支払い要求を続行する」

「日本は払わないよ。アメリカの手前、払いたくても払えないだろう」

「そうなったら俺がジハードを決行するまでだ」

「いつ」

「今月末の土曜日」

「手段は？」

カラムは首を振って、言えないと意思表示した。

「ターゲットは」

カラムはまた首を振った。

「ただ、俺の犯した様々な罪をつぐなって天国に行けるものにはなるだろう」

「それをなぜ俺の耳に入れる？」

そこだよ、と言ってカラムは沢渡を見返した。

「それを聞いたサアドがどんな反応をするか知りたいんだ」

「なぜ」

「俺はずっと考えていたんだ、あんたが消えてからずっと」

「なにを？」

「サアド、お前はムスリムなのか」

沢渡は一瞬絶句した後、なにを言ってるんだと、気色ばんだ。

「君とリームの前で告白したじゃないか」

しかし、カラムはちっとも動じる様子を見せず、

「リームは言っていた。サアドはムナーフィクじゃないかって」

「……似非信者《ムナーフィク》だって、この俺が」

「そう言って、ずっと泣いていた」

「……君はどう思ってるんだ」

「それを確かめたいんだ、ジハードをおこなう前に」

沢渡は恐怖を感じた。彼がムスリムなのか、それとも芝居をしていただけなのかという疑問をずっと胸に抱えたまま大人になったカラムは、これをはっきりさせようとジハードの前、おそらく自爆して死ぬ前に、コンタクトしてきたのだった。

「権藤の情報をくれるというのは嘘なのか？」

「もちろんやるよ、ただしムナーフィクじゃないとわかったら」

「俺は似非信者《ムナーフィク》じゃない」

「心の中のことはいちいち問うな。――そう先生《ウラマー》には言われた。心の中はわからない。本人がムスリムだと言うならばムスリムとして扱えって。だが、俺は納得できなかった。俺だけじゃない、リームも納得できないまま死んだ」

「……死んだ？　リームが」

「ああ、イランに移って三年目に癌《がん》が見つかって、その二年後に死んだんだ。貧乏だったからな、満足な治療も受けさせてやれず死なせてしまった」

沢渡はがくりと首を垂れた。カラムはその頭に冷たい視線を注いだまますっと黙っていた。寒々しい気詰まりな時が思いのほか長く流れた。だがこの間に沢渡は、苦し紛れの妙案をひねり出していた。顔を上げ、そして鋭く言った。

「カラム、日本でジハードを決行するのはよせ」

青年はその言葉を理解しようと眉間にしわを寄せ、やがて苦笑した。

「……そうか、やはりお前は……日本の国益だけを考えているんだな」

「いや、ちがう」

「どうちがうっていうんだ」

「そのジハードは俺がやろう」

驚いた、というよりむしろ怪訝な顔つきになってカラムは沢渡を見た。

「俺のジハードをお前がやるだって？」

「ああ、そうだ」

「なぜ」

「俺が立派なムスリムであることを証明するために」

カラムはすうと息を吸い込んで、黙った。

「もし俺がカラムに代わってジハードをおこなったのなら、似非信者《ムナーフィク》ではないという証明になるだろう」

「……それはなるかもしれないな」

「ならばやる」

沢渡はきっぱりと言った。だけど、とカラムは言った。

「ジハードを任せるのなら、似非信者《ムナーフィク》ではないという証明が先だ」

「なぜだ」

「ジハードを頼むなんてことになれば、俺は計画の洗いざらいを打ち明けなければならない。似非信者《ムナーフィク》に対してそんなことはできない」

「けれど、それじゃあ順番があべこべじゃないか」

まあ君にとってはそうだろうが、と言ってカラムはじっと沢渡を見つめている。沢渡は、聞いてくれ、と身を乗り出した。

「確かに俺は罪を犯した。アメリカを悪様《あしざま》に言いながら、米軍の攻撃で大怪我を負って、君の家でリームに手当をしてもらったのに、意識が戻るとすぐに米軍の病院に駆け込んで——」

「わからないのはそこだ。アメリカを信じるなとあれほど言っていたのになぜ？」

「死にたくなかったんだよ。米軍の病院のほうが技術が進んでいるからと思ったんだ」

「リームはサアドの回復をアッラーに祈っていた。アッラーよりもアメリカの軍医を信じたわけだな」

「ちがう。ただ、祈りが通じるかどうかが不安だったんだ」

「それはアッラーを信じていないということだろ」

「ちがう」

きっぱりと沢渡は言った。そして、相手の懐に飛び込む作戦に打って出た。

「こうなったらすべて言ってしまおう。米軍の施設内では、酒も呑んだし、豚のステーキも食った」

カラムは驚き、顔をしかめた。

「俺は罪人だ。それは認める。だけど、信仰はある。俺はムスリムだ。なぜなら、酒を呑んだことを罪だと感じているからだ」

カラムは黙っている。重苦しい沈黙を跳ねのけるように、沢渡は再び口を開いた。

「俺がムスリムでないと君がなぜ判断できるんだ」

「ならば、イスラーム法学者《ウラマー》に尋ねよう」

「いや、ウラマーにも判断はできない」

「なぜ?」

「それができるのはアッラーか、アッラーの啓示を受けることのできるムハンマドだけだ。神の啓示を受け取れるものでなければ、心の中のことは判断できないし、してはいけない」

カラムは黙っている。

「イスラームには法がある。だけど、法を犯したら救われない、と考えるのはまちがいだ」

沢渡の口ぶりは勢いを増した。

「信仰によって我々は救済される。救済されるのは信仰によってのみ。我々は信じる。信じることそのものは無力だけれど、慈悲深きアッラーは信じる者を救って下さる。ただ、信じている者か、信じていない者かはアッラーだけがお決めになる。アッラーにしか決められないいんだよ」

大学でアラビア語を専攻し、アラブ文化を学び、中東諸国をなんども訪れた沢渡は、貯め込んできた知識をここぞとばかりに援用し、さらに言い募った。

「いや実は、決められる場合もあるんだ。わかるか、カラム」

急に問い返され、青年は首を振った。

「例えば、偶像を拝んでいるところをはっきり見た場合などはそうだ。それから、『アッラーなんかいやしない』と口に出して言うところを聞いたりすれば、その人物は似非信者《ムナーフィク》だと言っていい」

いま喋ったことを頭に入れる猶予を与えるために、沢渡はいったん黙り、すこし間を空けてから続けた。

「いいかいカラム、君は俺が偶像を拝んでいるところを見たか？　『アッラーなんかいやしない』と言ったのを聞いたか？　そう書いたものを読んだか？　だとしたら俺は似非信者《ムナーフィク》だと罵られてもしかたがない。だけど俺は口に出して言ったぞ。『アッラーのほかに神はなし。ムハンマドはアッラーの使徒である』と。君はそれを聞いた。聞いただろ」

カラムは眉を顰《ひそ》め、

「……だからそれは、そのほうが都合がいいからじゃないかと――」

と言ったが、困惑の色は隠せなかった。

「だとしても、君には俺をムナーフィクだと断定することはできない。万が一、酔っぱらった勢いで『酒なんかいくら呑んでもいいんだ』と言ってしまったとしても、似非信者《ムナーフィク》だと判断できるのはイスラム法裁判官《カーディ》だけだ」

沈黙が落ちた。長い沈黙をアラビア語の朗唱が破った。「神は偉大なり」という意味の「アッラーフ・アクバル」という句を朗々とした男の声がくり返す。驚いて顔を上げると、声の出所《でどころ》はカラムのスマホだった。沢渡は驚いて尋ねた。

「アザーンのアプリなんてあるのか」

　カラムはうなずいた。

アザーン、それはアッラーに祈りを捧げる義務への呼びかけだ。モスクからスピーカーで流されることが多いが、近くにモスクのない場所にやってきたカラムは、アプリをセットしているらしい。

「では、一緒に祈ろう。方角はわかっているのか」

祈る際には頭を聖地メッカに向けなければならない。

「ああ、それもこのアプリで調べられるんだ」

　窓のほうを指さしたあとでカラムは立ち上がり、床とベッドの隙間から、円柱状に縛った毛織物を取り出した。紐を解いて、椅子を片付けてから広げると、檜の床は紅い絨毯《じゅうたん》の模様で華やかになった。

「どうしたんだこれ」

　新中野の線路沿いの店で買ったとカラムは言った。お祈り用の敷物は畳一枚よりも小さいのが一般だが、これは一畳半ほどあった。これしかなかったんだ、とカラムは言い訳した。もっとも、ふたりで並んでお祈りするにはちょうどいい大きさだった。

　沢渡とカラムは順番に部屋についている小さな洗面台で手、口、鼻、顔、腕、頭、耳、首、足を洗って、跪《ひざまず》いて手をつき、西北西に向かって約９５００キロ先にあるメッカに向かって深く頭を下げた。


「本当に俺の代わりにジハードをおこなうつもりがあるのか」

　神への祈りが終わった後、カラムは絨毯に座ったまま言った。

「なければこんなことは言わない」

　沢渡も絨毯の上に尻を着けたままだった。ふたりは椅子とベッドの上ではなく、ひとつ絨毯の上で足を組んで向い合っていた。

「おそらく、ジハードは俺が決行したほうが成功率は高くなる」

「なぜだ」

「日本ではアラブ人は目立つ。そしてすでに新聞社に出したあの手紙で、アラブ人はかなり警戒されている。その点、俺は君よりも目立たない。そしてジャーナリストでもある。

ジャーナリストのパスでいろんなところに侵入できる」

カラムは黙って膝の上に肘を載せ、頬杖《ほおづえ》をついて聞いている。

「どんなジハードを計画してるのか知らないが、マラソン大会に爆弾を投げ込んだりしても、ジハードとは呼べないぞ」

そんなものじゃないとでも言うように、カラムは静かに首を振った。

「いいか、9・11は確かにアメリカに打撃を与えることに成功した。けれど、多数の一般人を殺してしまったということで、イスラームが憎悪の対象となってしまったことを君は残念だと思わないか」

難しい顔つきになったカラムに、沢渡は続けた。

「だけどカラム、俺はジハードがよくないと言ってるわけではない。ジハードが防衛的なものに限られるという意見に俺は与《くみ》しない。ムスリムの側から先制的に戦闘を開始することだって許される、と俺も思う。ただ、ジハードで殺す相手は、死に値する者だけにしたほうがいい」

それはいったい誰だ、とカラムは言った。

「教えただろう、いったい中東の混乱はなにによって引き起こされているのか」

「アメリカの勝手放題な世界政策だ」

「そうだ。そして忠犬のようにアメリカにつき従っているのは――？」

「……日本だって言うのか」

「そして、ひたすらアメリカに尻尾を振っている日本人と言えば——?」

カラムの顔に驚きの色が顕わになった。

「……阿瀬か。阿瀬をやるっていうのか」

沢渡はうなずいた。

「先月、我が物顔で中東を遊説し、行く先々でIGをならず者のようにこきおろしたのが阿瀬金造だ。おまけに、IGと戦う者には金を出すとまで言っている」

実は首相はそこまで過激な発言をしていたわけではなかった。けれど、沢渡はそう断定し、カラムが反論しなかったので、さらに事を粉飾しながら先に進んだ。

「幸いなことにというか、日本人にとっては不幸なことにと言うべきかな、阿瀬政権はいま、公用地の買収問題や獣医学部の認可などのスキャンダルが噴出して、信頼を失ってる。中東に行ったのも、国内の不始末を外交でごまかすためだった」

本当のところを言えば、政権支持率はガタ落ちというほどではなかった。

「ただ、もともと肝っ玉の小さい人だから、自分への批判には神経質になって、メディアに睨みを利かせている。新聞もテレビも意気地がないから、あからさまな批判ができない。そんなこんなで阿瀬に対する国民の鬱憤《うっぷん》はかなりたまっているわけだ。ならば、無差別テロと誤解されるようなことはやめて、阿瀬だけをターゲットにして消すほうが、よっぽどいいじゃないか」

どう思うねと沢渡が意見を求めると、カラムはすこし考えた後で、

「だけどサアド、どうやって阿瀬に近づくつもりなんだ」

「チャンスは必ず来る。そのためにも俺がいまよりも大物になっている必要がある。だから権藤は解放したほうがいい」

「権藤を解放する？　金はどうなる」

「金は諦めろ。どう考えても払うわけはないんだ。その代わり俺が阿瀬を消してやる。しかも、一般人は巻き込まない。阿瀬と側近だけを的確にしとめる。これが俺が提案するディールだ」

「そのためには権藤の解放が必要だって言うのか」

「そうだ」

「なぜ」

「君が新聞社に送った手紙は、日本にＩＧの部隊が侵入したと知らせるのが狙いなんだろ」

「ああ」

「なら、それに俺の筋書きを足すんだ。つまり、こういうことだ。日本にいるＩＧの成員が俺に連絡してきた。俺は反阿瀬の旗を揚げて記事を書いているし、中東の国際政治に関しては、反欧米、もっと言えば、反近代国家だから、ＩＧが誰かに話を聞いてもらいたいと思ったときに俺を選ぶのは不思議じゃない。さらに、実際に君は僕に連絡をくれた。その目的は僕がムナーフィクかどうかを確認したかったという個人的なものであったにせよ、連絡をくれたことは俺の後輩が君の電話を取っているから、この筋書きは通用する。それで、俺は日本にいるＩＧ、つまり君、と会うことになった。ここまではいいかい」

頬杖をつき、難しい顔をしつつも、カラムはうなずいた。

「そこで俺は、君たちが目指していることについて理解を示しながら、権藤を解放しろと君たちに提案し、説得を試みた。こういうことにしよう」

「身代金を払わないという前提で、か」

「そうだ。身代金を払う払わないは民間人の俺が決められることじゃないからな」

「ただ、身代金なしになぜ俺たちは権藤の解放に合意しなきゃならないんだ」

「見返りがないからと言って人質を殺しては、君たちの目標をかえって遠ざけ、不幸な結果を招く——そう俺が説得した。いいな」

「不幸な結果というのはなんだ」

「国際的に孤立することだ。ムスリムの数は多いので孤立なんかするわけないと居直ることもできるかもしれないが、人質をとって殺したりしていると、欧米の技術と資金が引き上げられ、貧しい地域はたちまち干上がってしまう。それに国連からの開発援助金ももらえなくなる。そうしたら餓死する者だって出かねないぞ」

カラムはかすかにうなずいた。

「カラム、僕は君が通訳をしてくれたときに金を払った。我が社は取材費がよそに比べて豊富だったから、フリーのジャーナリストが支払うギャランティよりもよかったはずだ。

そうだろう。そしてそれは君の家族を喜ばせなかったかい」

「だけど、それだけじゃ司令部は納得しないぜ」

わかってる、と沢渡はうなずき、

「だけど納得したことにするんだ」

と言った。カラムは不思議な顔つきになった。

「いいか、一ジャーナリストが、政府も手こずる組織と直談判し、人質を解放させた。となると、これはもう大手柄だ。当然マスコミもほうってはおかない。俺はあちこちから引っ張りだこになる。そのときに、どうしてこんな交渉ができたのかと訊かれる。俺は答える。彼らを理解しようとしたからです。すると、彼らの考えとはいったいなんですか、とマスコミはまた尋ねる。俺はＩＧが本当に目指しているものはなにかを伝える。さらにこう言おう。いまのジャーナリズムは堕落していて、政権の宣伝部隊になっている。そして阿瀬政権はアメリカの犬だ。中東で手前勝手をやっているアメリカの。そんな阿瀬が支配する日本で、真に公正なジャーナリストであろうとする俺が、ＩＧが単なる過激派組織ではないこと、歴史的に見ていかに欧米が利己的な政策を中東で展開してきたかを説き、近代が行き詰まりを見せている現在、信仰の中に生きる人生の可能性を伝えていく。――こんなディールを取り交わしたということにするんだよ」

カラムはうなずき、

「つまりそのディールは――」

「裏のディールってことだ」

「表のディールは――」

「俺のジハードで阿瀬を殺す」

ここではじめてカラムは大きくうなずいた。

「ただ、表のディールのほうなんだが、阿瀬を消すまでの計画はどうなっているんだ。つまり、俺たちが権藤を解放する。サアドはその手柄を立てて有名になる。だけど、そのあと実行までの計画がよくわからないぞ」

「逆に訊こう。君のジハードはどういう手段を使うつもりだったんだ」

カラムはうつむいて考えた。打ち明けていいものかどうか躊躇《ちゅうちょ》しているのだろう、と沢渡は思った。やがてカラムは顔を上げ、ついに言った。

「自爆ベルトだ」

よし、と沢渡はうなずいた。

「このディールが決まれば、俺はテレビに出ることになるだろう。名前が売れればジャーナリストとしての影響力も高まる。当然、官邸はほうっておかない。俺にちょっかいをかけてくる。官邸に呼びつけられることもある。官邸の取材班に代わって俺が阿瀬の記者会見に出ることも不可能じゃないだろう。じゅうぶん距離を詰めてから実行すればいい」

「ずいぶん曖昧じゃないか」

「そうでもないさ。少なくとも、権藤解放の手柄さえ立てられれば、来年の〝桜を見る会〟には呼ばれるよ」

「〝桜を見る会〟ってのは？」

「ああ、日本の総理大臣が、取り巻きや人気者を集めて花見をして、一緒に写真を撮って盛り上がるパーティだ」

カラムは不思議そうな顔つきになって尋ねた。

「なんのために？」

「そう訊かれると困るな。ただの話題作りだろう。とにかくそのときは浮かれているから、いくらでも接近できるので好都合だ」

「そこに君が呼ばれる可能性はどのぐらいあるんだ」

「芸能人に交えて文化人も呼ばなきゃならないから、その中には入れてもらえるだろ」

桜を見る会への出席を確実視するのは杜撰《ずさん》な計画と言えたが、そのリアリティはカラムにはわからない。しかし彼は意外にも、

「けれど、そいつは危険だぞ」

と疑義を呈した。沢渡は内心冷や汗をかきながら、「聞こう」と絨毯の上で居住まいを正す。

「ジハードのためには、まずサアドがヒーローにならなければならないわけだ」

そうだ、と沢渡はうなずいた。

「ただ、ヒーローになればサアドは周りから賞賛されるだろうな。立派な人だという扱い

を日本中で受けるだろう」

否定しようがないので、沢渡は「それで?」とだけ言った。

「すると君はいい気分になる。そうしたら、この世に未練ができて、ジハードをやる気が失せるんじゃないか。だってさっき君は、十七年前、僕の家を出て米軍施設に飛び込んだのは、死にたくなかったからだって言ったじゃないか」

沢渡は黙った。

「けれど、そうなると、俺はいつジハードをやるんだと君をせっつくことになる。ただそのとき俺は日本にはいないから、膝を詰めて談判するというわけにはいかない。すると君はまもなくやるこれからやると言いながらのらくら逃げていればいいということにならないか?」

笑おうとして、顔が引きつった。まさしくそうしようと思っていたのだ。

「そうなると、サアドが僕なんかよりイスラームについて知識があることも心配になってくるんだ。そもそもジハードというのは、アッラーの道に務め励むことだ。だから、テレビに出て喋るのも俺のジハードだ、なんてごまかされるのは嫌だぜ」

なにか言わなければと思いながらも、言葉が出て来ないでいると、カラムは先を続けた。

「もちろん、テレビに出てムスリムの言い分を語るのは、確かにサアドのジハードにはなるかもしれないな。ただ、僕のジハードを代わりに実行することにはならないよな」

カラム、と沢渡は言ったが、相手は、まあ待ってくれと掌をこちらに向けてこれを制し、ひとりで深いため息をついた。

「サアド、本当に失礼なんだが、これは大事なことだからいちおう口に出して確かめておきたい。君は最初からジハードをするつもりはなくて、ただ単に自分が手柄を立てたいため、この国で立派な人間だと皆から褒めてもらいたくて、そんな提案をしているということはないかい。君がムナーフィクならばそうするよ」

沢渡は目まぐるしく考えを巡らせ、まずは深いため息をひとつ返すことにした。信じてもらえないのは悲しいことだよ、とでも言うように。

すると、「わかってるよ」とカラムは言った。

「心の中のことを問題にしてもしかたがないと言いたいのだろう。アッラーかムハンマドでなければわからないことだから、と。だけど、僕はジハードに名乗りを上げたんだ。このジハードを実行する自信もあった。それを、簡単に君に委ねるわけにはいかない」

カラム、と静かに沢渡は呼びかけながら、たったいま発見した説得の材料を吐き出した。

「僕は君に生きていて欲しいんだ」

その言葉を受け止めしばらくしてから、カラムは、「なぜ?」と訊き返した。

「君はまだ迷っている。さっき日本は絶対に身代金を払わないだろうと言ったら、君はすこし苛立ったように『そうなったら俺がジハードを決行するまでだ』と答えた。だけど、生きていたいという気持ちがないわけではない」

カラムは黙った。

「あれから中国語は勉強したか？」

首を振った。

「じゃあこれからしろ」

こんどは、なぜと尋ねた。

「俺の気持ちをひとことで言うと、勿体ないってことに尽きる。君はまだ若い。激変する二十一世紀を生きる若者だ。そのありあまる生命力をムスリム共同体《ウンマ》の未来のために捧げて欲しい」

カラムはうつむいた。じっと考え込んでいる彼の心中を沢渡は死にもの狂いで読み取ろうとした。カラムが自分に連絡を取ったのは、IGの任務ではない。カラムは個人的に知りたかった。沢渡が本当に自分たちの仲間になろうとした希有《けう》な日本人だったのか、それとも自己都合でアッラーを信じるふりをした似非信者《ムナーフィク》だったのか。

そして、ジハードの代行という沢渡が持ちかけた意表を突く提案は、それが本当に実行されれば、似非信者《ムナーフィク》ではないことをじゅうぶん証明するものに思えるはずだ。ムナーフィクかそうでないのかを知りたいのなら、カラムはこの案に乗らなければならない。

「ならば確認しよう」

「確認？　どうやって」

「いま、君が話したことをすべて司令部に伝える。どちらにしろ、君の提案に乗って権藤を解放するには、このことは話さなければならないからな」

「そうしてくれ」

「その上で、俺も確かめる」

「君が俺を？」

「そうだ。決行までまだすこし時間がある。俺があんたのことを真のムスリムだと納得できるまで、ここに泊まってくれ」

「納得？　……どうやって」

「昔のように話をしよう。ずっとふたりで話していればわかるだろう」

「つまり俺の言動を見て、似非信者《ムナーフィク》かそうでないかを判断するってわけだな」

「俺だけじゃない、司令部にも相談する。礼拝は欠かさずやっているか。酒は呑んでないか。なににについてどんな発言をしたのか、じっくり見聞して司令部に報告する。なにせジハードをおこなうわけだからな」

「どのぐらいかかる」

「わからない」

「おいおい、それまで会社を休めって言うのか？」

「ジハードと会社勤務とどっちが大事だ」

沢渡はしぶしぶわかったよと言った。

「会社には連絡するな。いや、どこにも連絡するな。夜寝るとき以外は必ず俺と一緒にいるんだ」

こうして沢渡はカラムと狭いビジネスホテルの隣り合わせの部屋で寝起きし、カラムの部屋の絨毯の上で語り合った。沢渡は寝床を離れると、顔を洗い歯を磨いて、すぐに隣の部屋に行き、カラムが檜の床に広げた絨毯の上に腰を下ろし、紅茶を飲み、ビスケットをかじって、同じ話をくり返した。

これから世界の勢力図は大きく書き換わる、と沢渡は保証した。アフガニスタンの政権はもう持たない。世界のムスリムの人口はいまは四人にひとりだけれど、三人にひとりになるのは時間の問題だ。そのことを欧米諸国はわかっていて、心の底から怯えている。なのに日本人ときたら、イスラームのことをまるで知らないのらくら者で、アメリカについていけばいいと信じて思考停止している愚物だ。

だけど、権藤は殺すな。殺さないほうが使える。そして俺をヒーローにしてくれ。ヒーローになった俺は、盛大なジハードをおこない、いままでの罪を清算して天国に行く。

——そんなことを熱く語った。

食事どきになると、カラム行きつけのファミリーレストランで食事をした。まちがったものを食べないようにしようと、成分を店員に訊いたが、店員は自分の英語を理解してくれなかった。困っていると、驚いたことに横からアラビア語で助けてくれる人がいて、それ以来この店が気に入ってなるべくここで食べるようにしているんだ、とカラムは言った。彼女はちょっとリームに似ていた気がする、ともつけ加えた。

四日目。ファミリーレストランの食事に飽きた沢渡は、故郷の料理が恋しいだろうとカラムを誘って、十条にあるメソポタミア料理店まで連れて行った。

「うまいだろ」

羊の心臓の串焼きを頬張りながら沢渡は言った。

「東京はちょっと足を伸ばせばなんだって食えるんだ」

その口調は少年だったカラムにいろいろと知識を授けているときの沢渡に戻っていた。

「ジハードをするのなら、うまいものを食ったってアッラーはお許しになられる」

沢渡はそう言ってもう一本取った。

最初は似非信者《ムナーフィク》の嫌疑をかけられ、動揺が目立った沢渡も、イスラームについての長年の知識と、達者な口先で、カラムの信頼を取り戻していった。

五日目は新大久保の雑貨店までハラールの食材や菓子を買いにいった。店番をしている男を見ると急にカラムは顔色を変え、勘定を払う段になって急に、「自爆ベルトはあるかい」とわけのわからないことを言った。当然、相手は驚いて声を荒らげた。店を出てから、どうしてあんな馬鹿なことをと尋ねると、実はあの男はもともとは大学で化学を研究していてね、その大学のある地域一帯がIGに統治されるようになってからは、自爆ベルトを作らされていたんだが、それが嫌になって亡命したんだと説明した。どうしてそんなことを知っているんだ、と沢渡は驚いた。そのくらいのことはムスリムのネットワークでわかる、とカラムは平然としている。あいつは、本当はアメリカに行きたいんだ。大学にいるころからアメリカに行って研究をしたいと言ってたそうだ。ああいう人間は平気で自分の研究成果を軍に提供するだろう。そしてアメリカはそれを、俺たち中東のムスリムの制圧に役立てる、東京でなければ、生かしてはおかないんだけどな、とこんどは怒りだした。

六日目。五月二十四日土曜日、ＩＧの司令部から沢渡がジハードを遂行することについてオーケーが出て、これから権藤を解放すると連絡があった。ならば、もうすこし刺激的なほうがいいだろう、と沢渡はフェイク映像の提案をした。なんのためにそんなことをするのだ、と訊かれたので、一度死んだと思っていた人間が生きていたという劇的《ドラマチック》な展開になったほうが、救出した俺の株が上がるから、ジハードの計画に好都合だと説明した。沢渡とカラムは二通目となる脅迫状を書いて新宿に出て、新聞社宛てに投函した。

七日目。五月二十五日日曜日、司令部のほうから、フェイク映像を撮影したと連絡があった。カラムは四日後の木曜日にここをチェックアウトし、日比谷にあるＴホテルに移ると打ち明けた。

戦闘員なのにずいぶん豪勢なところに泊まるじゃないか、と沢渡がからかうと、いや費用は日本持ちなんだ、とカラムは言った。このときになってはじめて、東京世界映画祭にゲストとして招かれていることを明かした。そして、カラムが原案者としてクレジットされているその映画は、自分と少年だったカラムの話だと聞いて、沢渡は驚き、それはなんとしても見なければならない、文化部に言ってチケットを手配してもらおうと思った。

八日目。五月二十六日月曜日。沢渡はカラムから自爆ベルトの説明を受けた。見せてくれた自爆ベルトは、かつて沢渡が写真で見たものより、薄くスリムになっていて、ベルトの裏にぴったりと貼りつければ不自然に目立つようなところはなかった。最新型だ、と自慢げにカラムは言った。

「これはあの雑貨屋の店番が作ったのかい」

沢渡は尋ねた。

「そうだ。あいつが微量で大きな爆発を起こせるよう、調合し直したんだそうだ」

自分のズボンにベルトを通してカラムは言った。

「ただ時々、ベルト側の受信機が無線をうまくキャッチできなくて、起爆しない時があるのが難点だ。それは大抵、ベルトをした時に噛み合わせが悪くなって、接触不良を起こすのが原因だ。それだけは気をつけてくれ」

と言われた。これを聞いて沢渡はむしろよしよしよしと思った。

昼飯はふたりで中野のファミリーレストランで食べた。この時、制服を着た少女がちらちらとこちらを見ていた。遅れて店に入ってきた小柄な女も、こちらがレジで支払いをしているときに、「あら」という風にこちらを見た。すこし気になったが、知っているかとカラムに聞いても首を振ったので、ほうっておいた。

ファミリーレストランを出て、ふたりは別れ、沢渡は銀座をぶらぶら散歩した。銀座の街のそこかしこに東京世界映画祭の垂れ幕を見つけて、銀座はしょっちゅう通っているのに、いままで気がつかなかったのはなぜだろうと不思議に思い、こういう映画祭でかかるのは重ったるい芸術映画が多いから（おそらくカラムが原案を提供したという映画もその類だろう）、娯楽映画が好きな自分はあまり興味が持てなかったからだな、と理由をつけた。

それから沢渡は、すぐに出社してもつまらないと考え、アクション映画とSFを二本立て続けに見て景気づけしてから、意気揚々と築地に向った。国際部のフロアに入っていくとたいそう驚かれ、特に穂村愛里沙が心配してくれていたのがわかって、気分がよかった。けれど、そんな気楽な心持ちとは裏腹に、緊迫した空気が社内には張り詰めていた。権藤殺害の映像がYouTubeにあがっていたからだ。だが、この映像がフェイクだと知っている沢渡は平気である。デスクからたっぷり小言を聞かされたあとで、穂村愛里沙を誘って近くで寿司をつまんで、この日はそのまま帰宅した。

その二日後、五月二十八日水曜日、権藤がイランで保護され、健康状態を確認されたあとすぐ帰国の途につくというニュースが流れ、日本中が大騒ぎになった。計画通りである。

五月二十九日木曜日、帰国した権藤の記者会見が成田空港でおこなわれ、予想していたより速やかにことが運んだ。中継を見ていたデスクに呼ばれ、このこととお前は関係があるのかと問い詰められた。最初はにやにや笑って「まさか……」と否定した。するとデスクが、あとになって面倒なことが起こらないようにそうならそうと早く吐けと真顔で迫ってきたので、実は……と白状した。ただし誰とどこで交渉したのかは絶対明らかにしない、とつけ加えたのは言うまでもない。どのように説得したのかと訊かれたので、裏のディールのほうを話した。デスクは仰天して、上と相談するからどこにも行くなと言い置いて、姿を消した。そしてこの夜のニュースＮＩＮＥへの出演が決定したのである。

　銀座に出てスーツを新調し、Ｔホテルへ向かった。ロビーのそこかしこで、東京世界映画祭のパスを首からぶら下げたスタッフが、映画祭のゲストらしき外国人をアテンドしていた。フロントで今度は本名で記帳し、鍵を受け取った。

　部屋に入ると、由緒ある高級ホテルだけあって、このあいだまで引きこもっていたビジネスホテルとは比べ物にならない。マホガニーの机に向かって、備え付けの便箋でカラム宛ての手紙を書く。計画は順調に進んでいると思われること、今夜テレビに出演が決まったこと、そこではＩＧの言い分をたっぷり披歴するつもりであること、そして自分の部屋番号をしたためて封をし、フロントに持って行って、自分の名前は言わずに、映画祭で来日しているカラム・ハキームさんの部屋に届けてもらいたい、とことづけた。三十分後に部屋の電話が鳴り、カラムが部屋番号を教えてくれた。計画は順調だ、少なくとも計画は順調だと彼らは思っていることだろう、と沢渡は満足した。

　迎えの車に乗せられて、テレビ局へ向かった。まずは会議室に通され、キャスターとサブキャスターとプロデューサーに紹介された。テレビの報道番組では、事前の打ち合わせで、これこれの発言は控えて欲しいと言われることが一般だと聞いていたが、放送禁止用語だけ気をつけてくれればいいと知らされた。

　ぞんぶんに話して、意気揚々とホテルに戻り、風呂に入った。湯船に浸《つ》かりながら、あれだけＩＧを持ち上げ、現政権をケチョンケチョンにやりこめたのだから、ＩＧは満足だろうし、総理だって、事情が事情だけに、下手な圧力はかけられないだろう、と思うと愉快だった。

気持ちよく寝た翌日、五月三十日の金曜日、思わぬことが起きた。朝早くに、デスクから電話がかかってきて、チェックアウトしないでそのままホテルで待機していろと言われた。どうしてですかと訊くと、阿瀬さんがお怒りのあまり、お前を表彰すると言い出した、と伝えられた。お前を呼びつけて恫喝したいのは山々だが、人質解放の殊勲者に圧力をかけたと世間に知れると、深い傷になりかねないので、表向きはでかした表彰してやると呼びつけて「いい加減にしろよ」とひとこと釘を刺すつもりだろうから刺されてこい、表彰状とお談義でプラマイゼロ以上だろう、と解説された。

確かに、表彰されるのは、たとえ首相の本心からではないにせよ、ありがたい。お咎めはその場限りで終わるが、表彰状は残る。しかし、困ったことになった。こんなにも早く阿瀬首相に接近できるチャンスが訪れるとは思っていなかったのだ。カラムが帰国し、お前のジハードはいつ決行するんだとせっつかれても、必ずやる、すぐにやる、そのうちやる、いつかやる、という具合にいつまでも先延ばしにしようと思っていたのだ。ところが、こんなにも早くビッグチャンスが転がり込んできてしまった。しかも、阿瀬首相に人質解放の件で表彰されるとなると、ニュースで大々的に報道されることはまちがいない。これはこれで気分のいいものではあるけれど、カラムの滞在中にこの好機が知られるのはまずい。この大チャンスを見送ったとなると、カラムはまた自分を疑うだろう。半ば無理やり人質を解放させたいま、似非信者《ムナーフィク》の烙印《らくいん》を押されたら、まちがいなく殺される。沢渡は考えた。そして、表彰の件はカラムに打ち明けてしまい、決行するつもりで官邸に乗り込んだものの、接触不良かなにかで自爆ベルトが作動しなかったことにしようと思い立った。

　カラムは、表彰の件を聞くと、本当に素晴らしい、サアドの言ったとおりになった、とさかんに褒め、ベルトを点検しはじめた。口からでまかせの計画がピタリとはまったことで、沢渡はもうひと芝居打たなければならなくなった。

　差し出されたベルトはベルトにしか見えなかった。

　受け取ると、沢渡はズボンのベルト通しにそれを挿し込んだ。

「これが起爆スイッチだ」

　カラムはボールペンを指でつまんで目の前に持ち上げた。

「一回目のノックで無線がつながる。二回目のノックで安全装置が外れ、三回目のノックで爆発だ」

「わかった」

　うなずいて受け取り、上着の内ポケットに挿し込んだ。

「大丈夫か」

「薬を飲ましてあげたいんだが」

爆発物を身にまとってターゲットに近づく者の不安を和らげようと、覚せい剤を投与することがあると聞いていたが、もちろん日本にそんなものを持ち込んで空港で発見されたら計画すべてがパーになるので、あるわけがない。

「アッラーが見守っていてくださる」

「立派な信徒だ」

立派なもんか、ずいぶん長い間連絡を取らなかったんだ、と沢渡は言って殊勝なところを見せ、カラムもそんなことはもういいと言ってくれた。

「リームによろしく伝えてくれ」

そう言って部屋を出る前に、沢渡はベルトに手をやって締め直した。

「わかった」

「じゃあ、そろそろ行くよ」

「アッラーの権限とお力にかけて」

「アッラーの権限とお力にかけて」

沢渡は入り口に向かった。そして、ドアを開け、通路に出た。

エレベーターホールに出て、上がってきた箱に乗り込み、一階ロビーで降りた。フロントに鍵を預けた後、沢渡はそのまま外に出ずに、一階のラウンジを奥へと突き進んだ。

化粧室に入り、空いている個室を見つけて入った。そしてすぐ忌々しいベルトを外した。ポケットの中から小さく折りたたんだコンビニのビニール袋を取り出し、それを広げてベルトを容れ、胸に挿したボールペンも、本物の一本と間違わないよう確認してから、放り込んだ。ビニール袋を握って個室を出た。幸い、外には誰もいない。個室の隣の掃除道具入れの隅に目立たないように置いた。

沢渡は化粧室を出た。中年太りで腹が出てきているので、ベルトがなくてもズボンはずり落ちてこない。回転ドアをくぐって車寄せに出ると、職員と思しき男が、こちらですと言って、公用車に案内してくれた。乗ってしまえば、ホテルから官邸までは目と鼻の先だ。政府の要人になった気持ちを味わうには短すぎる乗車時間だった。

入り口では入念なボディチェックをされ、ポケットの中身もみんな出せと言われた。だけど、探知機を使って調べられはしなかった。なのであのベルト、それから起爆装置になっていたボールペンを持っていたとしても、通過できただろう。

控え室で待機していると、スタッフらしき男がやって来て、今日の式次第の説明を受けた。それではよろしくお願いしますと言われて控え室を出され、会場となっている部屋に入れられた。報道陣がずらりと並んでいる。穂村愛里沙も来ていた。惚れた女に晴れ舞台を踏んだところを見てもらうのはいい気分だった。護衛の中に彼女のボーイフレンドを見つけたときには、水を差されたようで面白くなかったけれど。

首相がやってきて、感謝状をくれた。眩しいくらいフラッシュを焚かれた。焚いたことはなんどもあるが、焚かれるのは初めてだ。マスコミがはけたあともすこし首相と話すことになっていた。いろいろと首相の耳に入れておきたいことがあったが、鴨下という刑事が部屋に残ったのは不都合だった。なので、ひそひそ声で話した。すると、もっと大きな声を出せと叱られた。それでもぼそぼそやっていると、ついにはこちらの言いたいことを大声で要約されてしまった。余計なことだが、相手が相手なので文句は言えない。それに、バレたらバレたでしかたがないと思った。かえって首相は喜んでいた。最初はしぶしぶだっただろうが、これで感謝状は本物になった。だから、警察はそんなに簡単に俺に手出しはできない。そう思ってまた公用車に乗せられてホテルに戻った。

フロントで鍵を受け取り、化粧室に向かう。しかし、掃除道具入れの扉を開けた時、顔から血の気が引いた。隠していたあのベルトとボールペンがない。ひょっとしたら清掃担当者が忘れ物だと思って持っていったのかもしれない。フロントに行って確かめた。コンビニの袋にベルトとボールペン？　いや届いておりませんね。

まずいまずいと思いつつ、エレベーターに乗った。鍵を取り出し、ドアを開けた。……なんだあれは。ビジネステーブルの上に置かれてあるのはなんだ？

それはくしゃくしゃになったビニール袋だった。中からベルトが出てきた。どうしてこれが俺の部屋にある？　忘れものだと思って誰かが戻してくれたのか。そうだ、きっとそうにちがいない。待てよ。けれど、なぜ俺が置いてきたとわかった？　あのトイレには隠しカメラでもあるのか？　電話が鳴った。部屋の電話だった。迷った末に沢渡は取った。

──生きて帰ってきたな。

　アラビア語だった。

──どうせ、起爆装置が故障で爆発しなかったなんて言い訳をするつもりだったんだろう。

「ち、ちがう、直前に情報が入り、入り口で入念なボディチェックがされるとわかったからだ」

　とっさについた嘘だった。

──ようやく結論が出たよ。

　なんの？　と言おうとしたが喉が渇いて声にならなかった。

──お前は最初から自爆するつもりなんかなかった。

「そんなことはない！」

　とりあえず叫んでみた。

──お前は最初から、俺たちの仲間になるつもりなどなかったんだ。ただふりをしていただけだ。ムスリムになると言って、リームと俺の前で「アッラーのほかに神はなし。ムハンマドはアッラーの使徒である」と唱えたときも、まったく信じていなかったんだ。

　沢渡はビニール袋の中をまさぐった。

「ボールペンはどこだ」

　その声は震えていた。

──すべて、司令部に報告した。

「一緒に入れてあったはずだ。ビニール袋に」

カチ。乾いた音がした。

「やめろ！」

――またすぐに戻ってくる。そう言って俺の家を出たあとはなんの連絡も寄こさなかった。

カチ。安全装置の外れる音だった。

――そして今回もディールを無視した。

「やる。必ずやる」

――そうだな。俺がやるよ。

「おい、聞いてくれ」

――アッラーの権限とお力にかけて。

カチ。

そして世界は光に包まれた。

7　映画祭開催日

あくる日の朝。穂村愛里沙はTホテルのラウンジに立っていた。首から関係者用のパスを下げていたが、それは新聞記者用のものではなかった。

監督のモフセン・ファルハーディーはスーツ姿で小さなバッグを肩にかけて現れた。イラン人だが、アラビア語もできると聞いていたけれど、穂村愛里沙はとりあえず英語で話しかけた。

「こんにちは。本日は、おふたりをアテンドさせていただきます、東京世界映画祭の事務局から参りました穂村愛里沙と申します。どうぞよろしくお願いします」

こちらこそどうぞよろしくと言って監督はうなずいた。私はペルシャ語ができないのですがアラビア語でも大丈夫ですか、と聞くと、大丈夫だよ、母親はアラブ人で、僕も幼い頃はイラクにいたんだ、と監督は言った。昨日は爆発事件があって、いろいろ心配されたでしょう、よく眠れましたか、といたわると、ああ日本は平和だと聞いていたのでびっくりしたと答えた。続けて、カラム・ハキームさんはまだお部屋ですか、と訊くと、もうすぐ来るはずです、あ、来ましたよほらと言って、エレベーターホールに視線を投げた。

顎髭を生やした凛々《りり》しい顔つきの青年が、アラブ人が好んで着る白いワンピースを着てやはりショルダーバッグを肩から提げてやって来た。穂村は、

「綺麗なディスターシャですね」

とイラクではそう呼ばれている衣装を褒めた。

カラムは驚いたように、スカーフにくるまれた（ムスリム男性ふたりをアテンドするのでヒジャブを被ってきていた）穂村の顔を見た。

「ここからメイン会場の東京国際フォーラムまで車でお送りします。もう迎えが来てますのでこちらにどうぞ」

後ろに男ふたりを乗せてから穂村は助手席に乗り込んだ。こちらは日本の代表的な車メーカーが作った電気自動車ですと説明してから、石油の産地から来ているゲストにこの解説はよろしくなかったかなと心配したが、後部座席の監督は、とても静かで乗り心地がいい、と感心している。カラムは黙って、ルームミラーの中の穂村を見つめていた。

日比谷のTホテルから有楽町のメイン会場まではあっという間だった。送迎車が車寄せに停車すると、待ち受けていたスタッフに屋内へと導かれ、控え室に案内された。

そこは大規模な宴会用の大広間で、フロア一杯に円卓が並べられ、その上には作品名が記された札が立っていた。それぞれのゲストがそれぞれのテーブルにつき、レッドカーペットを歩いてオープニングセレモニーがおこなわれる劇場に行く時刻《とき》を待つまでの控えの間《ま》だった。給仕が数名、ポットを手にフロアを歩き回って、テーブルにコーヒーを注いで

回っている。

穂村と監督とカラムは『サアドの家はどこ』の札が立っている席に通された。

なるべく男たちから遠い位置に穂村は座った。コーヒーが運ばれてきた。穂村はコーヒーカップに口をつけている男ふたりに今日の段取りを説明しはじめた。

「ここでしばらく待機いたします。このあと、いちど別室に移動して、映画祭の資料用にお写真を撮らせていただきます。そのあともういちどここに戻って、係員の合図でレッドカーペットを歩きます。そしてそのまま劇場のお席に移動いたしまして、開会式に参列していただきます。そのあと休憩を挟んで『アラビア海のロレンス』の上映がございますが、こちらはいかがいたしましょう。ご覧になりますか？」

オープニング作品に選ばれたハリウッド映画を監督は見るつもりだと言い、カラムはただ肩をすくめた。監督はカラムに、ソマリア沖合いで海賊に襲われた商用船をなんとか守ろうとする船長の話だ、とストーリーを説明し、おそらく海賊が喋るのはアラビア語だし、君は英語だってできるから楽しめるだろうと、コーヒーを飲みながら説明している間に、穂村はスマホを取り出して、素早くショートメールを打った。

〈スケジュールは予定通り。監督、カラムともに合同控え室の大広間でコーヒー。写真撮影は説明済み。ふたりとも小さなショルダーバッグを携帯。カラムはディスターシャを着用〉

レッドカーペット脇のギャラリーの溜まり場で、鴨下はこのメールを読んでから、スマホの画面を隣にいる吉住かなえに見せた。

「おそらく、ぎりぎりまでショルダーバッグに入れてるんじゃないかなあ。身体に装着すると衣服が膨らんだりするので目立つんですよ。ただ、ディスターシャってなんですか」

「要するにアラブの石油王ファッションですね」

素早くスマホで検索をかけて、鴨下が言った。

「あの白くてダボダボの。それはあんまりうれしくない情報だな」

二宮がやってきた。

「いま会場の図を見せてもらったんだが、オフィシャルコンペティション作品のゲストが座るのは四列目だ。そこからステージまでは30メートルほどになる」

鴨下は吉住を見た。

吉住は首を振った。

「カラムだと百発百中ですね」

「ちょっと欲張りすぎなんじゃないか」

と二宮が心配そうな声を出した。

というのは、昨日の会議の席上、カラム・ハキームをなぜお前が知ってるんだ、と係長に尋ねられ、吉住はこう答えたからだ。

「私とは競技部門が重なっているからね。仲がいいってわけじゃないけれど国際大会では必ず顔を合わせるんだよ」

「おいおい、ハキームってのは射撃の選手なのかよ」

と二宮が確認した。

「うん、フリーピストルとスピードシューティングの」

「そういえば、かなえちゃん、もうすぐ大会があるって言ってなかったっけ」

真理《しんり》が口をはさんだ。

「うん来週マニラで大きな大会がある」

それから吉住は、お休み頂戴しますのでよろしくなどと言って暢気《のんき》に構えていたが、他のみんなは凍りついた。

「映画祭が終わったあと、彼はいったんイランに帰るのだろうか、それとも日本から直接フィリピンに入るのだろうか」

自問するように鴨下が尋ねた。

「まあ私だったらそのままフィリピン入りします。日本からだと時差ボケもないし。早めに入って現地の空気に慣れておきたいし、練習もしたいし」

「だとしたら、彼は日本に競技用ピストルを持ち込んでいることになりますね」

「うん、現地で調達するということはまず考えられない」

「カラム・ハキームが出場する部門について教えてください」

「スピードシューティングは、ホルスターに収めた銃を抜いて連射で撃つ速さを競う。二発目三発目の弾を正確に撃つために反動を押さえ込むために両手で構えて撃つ、イーストウッドが『ダーティハリー』で流行らせた構えです。ただ、マニラの大会ではこの競技はおこなわれません」

「ただ、抜くのは速いってことですね」

「そう。ただ、このスピードシューティングは正直言って私のほうがうまい」

「じゃあフリーピストルってのは」

「困ったな、警察官なのにフリーピストル知らないの。ターゲットまでの距離は50メートル。制限時間内に60発撃って点数を競う」

「弾の種類は」

「22LR」

「22は小動物を撃つ弾だろ。殺傷能力はさほどないと考えていいんじゃないか」

と二宮が言い、鴨下もうなずいた。日本の警察が使う銃の弾丸は38口径だ。これに比べると22口径はかなり小ぶりと言える。

「距離によるだろうね。着弾までの距離が長ければ威力は弱まる。ただ急所に命中させれば話は別だよ。脳天か心臓をぶち抜けば、命はない」

「そのフリーピストルで使う銃は連射式ですか単発式ですか」

「単発です」

だとしたら、二発目を撃つには弾を込め直さなければならないから、一発目を外せばその場で取り押さえられる。ただ、素早く抜かれて急所に命中させられたらアウトだ。

「で、そいつのフリーピストルの腕前ってのはいかほどなんだよ」

　と二宮が訊いた。

「582」

　その数字の意味を図りかねて全員が黙っていた。

「60発フリーピストルの世界記録です。二年前にカラム・ハキームがオリンピックで優勝したときの」

　吉住が加えたこの解説を聞いてみんなが黙り込んだあとで、そのときも二宮はこう言った。

「警部補、ちょっと欲張りすぎじゃあないのかなあ」

と。

　すこし離れたところで歓声が上がり、レッドカーペット脇に陣取っていたギャラリーがいっせいに車寄せのほうへ動いた。人気のある若手俳優の誰かが到着したのだろう。ただ、そんなことは無視して、二宮は続けた。

「だから、なんか理由つけて身柄を押さえてしまったほうがいいんじゃないのかね。捕まえない、撃たせない、なにも起こさないってのは、理想的にすぎるぜ。それに――」

　と、ちょっと口ごもってから、そういう捜査だとうちに売り上げが立たないじゃないか、と不適切な、また警官ならば誰でも思いそうな本音を吐き出した。鴨下は呆れたが、ちょうどこの時またショートメールが着信した。

〈監督とカラム、写真撮影のために控え室を出ました〉

「行こう」

鴨下俊輔はレッドカーペットの柵の前を離れて、合同控え室のほうに歩きだした。


このすこし前、『サアドの家はどこ』のゲストふたりは控え室にやって来た映画祭事務局のスタッフに、写真を撮りますので、と移動を促された。穂村はそれをアラビア語でふたりに伝え、この人について行くようにと説明した。監督がバッグを取ったので、置いていってください、撮影スタジオから、手荷物の管理ができないので手ぶらで来るよう要請されています、私がちゃんと見ていますから大丈夫、と言って置いていかせた。

ふたりが出て行くのと入れちがいに俊輔が、夕べ会議の席で同席した女の刑事を連れてやってきた。そばには映画祭事務局のスタッフもついている。

「昨日の爆破事件を受けて、ゲストの手荷物の安全性を確認させていただきます。警視庁刑事部特命捜査係の鴨下俊輔です。立ち会いを願います」

俊輔がバッヂを見せ、スタッフがどうぞと言ってから、女の刑事が白い手袋をはめて鞄に手を伸ばした。バッグに触れるなり顔が曇った。おそらく重さで目当てのものは入ってないと判断できたのだろう、開けるとすぐにそれを閉じて、穂村を見た。

「カラムの身のこなしになにか不自然なところはありませんでしたか」

「……というのは」

いきなり尋ねられ、驚いた穂村は問い返した。

「フリーピストルは銃身が長くてグリップも大きいので、身につけていると歩きかたもおかしくなりそうなものなんですよ」

冷静に観察する余裕などなかった穂村は、ごめんなさいと謝るしかなかった。

俊輔は黙ってスマホを取り出し、耳に当てた。


スタジオでは、写真撮影用の背景布《スクリーン》の前に立った花比良真理《しんり》がフラッシュを浴びていた。初夏だというのに、パフスリーブがついた青緑色のワンピースを着て、頭にはベレー帽を被って髪を中に入れている（愛里沙がそうしたほうがいいと言ったから）。

「はい、オーケーです」

カメラマンは立て続けに何回かシャッターを切ったあと、ファインダーから顔を上げた。

アシスタントの青年が名簿を見ながら、花比良さんの出演作品はなになるんですかと言ったので、監督役の父親が、

「『桜田門の十七才』です。急遽《きゅうきょ》上映が決まったのでパンフレットに載ってないんですが」

とニコニコしながら答えた。

「やだ、そんなタイトル」

と思わず真理《しんり》は叫んだが、無視された。アシスタントは怪訝な顔つきになって事務局の

スタッフを見た。スタッフが、「……ではそのように」と妙な返事をしていると、篠田係長のスマホが鳴った。

俊輔だな、と真理《しんり》は直感した。スマホを耳に当てた篠田さんはふんふんとうなずいてから、そうですか。だとしたら、なにもしないのかな、なんて言っている。おそらく合同控え室の所持品をひっくり返してもなにも出なかったんだろう。だからといって、なにもしないなんて判断するのは早いよ。

その時、全身白ずくめ、頭にも白い頭巾を被った男がスタッフに連れられて入ってきた。あれこの人どこかで見たことあるぞと思ったけれど、なにせこのファッションが強烈で、現実で見たのか、それともドラマか映画で見たのかよくわからなくなり、中野のファミレスで見かけたあの兄ちゃんだということに思いが至らなかった。

真理は、漆喰《しっくい》の壁を模した布の前をアラブの王子様に譲って、

「まあ、それがいちばん望ましいパターンですよね」

と篠田さんがスマホに向かって言うのを、そばで聞いた。なにも起こらないって考えたい気持ちもわかるけど、身体のどこかにピストルを装着してるってことだってあるよと、ダボダボの白い服を着てカメラの前に立った石油王子を見ながら思った。

「うーん、わからないなあ。なにせ恰好があれだから。身体検査でもしてみないと」

と篠田さんが答えたのは、おそらく俊輔も真理と同じことを考えてそう尋ねたからだ。

それでは『桜田門の十七才』のおふたりは控え室へ、とスタッフに言われて、父親と一緒

にスタジオを出た。じれったい。それこそ身体検査をするしかないかもね、と真理は思った。

合同控え室では、スマホを耳に当てた鴨下がダメダメと首を振っているのを穂村が見ていた。

「たとえ男性だとしても、臍《へそ》から膝《ひざ》までを露出しろなんて言うのは、そうとうな理由がないかぎりできません。それに、我々は忘れがちですが、あくまでもカラム・ハキームは経済産業省が支援する国際映画祭のゲストです。映画祭事務局には、昨日の爆破事件を理由に無理強いしているわけなので」

俊輔の仕事ぶりを見るのはひさしぶりだった。自分が警察回《サツまわ》りをしていた頃の彼は、気を利かせて裏でこっそりネタをくれるなんてことのない杓子定規《しゃくしじょうぎ》な男だった。穂村はかえってそこに惹かれた。ただ、つまらないと思うこともないではなかった。それが、いつのまにかつきあうようになっていたのは不思議だ。ただ、交際してからも物足りないと感じることはある。だけど最近、俊輔は変わった。変わった気がする。そんなことを思いながら、鴨下が電話を切って同僚と去っていくのを見送った。

いれちがいに花比良真理《しんり》がやってきた。父親と一緒である。父親は穂村が留守番をしているテーブルに腰かけて、

「同席させていただきます。『桜田門の十七才』の監督と主演女優です」

なんて言ってから、

「どうなんですかね、戦況は」

と急に真顔になった。さあ、どうなんでしょう、と穂村は言うほかなかった。ただ、こうして晴れやかな場の席についていると、ゲストが競技用ピストルを一発撃って、テロリストに変貌するなど、荒唐無稽な妄想のように思えてくる。

「どう思う」

父親は横を向いて娘に尋ねた。真理は、大手メジャー会社が制作した『花束みたいにせつなくて』のテーブルに座った若手俳優の須田正敏《すだまさとし》に見とれながら、

「本人に訊いてみれば」

とめちゃくちゃなことを言った。

するとカラムが戻ってきて、テーブルに新客がいるのに気がついた。穂村は、この卓は関係者が少ない作品どうしでシェアすることになっているので、と説明した。ノープロブレムと監督が言って、ふたりともさきほど座っていた椅子にかけた。こうして、監督の横に洋平、カラムの横に真理が座る形になった。

「私、日本で小さな映画を撮っております花比良洋平と申します。監督の作品は特別先行試写で拝見いたしました。とても素晴らしかった。泣きました。特にあの少年がテレビを買ってどこかにサアドが写ってないかと探すシーンや、いつも待ち合わせをしている街角にじっと立っているシーンでは、あの子が不憫《ふびん》でなりませんでした。そして、私は日本人

なんですけどね、あのサアドって男はけしからんと思いましたよ。人間は弱く愚かで罪を犯す者ですが、ああいうのは許せません。あれはもうジハードの対象になります」

穂村は、最後の一言にはひどく抵抗を覚えながらも、これを訳して伝えた。世界の巨匠は、単純な賛辞だと受け止めたようで、サンキューと微笑んでうなずいた。すると真理が、

「それ、原案者のお兄さんにも言ってあげなよ」

などと言って、穂村はこんどは同じことを原案者に伝えようとした。カラムは、

「いや、ちゃんと聞こえていたから、もういちど訳す必要はない」

と真面目な顔で言ったので、穂村はそれを真理のために日本語に直した。

すると真理は、カラムのほうに向き直り、高い鼻の両脇にあるアーモンド状の瞳にその視線を浴びせ、

「チャラにできる？」

と尋ねた。いきなり日本の若い女優（とりあえずそうなっている）に日本語で話しかけられたカラムは長いまつ毛をしばたたいて、彼女を見返した。穂村はとっさにこれは訳したほうがいいと判断し、アラビア語で言った。

「チャラにできる？」

カラムは不思議な顔つきになった。真理《しんり》は続けた。

「サアドのような嘘つきを消したら、それでいったんおしまいにできますか？　それともまだ続けますか」

なんてことを！　と思いながらも穂村は訳した。すると真理は、答えを待たずに自分の椅子をずらして、カラムの横にぴったり身体《からだ》をつけるように座り直した。女に接し慣れていないイラン革命防衛隊の若い戦士は身を硬くした。

「愛里沙さん、この人の目を見て、これから私の言うことをアラビア語で喋ってくれる」

真理《しんり》はそう前置いて、ゆっくりと噛んで含めるように話しはじめた。

「カラム、私も思うんだ。なにか〝大きなもの〟がひとつあってそこに私たちのすべてが委《ゆだ》ねられ、導かれている、そんなふうにみんなが感じられれば、世界はもっと調和のとれた平穏で穏やかな状態になるんじゃないかって。だけどいまは、この世界に暮らす人たち、とりわけ進んでいると呼ばれたり、自分もそう過信している人たちの多くは、そんな感覚を持てなくなってしまっている。そして〝大きなもの〟を尊ぶ私たちを、遅れていると哀れんでる。だけど、そんな彼らの傲慢を懲らしめるんじゃなくて、ちょっと待ってあげてもいいんじゃないかって私は思う」

待つって？　とカラムは思わずつぶやいたが、それを訳す余裕は穂村になかった。真理が喋り続けたからだ。

「つまりね、〝大きなもの〟を感じられなくなった人たちは、自分たちはそんな迷妄と手を切って生まれ変わり、人類の最先端を歩いているんだって傲慢になってるんだけど、実は最先端でもなんでもなくて、進むべき道をコースアウトしちゃってるだけなんだよね。だけど、やっぱり彼らも、世界に自分がぽつんといるって感覚では生きていけないことに気がついて、〝大きなもの〟におすがりする日がきっとくる。それまでに、懲らしめてやらなきゃいけない連中は確かにいるだろうけど、それはなるべく最小限にして、私たちと同じ道に戻ってくるのを待つことはできないの」

　これは注意深く訳さなくちゃと緊張しながら、穂村は通訳した。穂村が口を閉じると、こんどはカラムがポツリとひとこと放った。それは銃弾のように彼女の胸をえぐり、謎となって埋め込まれた。穂村は呆然とした。

　すると、周囲がざわつき出した。マイクを持ったスタッフが前方でアナウンスを始めたのだ。これからレッドカーペットを歩いてオープニングセレモニーがおこなわれる劇場へと移動してもらいます。横に立っていた通訳がそれを英語に直す。これを各テーブルについている穂村のようなアテンダーが、非英語圏からのゲストに彼らの母語で伝えるのである。ただ、ふたりともこのくらいの英語は理解できるので、愛里沙は黙ってカラムが発したひとことを思い返していた。

　それでは、いまから読み上げる作品の順番で歩いていただきます、とスタッフが言う。まずはオフィシャルコンペティション作品から。『煉獄《れんごく》の日々』『明日から僕は』『そして鶴は飛んで』『戦乱と貞操』『花束みたいにせつなくて』『桜田門の十七才』『サアドの家はどこ』……。

「さあ参りましょうか」

　ニコニコして洋平が立ち上がった。すこし名残惜しそうに真理も腰を上げ、『桜田門の十七才』のふたりは先に行ってしまった。

「私は劇場のほうでお待ちします。レッドカーペットをお楽しみください」

と言って穂村は監督とカラムを送り出した。そして、手早くショートメールを送った。

〈真理《しんり》ちゃんがカラムにいろいろ言って、それに対してカラムがひとこと言ったんだけど、それを訳す前にレッドカーペットの順番が来てしまった。カラムはこう言ったの。『――リームは待てるのか……』って〉


このショートメールを、スターや映画人を一目見ようと集まった群衆の中で読んだ鴨下は、どのように解釈すればいいのか頭を悩ませた。

「あ、真理《しんり》ちゃんだ。かわいいじゃん」

隣にいた吉住が明るい声を上げた。

深い青緑のワンピースにベレー帽を被った真理は、前を歩いている『花束みたいにせつなくて』の主演ふたり、有村香織《ありむらかおり》と須田正敏に送られた歓声のおこぼれに預かりながら、柵の外のファンに手を振っていた。

「こう見ると真理ちゃんもアイドルに見えなくもないわ。けど、主任はやっぱり監督というよりはマネージャーだなあ」

吉住は暢気なことを言っている。しかし、真理たちの後方に、『サアドの家はどこ』のふたりが見えると、振っていた手を下ろし、真面目な顔をしてカラムの歩行を注視した。

「すこし左足を引きずってるように見えませんか」

見えますではなく、そう尋ねられた鴨下は、

「内腿にホルスターを着けているってことですか」

と問い返した。

「左足の内側にホルスターを着けていれば、右手で抜くのにあまり手間はかからない」

と言ったものの、吉住は断定しようとはしない。ビミョーだなあ、ともつけ足した。彼女の迷いは鴨下に伝わり、彼の中で膨らんだ。カラムたちはどんどん近づいてくる。監督はときどき観衆に視線を送って微笑んでいるが、カラムはただ前方を見つめて歩を進めている。突然、鴨下は吉住に振り向いた。

「カラムに声を掛けてください」

「え、なんて?」

「なんでもいいです、同じ競技のライバルとして」

え、わたし英語が……と吉住はまごついたが、尻込みしている暇はなかった。ハーイ、カラム！　と吉住は大声を出した。

「マニラで会おう。マニラで！」

悪くない。鴨下はそう思った。マニラで会うためには、日本で警察の厄介になるような事態を引き起こしてはならない、ということになるだろうから。

「移動しましょう」

鴨下は吉住の肩を叩いた。

「どうなりますかね」

振り向いた吉住の顔はすこし不安そうだった。

「カラムは右利きなんですね」

「ええ」

「上手《かみて》の脇に移動しましょう。そこから狙います」

「狙うって……」

答える前に鴨下は、人ごみをかき分けて動きだした。華やかな行進を見て浮かれ気味になっている人垣を出て、

「カラムがことを起こす可能性があるのならば、それに備えなければなりません」

と劇場に続く裏の階段を上りながら言った。

「つまり彼が撃つ可能性があるということですか」

「そうです。そういう素振りがあるのなら撃ってください」

「だけどカラムがひとりで座ってるわけではないんですよ。周りには人がいる」

「撃つ前に立ち上がるはずです。そこを狙いましょう」

吉住は首を振った。

「いや、このケースではそうとも限りません。映画の座席は前の席がつかえているので、インラインスタンスにしてもオープンスタンスにしても、ボディバランスを取るのが難し

い。フリーピストル競技の銃は一発しか撃てない。私なら座席に座ったまま両手で構えて撃ちます」

　鴨下はすこし考えてから、

「カラムがディスターシャで隠して左内腿にホルスターをつけているにしても、そこから銃を抜くためにはかがみ込んで服の下に手を入れなければなりません。当然不自然な姿勢になります。そのときに吉住さんは構えてください。そしてカラムが手にしているのが銃だと視認したら撃ってください」

「どこを」

「できれば腕を。殺さないようにして欲しいんです」

　昨日は頭で今日は腕。色々注文がうるさいなあ、と吉住は嘆くように言ったあと、

「だけどそのぶん弾道が低くなるので、一般人に当たる可能性が高くなりますよ」

と言った。

　悩ましい問題である。

　悩まなければいけないことはほかにもあった。このとき鴨下は「リームは待てるのか……」の意味に頭を悩ませていた。リームと言われて思いつくのは、『サアドの家はどこ』のカラムの姉だ。実話にもとづくと冒頭で謳《うた》われているこの映画に、カラムが本名を使わせているのは、フィクションの体裁をとっているこの映画はほぼ実話通りだとアピールしたいからだ。だとしたら、彼の姉の名前はリームだと考えられる。問題は、〈真理《しんり》ち

ゃんがカラムにいろいろ言って〉の部分だ。真理《しんり》はなにを言ったんだろう。それを書いてくれなかったのは不親切だが、時間がなく（もしくはその意味が理解できずに）、とにかくなにかヒントになればと思って送ってくれたのかもしれない。

階段を上りながら鴨下は、ポケットからスマホを取り出し、手早くショートメールを打った。

〈花比良特別捜査官の説得（？）にカラムは「リームは待てるのか……」と言った〉

これをまず送り、続けて、

〈空弾作戦を実行する。と同時に吉住巡査長がバックアップする〉

を真理と愛里沙に送信した。


オープニングセレモニーがおこなわれる劇場にひとりで到着した穂村は、通路を抜け、スクリーンの右前方に出て、そこで待機した。左を振り仰ぐと、客席が段々に連なって上に伸びている。最前列にはマスコミのカメラマンが待機していた。その後ろの列は審査員用なのだろう、背もたれに〃関係者席〃の紙が貼りつけられている。ショートメールを読んでいると、真理たちが来た。『桜田門の十七才』は四列目に案内された。父親が先に通路から席の列に入り、真理が続いた。このあとやって来た『サアドの家はどこ』のふたりと穂村は合流した。

真理の後方を歩きながら穂村は、私カラムさんと監督の両方に通訳しなければいけませんのでと言い訳し、まずカラムを真理の隣に座らせて、その右隣に自分、そして自分の右側に監督がくるようアレンジした。スクリーンに向かって左から、洋平、真理、カラム、愛里沙、監督という並びで、左右から穂村と真理がカラムを挟むという恰好である。

すこし遅れて、鴨下がこの劇場にやってきて、上手《かみて》通路脇からカラムの席を確認した。吉住から「カラムが座ったまま撃った場合は腕は狙えない。スクリーン脇から、つまり前方から撃たせて欲しい」と言われ、映画祭のスタッフを捕まえて、舞台袖に連れて行くよう要請した。「責任者に確認させてください」と困惑しているスタッフに、「大丈夫です責任は僕がとりますから」と言って無理やり案内させた。

スクリーン脇から客席を見ると、斜め正面にカラムを視野に収められた。

「式が始まると客席の灯りはどのぐらいになりますか」

そう訊いてもスタッフは答えない。吉住がホルスターから銃を抜いて客席に向かって構え、「ここからだと百発百中だ」などと言っているのを見てあっけにとられているからだ。もういちど同じことを尋ねるとようやく、

「あ、現時点では50％の光量なんですが、本番では20％まで落とします。逆に舞台の光量は、いまは60％ですが式が始まると全開になります」

という答えが返ってきた。

「手前が明るいとその奥は光のコントラストで見にくくなるからな、視線を切らさないよ

う注意しないと」

吉住はこんどは片膝をついて両手で構えて撃つ姿勢をとった。これを見ていたスタッフが、もういちどバッヂを見せてくださいと言ってきたので、鴨下は名刺を一枚抜いて渡し、

「あくまでも念のためなので、ご心配にはおよびません」

と言って安心させようとしたが、相手は頰をこわばらせたままだった。鴨下が「我々はこちらで待機させていただきますので」と断ると、「いちおう事務局に確認いたします」と断ってすこし離れたところでスマホで話しはじめた。……ええ、拳銃を……、ほんとうなんですよ……。そんな声が聞こえた。

今朝がた、徳永小百合刑事部長のほうから都知事経由で、刑事部特命捜査係が開会式の警備に参加する旨は伝えてもらっていた。ただ、この連絡を受けた事務局がたとえ「はいそうですか」と承知したとしても、乗り込んできた刑事が客席に向かって銃を構えているのを見れば、スタッフが不安になるのは当然である。……ええ、バッヂは見せてもらいました。名刺もいただきましたけど……。この電話を置いた事務局は、警視庁の警備部に確認するだろう。ここは鴨下が所属している刑事部とは指揮命令系統が別である。

撃たせない。逮捕もしない。作品を出品した監督の名誉も、映画祭の看板も傷つけずに、なにごともなく終わらせる。それが日本の安全につながる。この目論見は欲張りすぎなのか、それとも見当はずれのことをしているのだろうか。複雑にからまる迷いを胸に、鴨下は席が埋まっていく場内を見つめていた。

照明が落ちた。景気のいい音楽が鳴り、映画好きで知られる民放局のアナウンサーが舞台下手《しもて》に踊り出るように現れて、

「第三十二回東京世界映画祭にご来場いただきまして誠にありがとうございます。今年で三十二回目を迎える東京世界映画祭は、史上最多となる応募作品が集まりました」

と陽気な調子で喋りだした。その横に立っている、やはりテレビでよく顔を見かける女性のアナウンサーが、滑らかな英語で訳しはじめた。たぶん帰国子女なんだろうな、と真理は思った。

「さらに、今年はオープニング作品として、大作『アラビア海のロレンス』を上映する運びとなり、これにちなみまして、ハリウッドから名優トム・ハーマン様をお招きすることができました。そして審査委員長を務めていただくのは大の日本びいきとしても知られる映画監督ボール・グリーングラス様――」

それから、映画祭のチェアマンですと、紹介されて出てきた小さなおじさんが、これが私の任期の最後の年になります、世界四大映画祭と評価される映画祭にしよう、そのためにはまず上質な映画を集めることが肝腎だと努力してきました、そして映画を通して未来を切り開くことができるといまも自分は固く信じております、なんてことを喋った。これほどうでもいい挨拶もめったにないが、校長先生より短かったのは褒めてあげてもいい、なんて思いながら真理《しんり》はワンピースのポケットに手を入れた。

それから、こんどは真理もよく知っているハリウッド俳優・トム・ハーマンが出てきて、にこやかに手を振って、『アラビア海のロレンス』はずっと船の上にいなければならなかったので大変な撮影でした。でも面白く仕上がったので、ぜひお楽しみくださいと手短かにすませてすぐに引っ込んだ。

拍手が起きる中、おそらくこの次だ、と真理《しんり》は確信し、ゆっくりとポケットに入れた手を抜いた。真理の指は、金色の鈍い光を放つ円錐形《えんすいけい》の物体をつまんでいた。そしてそれを、右隣に座っているカラムの目の前に持っていった。カラムの緊張が高波のように真理の心に打ち寄せた。真理は言った。今朝がた愛里沙に教わったアラビア語で。

「抜いておきました」

カラムの鼓動が激しくなるのが真理に伝わった。真理がその指先につまんでいたもの、それは競技用ピストルに装塡《そうてん》されているはずの22ロングライフル弾だった。

見せた！　スクリーン脇から客席を注視していた鴨下は、舞台から漏れ出た光がかろうじて届く四列目で、カラムの鼻先に真理が銃弾をつまんでいるのを視認した。舞台袖のカーテンの隙間から見ていた吉住は、客席に向かって右肩を向け、首を真横にねじった。右太腿に垂れ下がった手には銃が握られている。

と同時に、鴨下のポケットが激しく振動した。相手はわかっていた。出るつもりはない。俺たちの目を盗んでなにやってんだ！　なんて公安部の苦情を聞いている暇はないのだ。

その時、司会者が明るい声を張り上げた。

「それでは、ここでご祝辞を賜りたいと存じます。内閣総理大臣　阿瀬金造様、どうぞよろしくお願いいたします！」

吉住は銃を握った右手を持ち上げ、カーテンの隙間から銃口を客席に向けた。

テレビでよく見かける猫背のおじさんが出てきて、マイクの前に立って、ご紹介に預かりました内閣総理大臣阿瀬金造でございます、と言った。第三十二回東京世界映画祭の開催を心よりお慶《よろこ》び申し上げます。この声にかぶせて真理はささやいた。

「待ってあげようよ」

真理の日本語はカラムを飛び越えてその隣に座る愛里沙に届き、愛里沙はそれをアラビア語でカラムに伝えた。するとカラムは首をめぐらせて、愛里沙のほうを向いた。カラムは愛里沙を見ている。真理に見えるのは白い頭巾を被った後頭部だ。真理は耳の後ろあたりにつぶやいた。

「いつか、いつかきっと、いつかきっとって考えようよ」

それを愛里沙がアラビア語で言う。

「人はそれぞれちがう。それぞれちがっていいねという考えもあるけれど、人間だもの、やっぱりみんな同じ道を歩いているって感じられる日がいつかきっと来るはず」

人生はチョコレートボックス。壇上で総理大臣が言った。ゲスト、トム・ハーマンの代表作の名台詞から抜いたものだった。けれど、愛里沙が訳したのは真理の言葉のほうだった。

猫背のおじさんは喋っている。我が国には美しい自然、洗練された食文化、魅力的なポップカルチャーなど、世界中の人々を魅了する豊かな資源があります。でも心は? 心は貧しくなってない? そう思いながら真理《しんり》は続けた。

「今じゃなくてもいい」

日本の魅力を、映画をはじめとする多様な形で世界に向けて発信する、そんな取り組みを政府も後押しして参ります。

「この人を撃つのは今じゃなくてもいい」

リーム。とつぶやく声が聞こえた。

東京世界映画祭は、日本、アジアを含めた世界中のクリエイターの作品発表の場として定着し、地球環境やLGBTなど、価値観の多様化の時代にふさわしい多彩なテーマを扱った作品を堪能することができる素晴らしい映画祭です。

「人々の心はいまはモザイク状になっている。信じている人、信じていない人、信じていることになっている人、信じきれない人、信じていないと思い込んでる人、いろいろだ。けれど、人類という生命の心にこんなにもちがう特徴が現れているってことは、それは多様性なんていう喜ばしいものではなくて、ひょっとしたら病《やまい》なのかもしれない」

喋りながら、ちょっと不安になってきたけれど、真理は続けた。

「だけど、偉大なる力が癒やしてくれると信じて待ちましょう。だから、殺すのは今でなくていい」

最後に第三十二回東京世界映画祭の成功と皆様のますますの御発展を心より祈念いたします。そう言って猫背のおじさんが、マイクのそばを離れたときも、白い頭巾を被った頭は愛里沙に向けられたままだった。

彼女が最後の一言を発して口を閉じた時、その白い頭はかすかにうなずき、顔は再び前方に向いた。

そこには空っぽのステージがあった。

――それでは、五分間の休憩に続きまして、『アラビア海のロレンス』を上映いたします。

アナウンスが流れ、中央のマイクスタンドは撤去されて、司会者用の演台も片付けられた。

愛里沙さんの右隣に座っていた監督がスクリーンを指さしてなにか言った。このまま『アラビア海のロレンス』を見ると伝えたみたい。カラムはどうするんだろう。そう思って横を見たけれど、前をじっと見つめたまま動かない。いろんな思いが入り混じり、心が千々に乱れているのが真理《しんり》にはわかった。

待ちましょう。私が言って愛里沙さんの口からこぼれた言葉は、カラムにはリームって人の言葉として聞こえたんだ。たぶん似てるんだろうな愛里沙さんとリーム、やっぱり愛里沙さんがいてくれてよかった、と真理は思った。

「見て行こうかなあ、せっかくだから。トム・ハーマンって昔、大人になっちゃう子供の映画に出てて、ママと観に行ったんだよ」

こら。いまは監督だよ、それじゃあ娘と映画館に来たパパそのものじゃん、と真理《しんり》は呆れた。でも、ゲストふたりがこのまま見るのなら、監視もかねて同席するのもありかもしれない。

手洗いに立った人らが席に戻り、場内が暗くなって、映画が始まった。

映画会社のトレードマークが消えて、トム・ハーマンの名前がスクリーンに浮かび上がるまでのつかの間、画面が真っ暗になり、世界は闇に包まれた。その時、衣擦《きぬず》れの音が聞こえた。横を見るとカラムが身をかがめ、足のほうから衣装の中に手を突っ込んでいる。ドキリとした。逆側から愛里沙も心配そうに見ている。カラムは身を起こし、背もたれに背中をつけた。そして真理のほうを向いてひとこと言った。それはヒップホップでもお馴《な》染《じ》みの英語だったから、訳してもらわなくてもよかった。

「You got me」

やりやがったな。カラムはそう言った。自分の足にくくりつけた銃に弾丸が装填されていることを確認し、「抜いといた」は大嘘だったといま確認したのだ。黒いスクリーンに明るい海が出現し、その照り返しで、カラムの顔が光の中に浮かんだ。その顔はうっすらと微笑んでいた。

「イェース」

と真理も笑って答えた。

鴨下は、上映が始まる直前に舞台袖から客席の最前列脇に降りて、シートに座った真理らを横目で見ながらロビーに抜けた。篠田係長がいて、首相がすでに会場を出たことを教えてくれた。

「最初からなにをするつもりもなかったのかなあ」

係長はひとり言のように言った。力んで打った猿芝居が気恥ずかしいのかもしれない。

どう答えようか考えていると、エスカレーターを上ってきた顔と視線が合った。

「お前、なにやってんだよ」

つかつかと大股で歩み寄ってきて西浦は言った。後ろには係長の神代が立っている。

「なにもしてないよ」

と鴨下は穏やかに言った。

「客席に銃を向けているって連絡があったぞ」

「総理が話すので客席を監視していた。銃を構えたのは万が一のためだ」

「要人の身辺警護は警備部の仕事だろ。なにしゃしゃり出てるんだ」

「だから万が一のためだ」

「下手な言い訳はやめろ。刑事部長から都知事経由で映画祭事務局にごり押ししたって情報も入ってるんだ。なにもなければそんなことはやらないだろ」

鴨下は黙った。

「映画祭になにがある」

鴨下はやはり黙っていた。すると、隣に立っていた篠田係長が頭をかいて照れくさそうな笑いを浮かべた。このジェスチャーを解釈し、

「空振りだったってことだよ」

と言ったのは神代係長だった。もうそのへんにしとけと言外にほのめかしていた。そうですね、と西浦も少し落ち着きを取り戻して言った。篠田係長は、腕時計を見て、ちょっと早いけど昼飯にしませんか、このあとはどこも混むと思いますので食べるなら早いほうがいいでしょう、と神代係長に声をかけた。そうだな、と言って神代は西浦を見た。仕事が残っているのでと西浦は断り、一礼してエスカレーターを降りていった。これを見送ってから、なにを食いましょうと神代が篠田に向き直り、下の階に蕎麦屋《そば》がありましたと篠田が答えてから、蕎麦はどうだと鴨下と吉住のほうを向いた。いえ私はここで待機しますと鴨下が言い、大丈夫ですと吉住は曖昧な返事をして断った。

「腹減りましたね」

エスカレーターに乗った上司の頭が沈んでいったのを見届けて、吉住が言った。

「お蕎麦嫌いなんですか」

鴨下が尋ねた。

「あのメンツと食べても美味《うま》くないでしょ」

吉住はそう言って鴨下を苦笑させたあとで、バーガーでも買ってきましょうか、と提案した。自分は食べない、吉住さんはなんでも好きなものを食べてきていいですよ、そう言って鴨下はひとりになった。

ロビーのそこかしこにスタッフが佇《たたず》んで、とりあえず開会式が無事に終わって緊張が解けたのか、楽な姿勢で立ち話をしている。鴨下は空いているベンチに腰かけた。

阿瀬総理のスピーチの最中、真理《しんり》はカラムに話していた。すこし間をおいて、逆のほうから愛里沙も言葉をかけていた。真理の言葉をアラビア語にしていたのだろう。この時、カラムの横顔は愛里沙に向けられていた。本来なら語っている真理を見て、通訳の言葉は頭の後ろで聞けばよさそうなものなのに。なんだか不思議だ。しかし、事態は無事にすんだ。それが自分が考案した空弾作戦の成果なのか、真理と愛里沙の連携プレーなのかよくわからない。ただ、なんとなく後者のような気がした。

愛里沙にも参加してもらえと言ったのは真理だった。理由を訊いても「よくわからないけれどそう思うんだ」とうやむやなまま、「そのほうが絶対うまくいく」と言い張った。民間人を危険な捜査に巻き込むなどありえないのだが、特別捜査係は、真理が強く主張すれば、ありえない捜査をする。篠田係長が徳永刑事部長に確認し、ゴーサインが出た。

吉住が戻ってきて、下の広場にケバブの屋台が出ていたのでトライしたら美味《いけ》ましたと報告した。映画祭のスタッフも、時計を見たりして、終演の時刻を気にしはじめた。

やがて、スタッフ数人が二重扉の外側だけを開き、それをストッパーで留めた。場内から音楽とともに人がちらほら出てくるときに、黒いスクリーンに白い文字がせり上がっているのが見えた。ハリウッド映画のクレジットは長いなと思っていると、内側の扉も開けられて、すっかり明るくなった場内が現れた。

それからどやどやと人が出てきて、ロビーが賑《にぎ》やかになり、溜まった人々は順にエスカレーターで流れ落ちていった。

長いエンドクレジットがようやく終わって、館内に明かりがついた。『アラビア海のロレンス』は派手な画面が多く、ハラハラドキドキさせられて面白かったけど、最後にアメリカ軍が物量作戦であんなちっちゃな船に乗っている海賊たちをやっつけるのは、弱い者いじめみたいで愉快じゃなかったな、と真理《しんり》は思った。席を立ったときに監督と目が合ったので、「私は『サアドの家はどこ』のほうが好き」と英語で言って（そのくらいは言える）、笑顔をもらった。ゲスト五人が通路に出て、後方の扉からロビーに抜けると、鴨下と吉住が立っていた。

吉住はカラムにやあと声を掛け、下の屋台のケバブはなかなかうまかったと日本語で言って、愛里沙がそれをカラムに訳して伝えると、カラムはそうかという感じでうなずいた。

それから愛里沙はゲストふたりにお食事はどうしましょう、と尋ねた。監督は、自分は見たい映画があるのでかまわないでくれと言い、カラムはそのケバブを買ってホテルに戻る、

帰り道はわかると言ってエスカレーターのほうに向かい、ふと後ろを振り返って、

「マニラで会おう」

と吉住に声をかけた。

「やれやれ、これで一安心だな」

ゲストがエスカレーターで降りていくのを見届けて、吉住はつぶやいた。

「だけど、あいつが来るなら表彰台に乗れるかどうかが微妙になってきたぞ」

そんな冗談を言ってから、練習しなきゃ、係長のぶんを撃たしてもらおうと言って、彼女もまた下の階へ降りていった。

「さてなにを食べようか」

鴨下は残った女性ふたりに誘いの言葉を向けた。

「まだ食べてなかったの。上映中に食べているのかと思った」

と愛里沙が言った。

「一緒に食べようと思って待ってたんだ」

真理は、どっちを？　と尋ねようとして、その言葉を呑み込んだ。

「うまくいったのでお祝いだよ」

と鴨下は宣言した。けれど、それを聞いた愛里沙は急にぼんやりして、

「うまくいった……んだよね」

とつぶやいた。

三人は会場の施設内にある、夜は居酒屋に様変わりする和食の店に座った。三人ともに軍鶏《しゃも》すき鍋御前《ごぜん》を注文した。会食は祝勝会のように賑やかなものにはならなかった。愛里沙の知人がひとり死んだという実感が、遠くで起きてようやく到着した高波のように、三人の心に打ち寄せて、それぞれの心をかき乱した。

愛里沙が手洗いに立った時、

「大丈夫かな愛里沙さん」

と真理《しんり》は言った。

鴨下は黙ってうなずいた。それは「心配する理由はわかるよ」というサインにすぎなかった。それから真理は、カラムが銃を足にくくりつけていたことを打ち明けた。

「つまり、撃つつもりで来たんだよ」

「だけどカラムは撃たなかった」

「そうだね」

「どうしてだろう」

「俊輔の空弾作戦は効いたと思う。もし弾が抜かれていたら、確認するために銃に手を伸ばしたところで捕まっちゃうからね、なんの成果もなくただ捕まっちゃうと組織に迷惑がかかるとか、いろんなことを考えたと思う」

「それだけじゃないと思うな」

「そうだね」

「ほかになにがあると思う？」

「愛里沙さんじゃないかな」

「え」

「愛里沙さんが言ってくれたから。だから、カラムは弾の確認をしなかった。たとえ自分の銃に弾があるとしても撃たないことに決めたんだよ」

「なぜ」

「だから愛里沙さんが言ったから」

　鴨下は黙った。

「私もよくわからないけど、そう感じるんだ」

　愛里沙が戻ってきて、いけないそろそろ会社に戻んなきゃと言ってバッグを取った。財布を取り出そうとするその手を鴨下が押さえて、ここはいいよ、いろいろ協力してもらったし、と送り出した。

　レジで鴨下が三人分を払おうとすると、割り勘にしようと真理が言った。警視庁からそれなりの給与をもらっている真理は、財布に余裕のある高校生だった。それでも鴨下は、自分の勝手で愛里沙に払わせなかったからと言った。けれど真理《しんり》も、愛里沙を捜査に引き込んだのは自分だからと主張して（本当の理由はそこではなかったけれど）、結局2で割ることになった。

店を出ると明るい初夏の日差しが広場に降り注いでいた。吉住が言っていたのはこれだなと思われるキッチンカーが停車していて、吊るした肉塊をナイフでこそげ落としている店員の前に人が集まっていた。

「アイスクリームが食べたい」

真理はいきなりそう言って、目に付いたカフェに入っていった。

広場に面したガラスの壁に沿って作られたカウンターに並んで座り、ふたりはアイスクリームを食べた。ガラスの向こうに土曜日の人通りが見える。降り注ぐ光を浴びながらくつろいだ恰好で通りを行き交う人々の平和な光景があった。日本が平和に見え、また国という単位がゆるぎないものに思え、国境など宗教で溶かして統治するというIGの方針は、自分の気持ちには馴染みそうにない、と鴨下は思った。

すると急に、自分のやったことに自信が持てなくなった。たとえ沢渡という日本人が彼らにとって許しがたい背教者だったとしても、日本の警察機構として、殺されたのではという疑惑をもっと追及するべきだったのでは。

「いや、これでよかったんじゃないかな」

プラスチックのスプーンを舐めながら、真理が言った。心中を見透かされた鴨下はとりあえずこの言葉に甘えることにした。

「そういえば先輩、銃弾を見せたあと、カラムになにを言ったの」

鴨下はそう尋ね、返ってきた答えに驚いた。〝大きなもの〟という言葉で超越的ななにか、神のような存在を表現した真理の説得に、自分はそこまでのことを言えるだろうか。鴨下は相棒に尋ねた。

「それはカラムに撃たせないようにするためにこしらえた理屈じゃなくて、先輩が心からそう思っていたから言えた言葉なの？」

　この質問に「そこなんだ」と真理はちょっと顔をほころばせた。

「半分は本当にそう思ってるんだよ。でも、なんだかうまく丸め込んだような気もしてさ。まあ私たちは警官だから丸め込まなきゃいけないんだろうけど」

　そう言って真理はベテラン捜査官のような、また女子高生らしい複雑な笑みを浮かべた。

「だけど、なんとかうまくいったのは愛里沙さんが言ったからだと思うよ」

「どうして」

「丸め込もうと喋ったのは日本人の私。だけど、愛里沙さんがアラビア語に直した時、あのひとは、敵陣にいる日本人の言葉としては聞いていなかった。そう感じたんだよ」

「つまりアラビア語だったから？」

「そんな単純なものじゃないね。うまく言えないけどさ、簡単に言っちゃうと、カラムは愛里沙さんが好きなんだよ」

「え」

「だと思う。愛里沙さんだから撃つのをやめた。そう感じるの、そう感じてならないんだよね」

鴨下は黙った。そしてこれ以上、その根拠を求めても仕方がないと諦めた。人はときどき理由もなく感じる。まざまざと感じる。そういうものだ。

「つまりモテるってことだよね愛里沙さんは。まあ美人だからしょうがないや。男はみんな美人が好きなんだよ」

話は急につまらないところに落ちてしまった。ただ難しい話はこのへんにしようと鴨下は思った。そして、先輩もとても愛らしい顔をしてますよ、気づいていないかもしれないけれど、と言おうとして、女性を容姿で評価することに加担することになると気がつき、開きかけた口を閉じた。そういう律儀な男なのである。もっとも少女はそんなひとことを待っていたのだけれど。

Haruki Bunko
ハルキ文庫

え 5-2

テロリストにも愛《あい》を

著者 榎本憲男《えのもとのりお》

2022年5月18日第一刷発行

発行者 角川春樹

発行所 株式会社角川春樹事務所
〒102-0074 東京都千代田区九段南2-1-30 イタリア文化会館

電話 03（3263）5247（編集）
03（3263）5881（営業）

印刷・製本 中央精版印刷株式会社

フォーマット・デザイン 芦澤泰偉
表紙イラストレーション 門坂 流

ISBN978-4-7584-4482-8 C0193 ©2022 Enomoto Norio Printed in Japan
http://www.kadokawaharuki.co.jp/［営業］
fanmail@kadokawaharuki.co.jp［編集］ ご意見・ご感想をお寄せください。